KNAUR

Über den Autor:

Alexander Schuller, Jahrgang 1961, arbeitete nach seinem Volontariat auf der Henri-Nannen-Schule 34 Jahre als TV- und Print-Journalist. Darüber hinaus schrieb er neben zwei Spielfilmen drei Theaterstücke und rund 40 Bücher: Romane, Sachbücher, Film-Tie-Ins und Biografien. Der gebürtige Münchner lebt heute in Hamburg.

ALEXANDER SCHULLER

KATAKOMBEN

THRILLER

KNAUR

Besuchen Sie uns im Internet:
www.knaur.de

Aus Verantwortung für die Umwelt hat sich die Verlagsgruppe Droemer Knaur zu einer nachhaltigen Buchproduktion verpflichtet. Der bewusste Umgang mit unseren Ressourcen, der Schutz unseres Klimas und der Natur gehören zu unseren obersten Unternehmenszielen. Gemeinsam mit unseren Partnern und Lieferanten setzen wir uns für eine klimaneutrale Buchproduktion ein, die den Erwerb von Klimazertifikaten zur Kompensation des CO_2-Ausstoßes einschließt. Weitere Informationen finden Sie unter: www.klimaneutralerverlag.de

MIX
Papier aus verantwortungsvollen Quellen
FSC www.fsc.org
FSC® C083411

Originalausgabe Mai 2021
Knaur TB

Ein Imprint der Verlagsgruppe
Droemer Knaur GmbH & Co. KG, München

Auf Basis der gleichnamigen von Florian Kamhuber und Jakob M. Era entwickelten und von NEUESUPER für JOYN produzierten TV-Serie.
Redaktion: Kati Hertzsch
Covergestaltung: ZERO Werbeagentur, München
Coverabbildung: www.arviuhlig.de
Satz: Adobe InDesign im Verlag
Druck und Bindung: CPI books GmbH, Leck
ISBN 978-3-426-52776-4

2 4 5 3 1

1. TEIL

»Erziehung ist organisierte Verteidigung
der Erwachsenen gegen die Jugend.«

Mark Twain

1.
NELLIE

Der Tag, an dem es mein Leben aus den Angeln hob, begann mit einem Kopfschuss: Ich deckte den Frühstückstisch, während unsere Haushälterin Eva im Auftrag meiner Mutter – »Bringen Sie das verdammte Tier um!« – seit einer Viertelstunde versuchte, einen verirrten Vogel durchs Fenster aus dem Arbeitszimmer zu scheuchen; während ich die Eier abschreckte (nach exakt sieben Minuten, in kochendes Wasser gelegt, denn anders als kernweich kriegt kein Mitglied unserer Chaos-Familie gekochte Eier runter) und gleichzeitig aufpassen musste, die Pancakes für meinen Bruder Max nicht anbrennen zu lassen; während es, obwohl es erst kurz vor neun war, an der Tür schellte und meine Mutter daraufhin von oben durchs ganze Haus brüllte, *Eva soll die Tür öffnen!* (eigentlich mit drei Ausrufezeichen), da sie wichtigen Besuch erwarte; während ich den Frühstückstisch mit den perfekt gekochten Eiern und den perfekt gebratenen Pancakes und dem perfekt ausgepressten Orangensaft komplettierte und dabei einen Seitenblick auf den Fernseher warf, in dem meine Mutter gerade auftauchte, laut dem Moderator vom Frühstücksfernsehen die *streitbare Münchner Stadtbaurätin Anna Mahler,* und ich den Ton lauter stellte, um mir ihr Statement anzuhören – *Wissen Sie, diese Situation ist nicht haltbar. Sie ist unmenschlich und sie macht mich regelrecht betroffen. Denn in einer reichen Stadt wie München darf es einfach keine Kältetoten geben. Wenn solch eine Tragödie passiert, versagt offenbar die ganze Gesellschaft. Es liegt mir fern, mit dem Finger auf jemanden zu zeigen und Schuldzuweisungen zu erheben. Aber es gehört zu meinen Aufgaben, auf Missstände hinzuweisen. Wir als Politikerinnen und Politiker, wir sind doch jetzt gefragt. Aber die Probleme werden ja nicht einmal benannt! Wo bleiben die Kältebusse?*

Noch immer blockieren manche Kollegen bei der Stadtverwaltung diesen unbürokratischen Lösungsvorschlag, der quer durch alle Fraktionen Zustimmung erhalten hat. Deshalb werde ich ab sofort zusätzliche Notunterkünfte für die Münchner Obdachlosen bereitstellen lassen. Die Details –; und während ich den Ton des Fernsehers wieder leiser drehte, hörte ich, wie meine Mutter in echt die Treppe herunterkam, um im nächsten Moment unser Esszimmer mit ihrer Anwesenheit zu überfluten, ein menschlicher Tsunami, in jeder Hand einen Blazer, Hochspannung im Gesicht, und sie sagte: »Mein Gott, Nellie. Das sieht ja *unglaublich* aus! Jetzt können wir Eva doch entlassen!«

»Na ja, ich habe endlich mal wieder ein Familienfrühstück gemacht«, sagte ich, »aber bügeln oder Fenster putzen ist nicht so meins …«

»Das weiß ich doch, Schatz«, sagte meine Mutter, »das war nur ein Witz.« Sie fügte hinzu: »Natürlich, Thomas. Ich bin praktisch schon auf dem Weg!«

Erst jetzt bemerkte ich, dass sie ihr Headset trug und parallel zu ihrem fulminanten Auftritt telefonierte. Mit ihrem Referenten Thomas Streiter, den ich zwar schon immer ziemlich blöd fand, aber insgeheim bemitleidete. Die penetrante Dominanz meiner Mutter war nichts für schwache Nerven. Wenn sie einen Raum betrat, war der voll. Widerspruch sowieso zwecklos.

Nur wenn es um die Wahl ihrer Garderobe ging, war sie erstaunlich unsicher. Sie hielt die beiden Blazer hoch und sah mich fragend an. Ich zeigte stumm auf das dunkelblaue Jackett mit den goldenen Knöpfen. Sie warf das andere achtlos über eine Stuhllehne und streifte meine Entscheidung über. »Und?«

»Sieht gut aus«, sagte ich, »wie wäre es jetzt mit Frühstück?«

Meine Mutter hielt das Mikrofon ihres Headsets zu. »Tut mir leid, Nellie, aber ich hab leider einen Termin. Waren sie das eben, an der Tür?«

»Wer?«

»Investoren. Potenzielle Investoren, meine ich.« Sie warf einen Blick durchs Fenster hinaus in den Garten, wo Marcus Seewald, unser Chauffeur, Gärtner und außerdem Ehemann unserer Haushälterin, die Terrasse winterfest machte. »Danach muss ich gleich zu irgend so einem idiotischen Workshop in die Behörde, und dann fahre ich leider nach Nürnberg zu einer außerordentlichen Ausschusssitzung des Deutschen Städtetages. Ich werde wahrscheinlich über Nacht bleiben.«

In diesem Moment betrat Eva Seewald das Esszimmer. »Die Herrschaften sind eingetroffen, Frau Mahler.«

Meine Mutter nickte und sprach erneut in ihr Headset. »So, bin wieder da, Thomas. Also, nein, das müssen Sie nicht. Sehen Sie einfach zu, dass Sie die Akten fürs Bahnhofsviertel rankriegen, ja? Genau, das Gelände über den Katakomben. Und jetzt entschuldigen Sie mich – bis nachher!« Sie legte auf und wandte sich an Eva. »Haben Sie Frau Gordon und Herrn Durand einen Kaffee angeboten?«

»Selbstverständlich. Aber sie wollten keinen. Zumindest habe ich sie so verstanden. Mein Englisch ist leider nicht so besonders«, sagte Eva Seewald bedauernd.

»Und ist der blöde Vogel raus?«

»Natürlich. Ich musste ihn Gott sei Dank doch nicht umbringen.«

Meine Mutter lächelte und wandte sich ab, um in ihr Arbeitszimmer zu gehen. Doch jetzt hatte ich ein Problem. Mal wieder. Mit ihr. »Mama, echt jetzt? Heute? Nach Nürnberg? Du hast versprochen, dass wir –«

Meine Mutter drehte sich zu mir um. »Ich weiß doch, ich weiß, Nellie«, sagte sie sanft. Um sofort wieder zur Powerfrau zu werden. »Und ja: heute! Falls ihr nicht irgendwann unter der Brücke schlafen wollt!« Sie warf einen Blick auf die Frühstückstafel, dann auf Eva Seewald. Die hob abwehrend die Hände. »Hast du das tatsächlich alles selbst gemacht, Schatz?«

»Was denkst du?«, sagte ich leise.

»Das ist so lieb von dir.« Sie ordnete mit der Hand eine Haarsträhne. »Es tut mir wirklich leid, Nellie. Ich verspreche dir, morgen Abend haben wir bestimmt Zeit füreinander, wenn ich aus Nürnberg zurück bin. Wo ist eigentlich dein Bruder?«

»Er weiß Bescheid, dass es Familienfrühstück gibt.«

»Ach, lass ihn doch lieber noch schlafen – die beiden waren ja gestern wieder lang unterwegs! Ihr macht euch dann später einen schönen Tag, ja? Wie sehe ich aus? Brauchst du Geld?«

»Ja. Immer noch gut. Nein«, sagte ich. Eva Seewald hatte sich während unserer Unterhaltung, die im Grunde keine war, lautlos in die Küche zurückgezogen.

»Bist einfach die Beste! Meine Große!«, sagte meine Mutter ergriffen. Sie langte nach dem Glas Orangensaft, das an ihrem Platz am Kopf der Tafel stand, trank die Hälfte in einem Zug aus, stellte das halb leere Glas geräuschvoll auf ihrem Teller ab und rauschte hinaus. In unserer Eingangshalle kollidierte sie mit meinem jüngeren Bruder. Einem durchtrainierten Adonis in Boxershorts.

Den kleinen Prinzen und mich trennten gerade mal eineinhalb Jahre. Meine Mutter hatte die Dinge schon immer angepackt und durchgezogen.

»Du bist ja schon wach, mein Liebling«, sagte sie und wuschelte ihm durchs Haar, »hattet ihr Spaß gestern Abend?«

»Überwiegend«, sagte der kleine Prinz mit schleppender Stimme, und wer genauer hinsah, hätte an der Größe seiner Pupillen sofort erkennen können, dass der Spaß ziemlich groß gewesen sein musste. Doch die Gefahr, dass meine Mutter genauer hinsehen würde, war gering. »Bei diesem Lärm kann aber niemand pennen«, murmelte mein Bruder.

»Deine Schwester hat Frühstück gemacht!«, sagte meine Mutter beschwichtigend. »Und ich hab von jetzt auf gleich eine Besprechung. Ich bin dann im Arbeitszimmer. Keine laute Musik, Kinder, ja? Es wird nicht lange dauern.« Und schon war sie auf und davon.

»Klar, Mama«, rief Max ihr hinterher. Zu mir sagte er: »Mega, Nellie!« Und meinte damit den Frühstückstisch.

Ein paar Sekunden später kam auch schon Maja angeschlichen. Maja-Florence Mühlberg, seine neue Freundin, genannt MFM. Sie trug einen Bademantel, der mir sehr bekannt vorkam. War ja auch meiner. Oben spannte er etwas, denn MFM, die offiziell als Influencerin arbeitete und inoffiziell von einem amerikanischen Trustfonds ihrer Eltern lebte, hatte sich angeblich schon mit neunzehn ihre Brüste vergrößern lassen. Jetzt konnte ich deutlich sehen, dass dieses Gerücht stimmte. Aber, was ging mich das an? Es war schließlich ihre Entscheidung gewesen, und es war Max, der mit den Dingern fertigwerden musste. Oder durfte, kam auf den Blickwinkel an.

»Hallo, Nellie«, sagte MFM und sah an sich hinunter. »Ist doch okay, oder?« Sie war kein Stück verlegen.

»Sicher, Maja. Fühl dich einfach wie zu Hause. Guten Morgen! Gut geschlafen?«

»Zu kurz!« Sie lächelte mich an. Hübsch war sie, ohne Frage. Aber das war mein Bruder Max ja auch.

»Mann, ist das geil. Du bist wirklich supersupermega, Schwesterlein«, sagte Max. Er hatte die Pancakes entdeckt.

»Ja. Echt voll schön, Nellie«, sagte Maja-Florence. »Aber wir würden gern im Bett frühstücken. Ist das fine für dich?«

Ohne meine Antwort abzuwarten, begann MFM, den Frühstückstisch zu plündern. Max half ihr dabei. Mir blieb nichts anderes übrig, als ihnen dabei zuzusehen. Ich hätte gerne was gesagt, aber mir fiel keine passende Bemerkung ein. Aber das schien auch keinen zu kratzen. Nichts Neues unter der Sonne.

Ein paar Minuten später war das Frühstücksensemble verwüstet, das Traumpaar zog mit vier übervollen Tellern ab und ließ mich allein zurück. Ich langte nach der Schachtel mit den Kaminhölzchen und fachte eins an, um die Kerzen auf dem Tisch zu entzünden. Auf einmal verschwamm mein Blick. Heulst du etwa, Nellie? Ich kniff die Augen zu und ließ das brennende Streichholz auf den Tisch fallen. Als ich meine Augen wieder öffnete, kokelte eine Serviette. Dann züngelte ein blaues Flämmchen. Es roch nach Qualm. Doch ich konnte den Blick nicht abwenden. Aus dem Flämmchen wuchs eine Flamme empor. Sie wurde rasch größer, und das gefiel mir. Sonderbar, dachte ich. Schon breitete sich im Tischtuch ein kreisrunder brauner Fleck aus. Ich erwachte aus meiner Trance, griff nach dem Glas meiner Mutter und löschte das Feuer mit dem Rest ihres Orangensafts.

»Jesus Maria! Brennt es hier etwa?«, hörte ich die Stimme unserer treuen Perle, die manchmal als unsere Ersatzmutter in Erscheinung trat.

»Ich hab nicht aufgepasst, Eva«, entgegnete ich. »So ein Mist …« Wir betrachteten das Malheur. Wir schwiegen. Dann flüsterte ich: »Am besten ist es vielleicht, Sie lassen das Tischtuch verschwinden.«

»Natürlich, Nellie«, sagte Eva Seewald und lächelte mich wissend an. Wir verstanden uns blind, seit Jahren schon. »Willst du denn nichts frühstücken?«

Ich winkte ab. »Nein. Ich habe echt keinen Appetit mehr.«

»Dann räume ich mal ab«, erwiderte sie.

»Wer war das eigentlich vorhin, an der Tür?«

»Amerikaner«, sagte Eva Seewald. Sie senkte ihre Stimme. »Eine Frau Gordon und ein Herr Durand. Wirklich komische Leute und unfreundlich noch dazu. Wie ein Gangsterpärchen.«

»Echt jetzt? Die waren doch schon ein paarmal da, oder?«

Unsere Haushälterin nickte. »Aber zu ganz merkwürdigen Zeiten.«

Ich beschloss spontan, Bonnie und Clyde einmal persönlich kennenzulernen.

Eine Viertelstunde später stand ich mit einem Tablett Kanapees vor dem Arbeitszimmer meiner Mutter. Die hatte Eva Seewald blitzschnell aus den Resten meines Frühstücks gezaubert. Laute, aggressive Stimmen drangen durch die Tür. Es klang bedrohlich, was es nur noch interessanter machte.

»Mrs. Mahler, you're a smart woman. So you know that business is not a one-way-street, don't you?« Da redete eine Frau. Ihre Stimme war eiskalt.

»Mrs. Gordon … I apologize, but …« Die Stimme meiner üblicherweise so dominanten Mutter klang flehentlich. Es war nahezu ein Wimmern. So hatte ich sie noch nie gehört.

»Shut up, Mrs. Mahler. Sit down and listen!« Jetzt sprach ein Mann, unangenehm krächzend. Das musste dieser Mr. Durand sein. »Your house is really lovely, you must enjoy it very much.«

»Oh yes! Yes, well, yes, we do. But, Mrs. Gordon, Mr. Durand …« Das Tablett wog inzwischen eine halbe Tonne, aber ich musste einfach weiterlauschen. »Well I'm sure you're here, because you've heard about the city's decision, concerning the main train station area, but I –«, setzte meine Mutter in beschwichtigendem Ton an.

»Obviously you have already invested our part of the deal very propperly here«, unterbrach sie Mrs. Gordon. »But in fact we are a little worried about your part. There is rumor.«

»Of course there is rumor! I am perfectly aware of it. But, listen: As a sign of my appreciation I could, well, I can offer you … I have another appartmenthouse in the city center and I would be more than glad –«

Was redete meine Mutter denn da?

»Bullshit!«, rief der obskure Mr. Durand. »Rumor is, the contract has already been signed!«

»No, no, no! That's not the case!«, rief meine Mutter. »There's still an opportunity. Everything is still possible for us. Just give me a little more time!«

»You've had enough time«, sagte das Arschloch.

»Please – give me the chance to show you –«, rief meine Mutter, als die Tür zu ihrem Arbeitszimmer aufflog und Supergirl erschien, um eventuelle Gefahren für meine Familie mit exquisiten Kanapees abzuwenden.

»Nein!«, schrie meine Mutter. Sie erschrak bis in die Haarspitzen, als sie mich bemerkte. Ich erschrak ebenfalls. Meine Mutter presste sich hinter dem Schreibtisch in ihren Chefsessel, während dieser amerikanische Schmierlappen beide Hände auf den Armlehnen abstützte, sich tief zu ihr hinunterbeugte und seine behaarte Nase viel zu nahe an ihr Gesicht hielt. Ich sah, dass meine Mutter Angst hatte. »Raus! Nellie – raus!«, rief sie. »Ich hatte mir doch explizit jede Störung verbeten!«

Explizit war eines ihrer Lieblingsadjektive.

Ich wusste nicht, was ich tun sollte. Durand drehte sich zu mir um. Wer zur Hölle trug heutzutage sein Haar so gegelt? Mir kam der absurde Gedanke, hier würde ein Film gedreht. Ein ganz, ganz mieser Mafiafilm. Denn dieser Typ sah tatsächlich aus wie ein Schuldeneintreiber, während seine ganz in Schwarz gekleidete Partnerin vermutlich die Ansagen machte. Sie hatte eine Kelly Bag von Hermès. Wow, dachte ich. Ich nahm nicht an, dass es sich bei der Tasche um einen Fake aus dem Netz handelte.

»'tschuldigung«, sagte ich kleinlaut. »Ich dachte nur –«

»Bitte, Nellie!«, sagte meine Mutter und sah mich eindringlich an. »Ich habe alles im Griff.«

Danach sah es zwar nicht gerade aus, trotzdem stellte ich das Tablett mit den Kanapees auf dem runden roten Ledertischchen ab, das zu einem englischen Teemobiliar-Ensemble gehörte, das zwar von Eva Seewald regelmäßig abgestaubt, aber nie benutzt wurde. Ein Erbstück meines Vaters.

Als ich die Tür zum Arbeitszimmer leise hinter mir schloss, fragte die Schwarze Witwe meine Mutter: »So, this was your daughter?«

»Yes … Well …«, stotterte meine Mutter, »but let's get back to the point. Just give me the chance to –«

»She's really nice«, unterbrach Gordon sie. Ein Kompliment, auf das ich aus seinem Mund verzichten konnte.

»Listen, you can trust me and see for yourself tonight!«

So unterwürfig hatte ich meine Mutter noch nie reden hören. Wirklich nicht. Dass sie mit diesen beiden Gestalten Beef hatte, stand zweifelsfrei fest. Aber ich konnte mir nicht erklären, was da vor sich ging. Was meine Mutter dazu veranlasste, diese beiden Vollhonks nach Nürnberg zu einer Tagung des Deutschen Städtetages mitzunehmen. Sie überhaupt zu empfangen! Wäre da eben nicht dieses aggressive Knistern in der Luft gewesen, hätte ich mich über diese absurde Situation wahrscheinlich kaputtgelacht.

Dass es zwischen Töchtern und Müttern Konflikte gibt, ist keine neue Erkenntnis. Wir bildeten da keine Ausnahme. Ich war vor dreiundzwanzig Jahren in ihre perfekte Welt hineingeboren worden. Ich war in dieser perfekten Welt groß geworden, und meine Eltern hatten mehr oder weniger alles dafür getan, damit ich in dieser perfekten Welt unbesorgt weiterleben konnte. Auch wenn ihre etwas ungewöhnliche Ehe inzwischen nur noch auf dem Papier bestand. Bestimmt waren meine Mutter und mein Vater tatsächlich mal ineinander verknallt gewesen, vielleicht hatten sie sich sogar geliebt, doch in den vergangenen fünfzehn Jahren – das hatte ich mühsam nachgerechnet – hatten sich beide voneinander entfernt. Und zwar im wahrsten Sinne des Wortes: Während meine Mutter damals begonnen hatte, sich politisch zu betätigen, und inzwischen das Amt der Stadträtin für Stadtentwicklung bekleidete, jettete mein Vater als geschäftsführender Gesellschafter seiner mittlerweile international operierenden Immobilienentwicklungsgesellschaft um die Welt und baute und verkaufte Einkaufszentren und luxuriöse Seniorenresidenzen. Zurzeit war er in Fernost unterwegs. Seit Monaten schon.

Man braucht nicht viel Fantasie, um sich vorzustellen, dass für meinen Bruder und mich kein Kuschelkurs vorgesehen war. Wir beide fielen ins Ressort unseres Vaters, was einerseits ganz schick war, doch gegen ein bisschen mehr heile Familienwelt hätte ich auch nichts gehabt.

Ich versuchte dennoch, mich bei meinen Eltern zu revanchieren und eine gewisse Dankbarkeit zu zeigen, indem ich mein Studium durchzog. In spätestens einem Jahr würde ich meinen Bachelor in Sozialwissenschaften machen. Allerdings war ich dabei nicht, wie die meisten meiner Kommilitonen hier in München, darauf angewiesen, für meinen Lebensunterhalt Supermarktregale aufzufüllen oder als Tellertaxi durch ein Restaurant gescheucht zu werden. Mein Kontostand belief sich dank der monatlichen Zuwendungen meines Vaters auf aktuell 44.897 Euro und 72 Cent; darüber hinaus hatte meine Großmutter meinem Bruder und mir ein hübsches Aktienpaket hinterlassen, und für alle Fälle besaß ich auch noch eine Kreditkarte, unlimited, für die ebenfalls mein Vater bürgte. Mein Kleiderschrank war begehbar, ich hatte ein eigenes Badezimmer, wenn ich essen gehen wollte, ging ich essen, und wenn ich Lust auf Champagner hatte, trank ich Champagner. Was ich zu diesem Zeitpunkt nicht hatte, war ein Freund. In unserer Filterblase glaubten zwar viele, dass ich bangable war, aber, sorry folks: Ich war alles andere als eine Tinderella, sondern sehr wählerisch. Sehr, sehr wählerisch. Deshalb hatte ich bisher auch nur selten ein Date und noch seltener Sex, und die drei Beziehungen, die ich bisher eingegangen war, hatten jeweils nur ein paar Monate gehalten.

Mein Bruder Max war da anders. Vollkommen anders. Er verballerte hingebungsvoll sein Geld, nahm so ungefähr alles mit, was ging, und soweit ich mich erinnern konnte, war MFM seine erste längere Beziehung. Max war viel sorgloser als ich. Er investierte gern und viel in Partys und natürlich auch in seinen Rausch. Leider etwas zu viel, wie ich fand. Mein bester Freund Janosch besaß die notwendigen Connections und belieferte neben meinem Bruder noch ein paar weitere handverlesene Stammkunden. Mich interessierte das Zeug nicht sonderlich. Nur in winzigen Dosen, und das selten. Aber, hey: Bin ich vielleicht Mutter Teresa?

2.
JANOSCH

Nellie, Mutter Teresa? Genug Charakter hätte sie jedenfalls. Ich kann das beurteilen, denn Nellie und ich waren wirklich Freunde. Sie war für mich die große Schwester, die ich nie hatte. Dafür konnte ich ihre düsteren Gedanken vertreiben. Bei mir konnte sie sich ausheulen, sich gehen lassen und ihre Seele auftanken. Es ist nicht immer einfach, eins von diesen Rich Kids zu sein. Es kostet mehr als nur viel Geld, um dazuzugehören. Ich weiß, wovon ich rede. Denn im Gegensatz zu ihrem Bruder Max und der ganzen abgefuckten Crowd war ich aus der Kloake nach oben gespült worden. Aber ich bin kein Weltertränker. Alles in allem war es ja auch eine fette Party. Ein Mega-Rave, zu dem ich mich selbst eingeladen hatte.

Freunde kann man sich aussuchen. Eltern und Geschwister nicht. So fing es schon an: Wo ich geboren wurde, wer mich gezeugt hatte und wie ich aufgewachsen war, das machte den Unterschied.

Bei mir war es die Platte in Milbertshofen, in der siebten Etage. Meine Eltern stammten beide aus Ingolstadt. Als Kind hatte ich, soweit ich mich erinnern kann, nichts auszustehen, im Gegenteil. Eine Watschn kriegten immer die anderen, wenn sie was ausgefressen hatten. Bei uns daheim hieß die Höchststrafe Fernsehverbot, und meist wurde ich schon nach einem Tag begnadigt. Spätestens dann, wenn meine Eltern mit mir über meine Verfehlung geredet hatten. Doch dann hatte meine Mutter Tatjana meinen Vater Knall auf Fall verlassen, als ich dreizehn war, also vor knapp zehn Jahren. Sie hatte auch mich verlassen. Aber mein Vater redete niemals darüber, warum meine Mutter fortgegangen war. Das tut er bis heute nicht. Jedenfalls nicht mit mir.

Mein Vater heißt Hermann. Eher klein und untersetzt mit buschigem Oberlippenbart, der tagsüber für die Münchner Stadtentwässerung einen orangefarbenen Overall und einen weißen Bauarbeiterhelm spazieren trägt. Meistens arbeitet er allerdings unter der Erde. Dort, wo die Ratten herumlaufen und es höllisch nach Scheiße stinkt. Doch er ist stolz darauf, dass er bisher noch keinen einzigen Tag in seinem Job gefehlt hat. Sogar nachdem meine Mutter an jenem Sonntagabend mit zwei Koffern in der Hand grußlos unsere Dreizimmerwohnung verlassen hatte, um unten auf der Straße in den Mercedes eines Fremden einzusteigen, war er am nächsten Morgen wie immer zur Arbeit gegangen.

Ich dagegen hatte an jenem Tag die Schule geschwänzt. Hatte mich rumgetrieben, ein paar Mülleimer kaputt getreten, zwei Sechstklässler verprügelt, ein Fahrrad geklaut und im Supermarkt eine Schachtel Zigaretten. Ich hatte ebenfalls beschlossen, erwachsen zu sein und zu rauchen. Um dann am nächsten Tag in etwa genauso weiterzumachen.

Das einzige Vergnügen, das mein Vater sich bis heute gönnt, ist eine Dauerkarte für die Sechziger, im Oberrang der Allianz-Arena. Denn der wahre Münchner, hat er mir mal erzählt, würde niemals den FC Bayern im Stadion unterstützen. Dabei ist er Ingolstädter. Er hatte mich früher ein paarmal mitgenommen, aber Fußball geht mir so was von am Arsch vorbei, dass mein Vater es sehr schnell aufgegeben hatte. Dafür hatte ich bei allen Spielen des TSV 1860 fortan sturmfreie Bude, von mittags bis in den Abend hinein, denn nach jeder Partie ging mein Vater noch ein paar Helle trinken, um mit seinen Fußballkumpeln von der Stadtreinigung das Spiel zu analysieren. Und wenn 1860 auswärts spielte, dann hockten sie alle in ihrer Stammkneipe. Früher hatte er wohl selbst ziemlich gut Fußball gespielt, in den Achtzigern, und es mit den Ingolstädtern bis hinauf in die Bayernliga geschafft. Im Grunde hätte er Profi werden müssen. Oder wenigstens Bundestrainer. Doch dann hatte ihm ein Gegenspieler im Bayernpokal das rechte Knie zertrümmert, und aus war es mit dem Traum von der Fußballerkarriere und dem großen Geld. Meine Eltern waren nach München umgezogen, mein Vater wurde Kanalreiniger bei der Stadt und legte im Laufe der nächsten Jahre dreißig Kilo zu. Gut möglich, dass meine Mutter auch deswegen in den Mercedes gestiegen war.

Immer dann, wenn der kleine Janosch allein zu Haus war, konnte er für ein paar Stunden ungestört verrückte Sachen machen und auf dem Balkon rauchen. Dummerweise besaß der kleine Janosch weder genug Geld für Zigaretten noch für seinen ausgefallenen Modegeschmack. So hatte er schon wenig später in einigen Münchner Läden und Kaufhäusern Hausverbot und vier Anzeigen wegen Ladendiebstahls kassiert. Die Hausdetektive wunderten sich jedes Mal, warum ich BHs, Röcke und Absatzschuhe hatte mitgehen lassen. Und Lippenstift, Nagellack, Kajal und Lidschatten. Ich fand es schon damals einfach geil, mich zu verkleiden.

Abgesehen von meinem Vater ist Nellie bis heute die Einzige, die von meiner Verurteilung zu einem Monat Jugendarrest und den 160 Sozialstunden weiß. Damals kam dann endgültig raus, dass ich anders war als die meisten anderen Jungs. Ich bin schwul, und dazu stehe ich, denn Versteck spielen liegt mir nicht.

Kaum war ich aus dem Arrest raus, stattete uns das Jugendamt einen Besuch ab. Mein Vater hatte nur genickt und das sozialpädagogische Gequatsche zum einen Ohr hinein- und zum anderen wieder rausgelassen. Ziemlich cool von ihm, aber es verblüffte mich. Sollte es ihn wirklich nicht aufregen, dass ich mich aufstylte wie ein bekiffter Flamingo? Dass ich monstermäßig geklaut hatte? Als die beiden Tussen vom Amt wieder weg waren, schaute er mich ernst an und sagte: »Wenn du unbedingt etwas besitzen willst, was dir nicht gehört, dann lass dich wenigstens nicht dabei erwischen.« Dann nahm er mich lange und fest in den Arm. So wie er und meine Mutter es früher immer getan hatten, als ich noch ein Kind gewesen war.

»Ich sag dir, Janosch, was du da in den Geschäften einsteckst, das könntest du dir doch ganz leicht selbst verdienen. Betrug lohnt sich erst ab fünf Millionen, verstehst du? Ach, wurscht. Was auch passieren mag, schwul oder nicht schwul: Du bist und bleibst mein Sohn.«

Diese Sätze von meinem Vater krieg ich bis heute nicht aus dem Schädel. Und es hatte damals auch was in mir ausgelöst. Ich hatte mich dann tatsächlich zusammengerissen, um zunächst mal die Schule hinter mir zu lassen. Was mir nach einer Extraschleife auch mit Ach und Krach gelang. Doch nach der Mittleren Reife wusste ich trotzdem nur drei Dinge ganz genau. Erstens: Ich war turbo in der Birne und konnte noch schneller quatschen. Zweitens: Ich war schwul und mochte kreischend bunte Klamotten. Und drittens: Ich interessierte mich null fürs normale Leben. Davon hatte ich bis dahin schon eine Überdosis bekommen.

Wo wir gerade bei Überdosis sind: Ich hatte mittlerweile André kennengelernt, der einen Concept Store besaß. Ein feiner und großzügiger Kerl mit einem exklusiven Kundenkreis. Geliefert wurden jedoch nicht nur Mode und die dazugehörigen Accessoires, sondern all das schöne Zeug, das so wunderbar entspannend wirkt. Oder anregend oder bunte Bilder vor den Augen tanzen lässt. Zwischen uns passte es, und die Sache lief gut, weil wir beide kein Täterprofil aufwiesen, wie es im Polizeideutsch heißt. Natürlich war es riskant, aber wir waren immer sehr vorsichtig. Und André konnte mir hundertprozentig vertrauen.

Doch die Katakomben-Sache hatte alles verändert, und zwar in Warp-Geschwindigkeit. André war nun mal sehr diskret, und so drohte plötzlich meine Geldquelle zu versiegen. Ohne die konnte ich mir meine Mitgliedschaft im exklusiven Kreis der wohlstandsverwahrlosten Rich Kids jedoch abschminken. Diese Sache sollte auch meine Freundschaft mit Nellie auf die Probe stellen. Aber das konnten wir alles noch nicht wissen, als sie an jenem Kopfschuss-Tag völlig down in Andrés Laden auftauchte.

Mein Therapeut ist der Meinung, ich würde gute Fortschritte machen. Jetzt wisst ihr's: Ich bin in einer Klinik. Im Schwarzwald. Seit zwei Monaten schon, obwohl ich garantiert kein Psycho bin. Aber ich möchte in Zukunft schon gern besser mit mir klarkommen als in den letzten Jahren.

Wenn ich jetzt aus dem Fenster schaue, sehe ich Grün, ganz viel Grün. Ich sehe Wald und Wiesen, Hügel und Berge. Kein Augen-Tinnitus durch Stroboskopblitze, kein Abschädeln, keine Bildschirmbräune mehr. Dafür Enterbrainment bei maximaler Entschleunigung. Diese Privatklinik ist jedenfalls kein Knast, sondern eher ein Luxushotel. Nichts für Kassenpatienten. Aber Nellie, André und sogar mein Vater haben die Differenz bezahlt. Diese drei Menschen lieben mich – und ich liebe sie und will weder sie noch mich enttäuschen.

Ich habe das Mountainbiken für mich entdeckt. Ich kiffe nicht mehr und trinke den ganzen Tag lang grünen Tee und Mineralwasser. Ich esse neuerdings sogar gerne Fisch, Gemüse und Salat. Und zweimal pro Woche habe ich Klangschalentherapie. Total abgespact. Neulich hat mein Therapeut vorgeschlagen, ich könnte diese ganze Katakomben-Sache doch mal aufschreiben. Mit Abstand und so. Ob das so eine gute Idee ist, weiß ich noch nicht. Die Wahrheit hat in diesem Fall mindestens sechs Seiten, eher mehr. Damals waren schließlich eine Menge Leute auf diesem Rave in den Katakomben. Die müsste man mal fragen, was damals so krass schiefgelaufen war. Und warum. Trauriges Emoji, Leute!

3.

NELLIE

Am Nachmittag wollte ich ein bisschen in Andrés Concept Store an der Maximilianstraße abhängen. Janosch arbeitete dort, dreimal pro Woche, manchmal auch öfter.

Sein Liebhaber André Falkenhagen behauptete gern, dass er erst neunundzwanzig sei. Ich schätzte ihn auf etwa fünfundvierzig.

André war gebildet, kunstinteressiert, charmant, weltoffen, und er passte immer schön darauf auf, dass sich sein lustiger Paradiesvogel mit den gefärbten blond-schwarzen Haaren nicht verflog. Aber dafür hatte ich heute kein Auge. Ich hatte Kopfschmerzen. Ich war down. Ich war genervt. Ich brauchte dringend eine Auszeit.

Der Store glich einem Wohnzimmer, in dem ich mich schon immer heimisch gefühlt hatte. Zwei prächtige Louis-XIV-Sitzgruppen und wild gemusterte, dicke Orientteppiche bildeten die Kulisse für einige wenige verchromte Kleiderstangen. Keins der Teilchen daran hatte ein Preisschild. Eigentlich deutete nichts darauf hin, dass es sich um eine Boutique handelte.

Also fläzte ich mich auf eines der beiden barocken Sofas, nippte an meinem Champagnerkelch und gönnte mir ein paar belgische Trüffelpralinen, während ich Janosch dabei beobachtete, wie er eine seiner Stammkundinnen verarztete. Sie hieß Löwenstern oder Löwenstein oder so ähnlich und war, na ja, kompliziert. Kein Problem für Janosch, der trotz seiner gerade mal zweiundzwanzig Jahre Ruhe und Souveränität ausstrahlte – jedenfalls dann, wenn es ums Verkaufen ging. Nach gut eineinhalb Stunden Geduldsprobe verpasste er ihr ein Dolce-&-Gabbana-Cocktailkleid und dazu passend ein Bottega-Veneta-Abendhandtäschchen. Beides zusammen für 3495 Euro. Frau Löwenstern oder Löwenstein zahlte mit Karte, während Janosch das Kleid sorgfältig zusammenlegte, in Seidenpapier einschlug und beinahe schon andächtig in eine quadratische Papiertüte legte. Als die Karte durchgezogen war, überreichte er seiner Stammkundin zuerst die Tüte und dann die Handtasche. Ein feierlicher Moment. »Ihre neue Begleiterin, Frau Löwenstein«, sagte Janosch. »Warten Sie, ich bringe Sie zur Tür!«

Auf dem Weg zur Ladentür kramte Frau Löwenstein umständlich in ihrer alten Handtasche, die eigentlich auch noch sehr neu aussah.

»Und wie gesagt, wenn wir noch etwas ändern sollen …«, sagte Janosch. Sie reichte ihm die Hand. Janosch ergriff sie, und so standen die beiden ein paar Sekunden lang händeschüttelnd an der Ladentür. »Vielen Dank!«, sagte Janosch und deutete einen Diener an, »beehren Sie uns bitte bald wieder!«

»Nein, ich habe zu danken – für Ihre Geduld, Herr Janosch!« Sie zwinkerte ihm zu. »Und ich bestehe darauf!« Jetzt erst ließ sie seine Hand los und verließ den Store.

Janosch hatte wirklich ein unfassbares Talent, Menschen für sich einzunehmen. Besonders diese Art Frauen, die vorzugsweise auf High Heels in Andrés Concept Store stolperten, um sich zu den Klängen von softer Lounge-Musik glücklich zu shoppen.

Mein liebster Buddy von allen taumelte mit gespielter Erschöpfung auf mich zu und ließ sich neben mir aufs Sofa fallen. »Oh. Mein. Gott!«, sagte er und griff nach der Champagnerflasche.

»Du hast echt Nerven. Das muss man erst mal schaffen. Respekt.«

»Die Alte macht mich jedes Mal fertig. Aber wenigstens gibt sie immer Schmerzensgeld!« Er fummelte den Fünfzigeuroschein auseinander, den ihm Frau Löwenstein beim Abschied in die Hand gedrückt hatte, und steckte ihn einfach gefaltet in seine Hosentasche.

Ich blickte auf meine Armbanduhr. »Wollen wir dann? Langsam werde ich duselig.«

»Aber das ist doch das Beste an diesem Job!«

Wir stießen an. Janosch mit der Champagnerflasche, ich mit meinem Glas. Dann zückte er sein Handy, erhob sich vom Sofa, schaltete den Selfie-Video-Modus ein und machte eine Story: »Hey, ihr Rich Kids da draußen«, sagte er ins winzige Objektiv, »heute hab ich den ganzen Tag hier bei André im besten Concept Store der Welt verbracht. Und ich darf ihn managen. Hashtag LoveMyLife. Ich hoffe, ihr hattet auch einen so fantastischen Tag wie ich, ihr Süßies. Später zeige ich euch noch, welches Outfit ich auf der fettesten Party des Jahres tragen werde! Bleibt also dran – Knutscher …« Er setzte die Champagnerflasche an, gönnte sich den letzten Schluck, beendete das Video und drückte auf »Senden«.

»Das habe ich jetzt aber nicht gesehen!«, sagte André, der unbemerkt aus dem Lager an den Counter getreten war. Er grinste.

Was meinte Janosch mit Party?

»Whoops, sorry! Wasn't me!«, sagte Janosch, stellte die leere Flasche ab und ging hinüber zu seinem Chef. »Nellie und ich sind dann gleich mal off!«, sagte er, umarmte André, küsste ihn auf den Mund.

»Hi, André!«, sagte ich.

Er winkte mir lässig zu und löste sich von seinem Toyboy. »Hallo, Nellie! Grüß dich!« Zu Janosch sagte er: »Ich mach auch gleich los. Soll ich nachher Essen für dich mitbestellen?«

Janosch zierte sich. »Ich glaube nicht, vielleicht bleibe ich heute bei Nellie. Könnte spät werden. Heute Nacht ist der geilste Rave ever!«

Was für ein Rave? Ich hatte tatsächlich keinen Schimmer.

»Na dann wünsche ich euch viel Spaß, ihr beiden Hübschen«, erwiderte André.

»Kommst du?«, fragte Janosch in meine Richtung.

»Willst du etwa so raus? Im Hemdchen?« Was Janosch am dringendsten benötigte, war pragmatische Lebenshilfe, am besten 24/7. »Draußen friert es!«

André verschwand im Durchgang zum Lager und kehrte wenige Augenblicke später mit einem Daunenwintermantel zurück. Ganz der besorgte Lover. Er half Janosch hinein.

»Und? Was sagst du?«

»Toll«, sagten André und ich gleichzeitig. Dann fragte ich Janosch endlich: »Was für eine Party?«

»Wait and see, Darling!«

Janosch öffnete mir die Ladentür und rief »Ciao, Ciao, Schatz!« nach hinten.

»Küsschen!« André lächelte ihn an.

Dann standen wir auch schon draußen auf dem zugigen Bürgersteig.

»Wollten wir es heute Abend nicht ruhig angehen lassen?«

»Nellie, was meine ich wohl, wenn ich Party sage?«

»No way, Janosch. Wir wollten chillen.«

»Keinen Bock? Echt nicht?«

»Seh ich vielleicht so aus?« Ich winkte einem Taxi, das auf der gegenüberliegenden Straßenseite fuhr. Der Fahrer gab uns ein Handzeichen und bedeutete uns, dass er wenden und uns aufsammeln würde. Manchmal muss man Glück haben im Leben.

Janosch kuschelte sich in den Daunenmantel. »Ist wirklich arschkalt«, sagte er. »Aber André ist süß, nicht wahr?«

»Ja, ist er. Gestern Nacht haben sie übrigens einen Obdachlosen unter der Wittelsbacher Brücke gefunden. Tot, erfroren«, sagte ich.

»Alter, echt? Scheiße … Aber wer bei dieser Kälte unter 'ner Brücke schläft, muss auch einen Dachschaden haben.«

»Janosch, was bist du denn für 'n Asi!«, sagte ich. Das Taxi hielt. »Los, steig schon ein!«

Eine halbe Stunde später lagen wir auf meinem extrabreiten Bett, zappten ein bisschen und zogen uns knusprige lauwarme Nachos mit Käsesauce und Jalapeños rein. Aber Janosch zappelte herum wie ein kleiner Junge, der es bis zur Bescherung unterm Tannenbaum nicht aushalten kann, und stierte immer wieder auf sein Telefon. Gerade als der Vorspann zur dritten Episode von *Stranger Things* begann, ploppte eine WhatsApp auf dem Display auf. Janosch las die Nachricht und grinste breit.

»Ich wusste es!«, sagte er. »Endlich! Hier ist die Einladung mit den Koordinaten. OMG, das wird so fett, Nellie! Hör zu: Ich kann da nicht *nicht* hingehen! *Wir* können da nicht *nicht* hingehen!«

»Zeig mal!«, sagte ich. Er hielt mir sein Smartphone vors Gesicht. Auf dem Display stand in Versalien: »SECRET RAVE // MAIN STATION // CATACOMBS // DOORS 11:00 PM.«

Ich hatte keine Ahnung, was die Catacombs waren.

»Unterm Hauptbahnhof soll es massenhaft Gänge und Tunnel und Höhlen geben«, erklärte Janosch, »vermutlich sogar eine ganze U-Bahn-Station, die aber nie in Betrieb genommen wurde. Da gehen heute alle hin! Bitte, Nellie! Bitte, bitte, bitte! Wir sind auch GL-gecheckt …«

Ach so – wir standen also bereits auf der Gästeliste?

»Du hast es also schon die ganze Zeit gewusst!«

»Surprise, surprise!« Janosch lachte.

»Und ich hatte mich auf bestie-quality-time gefreut. Wer veranstaltet die Party überhaupt?«

»Auch surprise!«, sagte Janosch und wandte schnell den Blick ab. »Deshalb heißt es doch Secret Rave.«

»Ich hab aber nichts zum Anziehen.«

Janosch lachte laut auf: »Mrs. Nellie Mahler, Jesus Christ! Du hast einen begehbaren Kleiderschrank so groß wie ein Zimmer im Studentenwohnheim.«

Erwischt. Janosch hatte gewonnen. »Wie viel Zeit haben wir noch?«

»Zwei Stunden. Ich bräuchte allerdings ein bisschen von deinem Make-up. Und von deinem Kajal.«

»Kriegst du. Weißt du doch.«

»Love you, Babe!«, sagte Janosch und rollte sich von meinem Bett hinunter, um mein Bad zu verwüsten, während ich angestrengt überlegte, was ich anziehen könnte – zu einer Party im Untergrund. In den Katakomben. Und das bei der Kälte.

In diesem Moment flog die Tür zu meinem Schlafzimmer auf. Janosch kreischte erschrocken auf.

»Na, ihr Muschis? Was geht?«, rief mein Bruder. Max trug noch immer die Boxershorts vom Morgen. Er hielt mir sein Smartphone vors Gesicht und begann, eine Story zu machen.

»Was soll schon gehen?«, fragte ich. »Lass das!« Ich erhob mich und ging auf ihn zu. »Mach bitte dein scheiß Handy aus. Und dann löschst du diese letzte Aufnahme. Ich meine es ernst, hörst du?«

Max winkte ab. »Ist ja schon gut«, sagte er und entfernte das Videofragment aus dem Speicher.

»Brav«, lobte ich ihn.

»Schon von der Party gehört? Heute, unterm Bahnhof.« Max tippte auf sein Handy und zeigte Janosch und mir die Einladung. »Save. Kommt ihr mit?«

»Klar. Das wird fett, Mann! Ich kenn die Location: Ich hatte da unten mal was mit so 'ner Businessbraut. Mega abgefahren.«

»Die Businessbraut oder die Location?«, fragte ich. Too much information. Brüder haben nämlich keinen Sex. Eltern übrigens auch nicht. Und wenn doch, dann will ich nichts davon hören. Max kicherte. Ich sah ihn genervt an, denn er hatte offensichtlich bereits was eingeworfen. Meine Alarmglocken begannen zu läuten. »Ich hab keinen Bock auf Stress!«

»Wer redet denn von Stress? Wir wollen doch bloß zusammen feiern!«

»Ich rede von Stress.« So lieb ich ihn hatte, aber drauf war er einfach verdammt anstrengend. »Du ballerst mir in letzter Zeit einfach zu viel.«

»Und du nicht, oder was? Hör doch auf!«, sagte Max und startete ein neues Video.

Er wusste, wie er mich von null auf hundert bringen konnte. Ich riss ihm das Smartphone aus der Hand. »Aber zwischen Champagner und Gesichtskirmes ist immer noch ein eklatanter Unterschied!«, sagte ich. »Synthetisches Zeug habe ich jedenfalls noch nicht eingeworfen.«

»Hör auf zu singen, Schwesterherz!« Max lachte.

»Kannst du jetzt bitte gehen? Oder am besten gleich ganz ausziehen? Nimm einfach eine von Mamas oder Papas Wohnungen. Und tschüss!«

»Zieh du doch aus!«

Janosch desertierte auf Zehenspitzen vom Schlachtfeld und verschwand in meinem begehbaren Kleiderschrank. Gut so. Es würde keinen Zeugen geben.

»Ich will aber gar nicht ausziehen, Max. Ich studiere, und hier habe ich wenigstens ab und zu meine Ruhe.« Ich gab ihm sein Telefon zurück. »Und jetzt lass Janosch und mich bitte allein.«

»Tja, das ist eben der Unterschied. Ich muss nicht studieren.« Max dachte nicht daran, zu verschwinden.

»Trotzdem kein Grund, sich dauernd Pillen einzuwerfen wie Gummibärchen.«

»Immer diese Übertreibungen«, sagte mein Bruder. »Und wer redet denn von Pillen? Du solltest mal Liquid Ecstasy probieren.«

Jetzt waren es keine Alarmglocken mehr. Sondern Sirenen. »Max, du spinnst! Bist du etwa auf GHB?«

Er winkte lässig ab.

»Du weißt doch, ich hab das im Griff. Und ich bin heut Abend ganz sicher dabei…«

Eine Erleuchtung blendete mich. »Hast du etwa was mit diesem Rave zu tun?«

»Vielleicht«, sagte er, meinte aber *selbstverständlich* und drückte mir einen feuchten Kuss auf die Wange. Einen richtigen Schmatzer. Ekelhaft.

»Wenzel und ich sind die Veranstalter. Die Bouncer wissen Bescheid, du und Janosch, ihr seid GL! Bis später dann!«, rief er und trat endlich den Rückzug an.

»Nein! Garantiert nicht bis später!«, rief ich ihm hinterher. Aber das hätte ich mir auch sparen können, wenn ausgerechnet mein kleiner Chaos-Bruder ein Mitveranstalter dieser Party war. Eines illegalen Raves. Denn beim Feiern brachte Max sich vorzugsweise selbst in Gefahr. Jemand musste auf ihn aufpassen. Dieser Jemand war ich.

»Hat er sich verzogen?« Janosch lugte vorsichtig aus der Tür meines Kleiderschranks. »Was hältst du davon?« Er kam ins Zimmer und legte einen Catwalk direkt aus GNTM hin. Mein Paillettenjäckchen schmiegte sich perfekt an seine schlanke Statur.

»Schlichter geht es kaum«, sagte ich tonlos.

»Aber schlicht wäre ja auch nicht ich«, sagte der Superposer vor dem Spiegel. Er zückte sein Telefon und machte mehrere Selfies, selbstverliebt und narzisstisch, aber das war schließlich sein Kapital. »Wieso hast du mir diese Jacke eigentlich nicht längst geschenkt?«

»Du kannst sie sofort haben.«

»Bist du verrückt? Ich sag dir was, Nellie: Du bist viel zu nett für diese Stadt!«

»Okay, dann behalt ich sie.«

Janosch schüttelte den Kopf. »Geschenkt ist geschenkt!«

Der Verlust meiner Paillettenjacke war sicher nicht der Grund für die dumpfe Schwermut, die mich in diesem Augenblick überkam. Ich setzte mich auf mein Bett und vergrub das Gesicht in den Händen.

»Was hast du denn?«, fragte Janosch besorgt.

»Weiß nicht.« Mir war zum Heulen. Ich wusste nur nicht, warum.

»Moment, Nellie-Darling«, rief Janosch, »gib mir genau sieben Sekunden!« Er verschwand in meinem Kleiderschrank, und ich konnte hören, wie er meine Klamotten durchwühlte. »Hier! Das ist es doch!«, rief er, als er nach einer halben Ewigkeit mit einem Paillettenkleid zurückkehrte. Ich hatte völlig vergessen, dass ich es besaß.

»Was hältst du von Partnerlook?« Er setzte sein Janosch-Grinsen auf, damit ich mich wieder gut fühlte.

Ich gab mich geschlagen. »Yeah!«, sagte ich fröhlich, »ich hol uns dann mal eine Flasche!« Doch in Wahrheit dachte ich: »Oh, fuck.«

Ich erhob mich vom Bett, hielt Janosch am Ärmel fest. »Hör mal, Bro! Ganz im Ernst: Hast du meinem Bruder Liquid Ecstasy vertickt?«

»In den vergangenen drei Wochen hab ich Max gar nichts vertickt. Und von GHB lass ich die Finger.«

Ich sah ihn fragend an. Durchdringend. Janosch nickte heftig.

»Ich würd dich doch nicht anlügen, Nellie. Das Zeug geht gar nicht. Ich hab Max sogar davor gewarnt.«

4.
MAGDALENA

»Mensch, Kollegin Kaltbrunner: Was hat Sie da bloß wieder geritten?« Oberkommissarin Christiane Sommer stützte sich mit beiden Händen auf meinem Schreibtisch ab und blickte mir zornig ins Gesicht. Sommer leitete die Dienststelle der Bundespolizei am Münchner Hauptbahnhof. Sie war neunundfünfzig Jahre alt, eine erfahrene Beamtin, die im nächsten Jahr in den Ruhestand gehen würde und sich selbst als Mutter der Kompanie beweihräucherte. Doch leider war ich, Hauptkommissarin Magdalena Kaltbrunner, eines ihrer ungezogenen Kinder, das ständig über die Stränge schlug.

»Ich weiß nicht, was Sie meinen, Frau Sommer.« Ich tat ahnungslos und schaute, um ihrem stechenden Blick zu entgehen, an meiner Chefin vorbei durch die große Glasfront der neuen Dienststelle auf den Bahnhofsvorplatz an der Arnulfstraße, der sich jetzt, gegen einundzwanzig Uhr, mit Nachtschwärmern aus den Vorstädten und dem Umland füllte. Unser Revier war zwar nicht besonders groß, aber zu tun gab es immer. Gut vierhunderttausend Menschen waren jeden Tag am Münchner Hauptbahnhof unterwegs. Die Kontrollen waren auf Druck der Stadtverwaltung verstärkt worden, Alkohol war rund um die Uhr verboten, und dennoch galt der Hauptbahnhof weiterhin als Brennpunkt in einer der vermeintlich sichersten Millionenstädte der Welt. Ich hatte mir die Worte des Innenstaatssekretärs gemerkt, der in seiner Rede zur Einweihung der neuen Dienststelle gesagt hatte: »Wenn *Sie* mit offenen Augen durch den Hauptbahnhof gehen, können sich die Bürgerinnen und Bürger sicher fühlen.« Genau das tat die Expertin für Trickbetrug und Taschendiebstahl: Ich sah immer ganz genau hin.

»Sie sollen bei einer Personenüberprüfung Ihre Dienstwaffe gezogen haben!«

»Blödsinn. Behauptet wer?«, entgegnete ich ruhig.

»Sie haben Christo Angelo beinahe den Arm gebrochen. Außerdem hat er eine Prellung im Gesicht.«

»Ich fühlte mich von ihm bedroht. Gefahr in Verzug.«

»Gefahr in Verzug? Von einem nackten Mann im öffentlichen Sanitärbereich des Hauptbahnhofs, der sich nach dem Duschen abtrocknet? Mit was hat er Sie denn bedroht? Mit seinem Shampoo?«

»Christo ist nicht einfach ein nackter Mann, sondern einer unserer Stammkunden – und das wissen Sie ganz genau, Frau Sommer. Er versorgt die Katakomben mit Stoff, und wenn er selbst auf Droge ist, was er eigentlich ständig ist, neigt er zu Gewaltausbrüchen. Ich habe das Recht und die Pflicht, meine Kollegen und mich zu schützen.«

»Ihr Kollege Roth sieht das anders. Er hat mir glaubhaft versichert, er habe Christo eher vor Ihnen schützen müssen. Wörtlich soll Christo gesagt haben: ›Und auch, wenn du mich jetzt hier abknallst: Ich weiß nicht, wo sie ist.‹ Wer ist ›sie‹?«

»Kollege Roth hat sich da verhört, Frau Sommer. Wäre schließlich nicht das erste Mal.«

»Es hat sich ein weiterer Zeuge gemeldet, der die Sichtweise Ihres Kollegen bestätigt. Und wissen Sie eigentlich, dass seit einer halben Stunde ein Video von Ihrer dämlichen Aktion im Netz kursiert?«

»Dann wissen die Katazombies jetzt wenigstens, dass sie uns nicht auf der Nase rumtanzen können. Ich nenne das Prävention.« Es wurde Zeit, Stärke und Überlegenheit zu demonstrieren, auch wenn mir das schon immer schwergefallen war. Ich reckte meine ein Meter achtzig Körpergröße im Stuhl. Meine Schultergelenke knackten. Gegen mich wirkte Christiane Sommer wie ein mageres

Vögelchen, das gerade aus dem Nest gefallen war. »Da Sie das Video offenbar schon gesehen haben: Habe ich meine Dienstwaffe gezogen? Ja oder nein?«

Christiane Sommer verzog unwillig das Gesicht. »Das ist nicht eindeutig erkennbar. Sie haben den Bogen dennoch überspannt. Christo hat Anzeige gegen Sie erstattet«, sagte die Dienststellenleiterin. »Und er behauptet, Sie hätten ihm sein Handy gestohlen.«

»Das ist lächerlich. Er hatte keins dabei. *Das* sollte Kollege Roth Ihnen bestätigen können.« Ich stieß verächtlich den Atem aus. »Darf ich Sie vielleicht daran erinnern, dass ich in den vergangenen zwei Jahren sechsundneunzig vorläufige Festnahmen durchgeführt habe, von denen achtundsiebzig zu einer Anklage und davon dreiundsiebzig zu einer Verurteilung geführt haben?«

»Und im selben Zeitraum haben Sie drei Dienstaufsichtsbeschwerden und vier Anzeigen wegen Körperverletzung kassiert!«

»Die jedoch allesamt ins Leere gelaufen sind. Ich bin immer noch im Dienst, und das mit reiner Weste, Frau Sommer. Erstaunlich, nicht wahr?«

Leider ließ die Sommer sich nicht von mir einschüchtern.

»Meine Geduld mit Ihnen ist erschöpft. Sie neigen zu Gewalt, Kollegin Kaltbrunner. Sie haben sich nicht im Griff. Deeskalation ist für Sie ein Fremdwort, von Diplomatie will ich gar nicht erst reden. Herrgott noch mal, Sie sind in der Tat eine fähige Bundespolizistin, aber Sie sind keine Vollstreckerin. Ich verstehe bis heute nicht, wie Sie es geschafft haben, auch nur durch einen einzigen psychologischen Eignungstest zu kommen. Und was haben Sie nur mit diesen Katakomben? Was um alles in der Welt glauben Sie, dort unten zu finden?«

Statt einer Antwort zwang ich mich zu einem Lächeln, damit ich meine Fassade aufrechterhalten konnte.

»Wie viele Überstunden haben Sie?«, fragte Sommer.

»Vierhundertachtzehn«, entgegnete ich wie auf Knopfdruck.

Mein Gehirn führte schon immer mehrere Statistiken gleichzeitig. Zahlen konnte ich mir hervorragend merken.

»Dann will ich Sie mindestens vierzehn Tage nicht mehr im Dienst sehen. Lassen Sie sich meinetwegen krankschreiben oder reichen Sie einen Urlaubsantrag ein. Ich regele das schon mit der Personalabteilung. Dann sehen wir weiter. Aber machen Sie während dieser Zeit bitte einen möglichst großen Bogen um den Hauptbahnhof und die Katakomben. Haben wir uns verstanden, Hauptkommissarin?«

»Jedes Wort«, sagte ich, »sind wir hier fertig?«

Meine Chefin nickte.

»Okay«, sagte ich und erhob mich langsam von meinem Stuhl. Aus den Augenwinkeln sah ich, wie ich von der gesamten Spätschicht verstohlen beobachtet wurde. Sollten sie doch glotzen, diese ahnungslosen Deppen, besonders der fette Roth, Christiane Sommers Liebling, der das große Los gezogen hatte, mit mir zusammenarbeiten zu müssen. Ich wusste, dass Peter Roth sich wie alle anderen nur eins wünschte: dass ich freiwillig um eine Versetzung nachsuchen würde – Fahndungserfolge hin, Fahndungserfolge her. Aber diesen Triumph würde ich meinen Kollegen nicht gönnen.

Außerdem hätte ich es auch gar nicht gekonnt. Denn ich hatte das Ziel meiner Mission noch nicht erreicht. Und dabei musste ich doch eigentlich inzwischen ganz dicht davor sein, sie zu finden: meine Tochter Alina, die aus meinem Leben in der fränkischen Provinz verschwunden war. Einfach so, nach einem weiteren heftigen Streit; wegen des Hausmülls, den sie wieder nicht hinausgetragen hatte. Wegen ein paar leerer Coladosen im Wohnzimmer. Wegen der stinkenden Kippen im Mülleimer. Wegen der zahllosen Briefe aus der Schule, die sie praktisch nur noch von außen gesehen hatte. Und natürlich wegen eines weiteren Ermittlungsverfahrens – Beförderungserschleichung –, das ich nur mit großer Mühe hatte abbügeln können. Intern, auf dem kleinen Dienstweg.

Drei Wochen später hatte Alina dann doch noch einmal angerufen. Aus Mitgefühl, wie sie gemeint hatte, damit ich mir keine Sorgen machte. Doch vor allem, um mir zu sagen, dass ich ja nicht auf die Idee kommen sollte, nach ihr zu suchen. Ein Zusammenleben mit mir käme für sie einfach nicht mehr infrage. Weil ich ihr mit meiner Dominanz keine Luft zum Atmen lassen würde. Außerdem wäre sie nicht der einzige Mensch, dem an meiner Seite der Erstickungstod drohte.

»Denk an Papa! Der hat es gerade noch rechtzeitig erkannt«, hatte Alina gesagt und aufgelegt.

Mir war die Luft zum Atmen weggeblieben. Dafür waren mir die Tränen gekommen. Weil ich Alina recht geben musste.

Ein paar Monate später hatte ich dann ein Foto im Netz entdeckt, auf dem ich sie erkannte. In einem Blog für die Münchner Partyszene der sogenannten Rich Kids. Alina war in München! Sofort am nächsten Morgen hatte ich, Hauptkommissarin in der Polizeiinspektion Erlangen-Stadt im Dezernat für Diebstahls- und Betrugsdelikte, beim Polizeipräsidium Mittelfranken ein Versetzungsersuchen eingereicht, aus privaten Gründen. Knapp drei Monate später konnte ich bereits meine neue Stelle bei der Bundespolizei am Münchner Hauptbahnhof antreten. Ich vermutete inzwischen, dass Alina ganz in meiner Nähe lebte. Unter dem Straßenpflaster, unten, in den Katakomben. Aber bisher war es mir nicht gelungen, mein Kind ausfindig zu machen.

Während ich langsam an den Kollegen vorbei zur Umkleide ging, spürte ich ein leichtes Vibrieren in der Oberschenkelseitentasche meiner Uniform. Ich schloss mich in der Toilette ein und holte das Mobiltelefon hervor, das ich meinem Dauerkunden Christo vorhin aus der Hosentasche entwendet hatte. Eine WhatsApp-Nachricht: »SECRET RAVE // MAIN STATION CATACOMBS // DOORS 11:00 PM.« Na bitte. Das Gerücht von einer illegalen Party in den Katakomben hatte sich damit bestätigt. Meine Pflicht wäre es nun gewesen, diese Information an meine Dienststelle durchzustecken. Schließlich lebten Menschen dort unten. Menschen, die kein Interesse an Fremden hatten, die sich einfach selbst einluden. Wahrscheinlich würde es Ärger geben.

Aber ich behielt es für mich.

Es war jetzt kurz vor zehn. Mir blieb also noch genügend Zeit. Nachdem ich geduscht und mich umgezogen hatte, verstaute ich meine Dienstwaffe und die dazugehörige Munition im abschließbaren Spind und beschloss, in einem der Restaurants des Hauptbahnhofs noch rasch etwas zu essen. Für den Fall, dass es länger dauern würde, und genau danach sah es aus. Nach einer weiteren freiwilligen, privaten Nachtschicht in Zivil. Ich trug schwarze Jeans, einen schwarzen Hoodie mit Kapuze, Doc Martens und eine schwarze Lederjacke. Vermutlich würden die Türsteher mein martialisches Techno-Outfit nicht akzeptieren, aber mit meinem Dienstausweis könnte ich eine Diskussion über den Dresscode vermutlich im Keim ersticken.

Jedenfalls hoffte ich das.

5.
JANOSCH

Maja-Florence fuhr im Maybach ihres Vaters vor, mit Nellies Bruder Max und seinem besten Kumpel Wenzel Graf von Werneck im Schlepptau. Als die drei aus dem blitzenden Schlachtschiff ausstiegen, kullerten Burger-Pappen aus dem Fond. Der kalte Wind wirbelte den Müll über den nassen Asphalt. Doch das schien hier hinter dem Bahnhof niemanden zu interessieren. Nur Nellie runzelte missbilligend die Stirn. Sie hatte dann so ein Zornesfältchen, das knapp unter ihrem Haaransatz begann und ebenso knapp über ihrem Nasenrücken endete.

Während wir auf ihren Bruder warteten, hatten Nellie und ich uns fast den Arsch abgefroren. Schließlich waren wir eher für eine heiße Sommernachtsparty angezogen. Ich war froh, dass wir GL-gecheckt waren und uns nicht auch noch in die Kohorte der Unterprivilegierten einreihen mussten, die bibbernd darauf wartete, die Gesichtskontrolle zu bestehen und hineingelassen zu werden.

Über dem Eingang – einer rostigen Metalltür – flackerte ein Neon-Diamant.

»Unser neues Logo! Follow the Diamond!«, rief Max.

Aber wohin, dachte ich.

»Hört ihr das auch?«, fragte Nellie. »Dieses Gewummer? *Das* sind Bässe.« Sie zeigte auf einen Gullydeckel.

Im selben Moment hörte und spürte ich es ebenfalls. In meinem Bauch fing es an zu kribbeln.

Nellie flüsterte mir ins Ohr: »Unser Traumpaar hat reichlich vorgeglüht. Hoffentlich gibt's nicht wieder Stress.« Sie verdrehte die Augen. Ihr Zornesfältchen besaß jetzt in etwa die Größe des Grand Canyons. Relativ gesehen.

»Yepp«, sagte ich, weil mir nichts Besseres einfiel, denn man musste schon blind sein: MFM hatte sich bei Max untergehakt, um auf ihren High Heels nicht wegzuknicken, angeschickert wie sie war. Ihre linke Hand umklammerte den Hals einer halb vollen Champagnerflasche. Auch Wenzel hatte bereits ordentlich geladen. Nur Max wirkte erstaunlich fit.

»Na, was geht?«, rief er. »Ihr seht ja aus wie zwei Fummeltransen auf dem CSD!«

MFM setzte zur Begrüßung die Champagnerflasche an, und Wenzel ließ sich zu einer lässigen Handbewegung herab. Seine Pupillen waren nur noch Steckis. MFM stupste ihn an und tippte sich an die Nasenspitze.

»Ey, Wenzel, mach mal so!« Der Graf putzte sich folgsam die letzten Schneeflocken vom Nasenflügel.

Ganz ehrlich? Ich hatte Wenzel noch nie gemocht. Keinen Schimmer, warum Max an diesem arroganten Hasenhirn festhielt, das horizontal ganz klar benachteiligt war. Eine von Wenzels Lieblingsnummern war, am Drive-in einen Cheeseburger mit doppelt Käse und eine mittlere Cola zu bestellen, dann mit einem violetten Schein zu wedeln, und wenn das Mäuschen am Schalter den Fünfhunderter nicht wechseln konnte oder wollte, zweihundert Burger zu ordern, und zwar subito.

Dieser geleckte Bubi mit seiner Vintage-Popper-Tolle hatte es nicht nur geschafft, aus der Waldorfschule rauszufliegen, sondern war auf diese Leistung sogar noch mächtig stolz. Man musste eben nur die richtigen Eltern haben. Wenzels Vater war zwar nur ein Graf, aber seine Porzellanmanufaktur genoss schon seit dem achtzehnten Jahrhundert einen hervorragenden Ruf. Und Wenzels Mom war die Chefin von Nellies Mutter: Sie war Staatssekretärin im Bayerischen Staatsministerium für Wohnen, Bau und Verkehr.

Keiner murrte, als wir über die VIP-Lane an den Wartenden vorbei zu einem Stehtisch schlenderten, der unter einem kleinen

Baldachin neben der rostigen Eingangstür aufgebaut war. Es gab nur neidische Blicke.

Wenn man nicht in den Luxus eines Gästelistenplatzes kommt oder die Bouncer einen nicht kennen, sollte man mehrere ungeschriebene Gesetze befolgen: Seid fancy angezogen, aber bleibt dabei ihr selbst. Fetisch oder schwarzes Lackleder – authentisch ist das Zauberwort. In der Warteschlange keinen Unsinn machen, lachen und rumalbern geht nicht, Bierdosen gehen gar nicht, Fotos machen geht überhaupt nicht. Wenn ihr vor dem Bouncer steht, labert kein dummes Zeug, bitten und betteln zieht unweigerlich einen Platzverweis nach sich. Cool und relaxed bleiben.

»Hi, Max!«, sagte das Girlie, das die Gästeliste kontrollierte. Konnte nicht älter als achtzehn sein. Sie trug einen pinkfarbenen Skianzug und Moonboots. Willkommen in den Achtzigern.

»Alles hübsch, Vanessa?«, fragte Max. »Sind wir etwa schon voll?«

Sie zeigte ihm ihren rechten Daumen. »Fünfhundert«, sagte sie und deutete auf die Warteschlange. »Zurzeit lassen wir keinen mehr rein.«

Max legte den Arm um Nellie: »›Follow the Diamond‹ wird die neue Marke für niveauvolle Unterhaltung, Schwesterchen.«

Hinter der Eisentür schlug uns Gestank entgegen. Es roch nach Modder, nach Scheiße, nach Erbrochenem und nach Müll. Ein olfaktorisches Armageddon. Wir liefen durch einen etwa zwei Meter breiten Gang, der von Arbeitslampen nur spärlich beleuchtet wurde. An der Decke führten Versorgungsrohre und dicke Leitungen entlang. Etwa alle zehn Meter flackerte eine kleine Kopie des Diamanten vom Eingang. An den Wänden konnte ich Graffiti erkennen, aber auch undefinierbaren grünen Schleim.

»Oida, stinkt das hier«, sagte Nellie. »Wie hast du diese niveauvolle Location bloß entdeckt, Max?«

»Hab ich dir doch vorhin erzählt: Ich hab mich vor ein paar Wochen mal zufällig mit so ’ner Businessbraut unterhalten.«

»Was denn für 'ne Businessbraut?«, fragte MFM.

»Und die hat mir dann die Katakomben gezeigt«, fuhr Max fort, ohne MFM eine Antwort zu geben, die ihre Frage wahrscheinlich schon wieder vergessen hatte. »Lisa Limberger.«

»Lisa Limberger?« Der Beat wurde immer lauter. »Doch nicht von Limberger Living, dieses Bauunternehmen? Die haben hier am Bahnhof ein Riesenprojekt am Laufen. Da hängt doch Mama mit drin.«

»So sieht's aus«, sagte Max. »Wenzel ist sofort mit eingestiegen, und dann: Follow the Diamond!« Er rieb sich die Hände. »So, ich geb 'ne Warm-up-Runde aus, bevor wir zur Messe in den Dom gehen!«

»Yeah! Warm-up! Whoop, whoop!«, schrie Wenzel.

Max zog ein braunes Apothekerfläschchen aus der Hosentasche, das mit einer Pipette verschraubt war. »Anybody?«

Ich schaute mich um. Hinter uns war niemand.

Wenzel wand MFM die Champagnerflasche aus der Hand, nahm einen Schluck und öffnete den Mund, damit Max ihm GHB hineinträufeln konnte.

Spätestens jetzt war zweifelsfrei erwiesen, dass Wenzel ein hirntoter Vollidiot war. Denn GHB hat mit Ecstasy rein gar nichts zu tun. Sein chemischer Name lautet Gammahydroxybutyrat. Schmeckt wie salzige Seife. Ein paar Tropfen machen einen locker, klar, ein schöner sanfter Rausch. Ein paar Tropfen zu viel machen einen aber so müde, dass man mit an Sicherheit grenzender Wahrscheinlichkeit in einen komatösen Schlaf wegkippt. Noch ein paar Tropfen mehr, und man geht drauf, weil das Atemsystem kollabiert. Klappt am besten mit einem ordentlich hohen Pegel, oder wenn man schon was anderes eingeworfen hat. Und wer weiß denn genau, was für einen Reinheitsgehalt die einem verticken. Deshalb lasse ich die Finger von dem Zeug.

»Okay, Max. Aber nur zum Probieren!«, sagte Nellie plötzlich und öffnete entschlossen den Mund.

»Spinnst du?«, entfuhr es mir.

Nellie zuckte die Schultern. »Immer nur drüber reden bringt mich ja auch nicht weiter. Und außerdem ist Max mein Bruder.«

Wenzel reichte ihr die Champagnerflasche.

»Gute Entscheidung«, sagte Max und verabreichte seiner Schwester vorsichtig eine Minidosis.

»Igitt«, sagte Nellie, schüttelte sich und spülte mit Champagner nach.

»Whoop, whoop!«, rief Wenzel und kreiste mit den Hüften. Seine Augen waren glasig. »Was ist los, Janosch? Schwächelst du schon?«

Mitgehangen, mitgefangen. »Noch lange nicht!«, sagte ich und streckte die Zunge raus. So viel zum Thema Selbstbeherrschung.

»He, ho!«, sagte Max und hob die Pipette.

Das Zeug war echt eklig, doch schon nach wenigen Augenblicken flogen purpurfarbene Einhörner und rote Herzchen durch die moderige Luft und tanzten vor meinen Augen Pogo. Das war pures Glück. Ich war euphorisch und wusste nicht mal, warum.

MFM zog einen Flunsch, als Max sich schließlich selbst versorgte, denn damit war der Champagner leer. Die Flasche zersplitterte klirrend auf dem Betonboden.

»Oops!«, sagte Wenzel.

»Lass doch den Scheiß«, fuhr Nellie ihren Bruder an.

»Reg dich ab. Die Katakomben werden sowieso in ein paar Tagen dichtgemacht.«

Der Gang schien kein Ende zu nehmen, dazu die wummernden Bässe. Inzwischen hatten sich meine Augen an das diffuse Halbdunkel gewöhnt, und ich bemerkte die Türen und Abzweigungen, an denen wir vorbeistolperten. Nellie blieb vor einem weiteren Stollen stehen. Sie deutete zuerst auf den Boden, dann an der salpetrigen Wand entlang. Dort lagen mehrere versiffte Matratzen, voneinander getrennt mit Umzugs- und Bananenkartons.

»Wusste gar nicht, dass die hier unten auch Appartements vermieten«, sagte Wenzel und bekam einen Lachflash. Auf den Matratzen lagen zusammengerollte Schlafsäcke und Plastiktüten, vollgestopft mit Klamotten. In der Mitte des Stollens stand ein leerer Einkaufswagen. Und dann entdeckte ich mehrere Spritzen. Offensichtlich gebraucht.

»Hier unten leben Junkies«, sagte ich verwundert.

»Ja, scheiße. Hätte man vor der Party ruhig mal sauber machen können«, warf Wenzel ein, und MFM piepste: »Hier könnte man voll gut Horrorfilme drehen.«

Plötzlich spürte ich, wie sich Nellie an mich lehnte. »O Mann, Janosch, ich bin ganz schön breit.«

»Aber dir ist nicht schlecht, oder so?« Ich war ehrlich besorgt.

Nellie schüttelte den Kopf. »Alles im grünen Bereich«, sagte sie und lächelte.

»Und du?«

»Bestens.«

Die anderen drei standen inzwischen vor einem verdreckten Industrievorhang aus durchsichtigem Kunststoff und winkten uns ungeduldig heran. Die Bässe waren jetzt hammerlaut und deutlich zu spüren. Max schob das zähe Plastik zur Seite und ließ uns den Vortritt. Eine Art Treppenhaus, oberstes Stockwerk.

»Zum Dom müssen wir noch zwei Etagen runter«, sagte Max, »passt auf, dass ihr nicht stolpert. Das Geländer macht's nicht mehr lange.«

Ich warf einen Blick nach unten und wich erschrocken zurück. Tiefes Schwarz gähnte mich an.

Dann traten wir hinaus auf eine Empore, von der zwei steile Treppen auf den Grund eines riesigen Gewölbes führten.

»Voilà!«, brüllte Max. »Willkommen im Dom!«

Vier, vielleicht fünf Meter unter uns wogte die Menge. Der DJ musste an die 140 Beats pro Minute durch die Boxen jagen. Stroboskopblitze zuckten, bestimmt die Hälfte der Raver schwenkte kleine Plastikpalmen im Takt, die ein paar Stunden grüngelb leuchteten, wenn man sie in der Mitte knickte. Alle Gesichter waren der quadratischen Bühne in der Mitte der Halle zugewandt, auf der sich das DJ-Pult befand. Darüber schwebte ein großer funkelnder Diamant aus Neonröhren. Ich zählte zwei Bars.

»Oida«, brüllte Wenzel und umarmte Max. »Du bist der King!«

»Wirklich sehr geil, Bruderherz!«, sagte Nellie anerkennend und wuschelte Max durchs Haar. »Gut gemacht!«

In diesem Moment richtete der DJ-Assistent einen Scheinwerfer auf die Empore. Wir wurden in gleißendes kaltes Licht getaucht. Der DJ brüllte was ins Mikrofon, das ich nicht verstand, aber die Raver unten auf dem Dancefloor jubelten uns zu. Max und Wenzel rissen die Arme hoch, als hätten sie gerade gemeinsam das entscheidende Tor bei der Fußballweltmeisterschaft gemacht.

»Los, lasst uns was trinken!«, brüllte Max.

Wir gingen die Treppe hinunter, verfolgt vom Suchscheinwerfer, und tauchten ein in die Menge, die sich ehrfürchtig vor uns teilte. Hände streckten sich Max und Wenzel entgegen: High Five für zwei Gladiatoren auf ihrem Triumphmarsch zur Champagnerbar. Nellie bog vorher ab. Sie wollte unbedingt tanzen. Abheben. Davongleiten. Eine Konfettikanone wurde abgefeuert. Glitzernde Stanniolstreifen flatterten durch den Rave-Dom. Ich klemmte mich an die Bar.

»Hier!«, sagte Max. Er drückte mir ein Glas Champagner in die Hand. »Auf uns!«

»Auf uns!«, erwiderte ich. Wir exten unsere Gläser.

Max zog MFM zu sich heran, ließ sie jedoch gleich wieder los und umarmte mich. »Schade eigentlich, dass ich nicht schwul bin«, sagte er grinsend.

»Ja, megaschade!«, sagte ich, und dann: »Selfietime!« Ich machte ein Foto von uns, mit einer Champagnerglas-Kaskade im Hintergrund.

MFM zog ab auf die Tanzfläche, und Max orderte zwei weitere Gläser Champagner. Ich schüttelte den Kopf.

»Okay«, meinte er lapidar und leerte das für mich bestimmte Glas in einem Zug.

»Hey, das ist deine Party hier. Lass es doch mal langsam angehen.« Aber er winkte ab.

Es musste mein siebter Sinn sein, der meinen Blick genau in diesem Moment zur Empore lenkte. Eine Frau stand da, die so gar nicht hierherpasste. Nichts mit fancy, und für ein Rich Kid war sie entschieden zu alt. Gerade machte sie mit ihrem Telefon einen Schwenk durch den Dom. Ich sah ihr den Bullen sofort an.

Dass ich hier dazugehörte, ich, der arme Janosch aus dem Plattenbau in Milbertshofen, Sohn eines Kanalarbeiters, mit einem ganz miesen Realschulabschluss, das kam nicht von ungefähr. Ich war einer von denen, die die Raver mit Drogen versorgten. Ich war zwar kein Großhändler, sondern bloß eine Art Apothekengehilfe, doch dank André hatte ich Zugang zu den besten Quellen. O ja, ich achtete auf Qualität und Heroin, GHB oder Ketamin fasste ich nicht an. Unsere Lieferanten drückten sich auch nicht in irgendwelchen dunklen Ecken herum, sondern lebten in großzügigen Wohnungen oder Villen in den besseren Stadtteilen. Sie hatten ordentliche Berufe und ein mehr oder weniger intaktes Familienleben. Sie gehörten in der Hauptsache zur Schickeria der Stadt, zu den oberen Zehntausend, mindestens. Manche saßen sogar in den Führungsetagen von Konzernen, Agenturen, Redaktionen und sogar der Ministerien. Nichts deutete darauf hin, dass sie einen derartig lukrativen Nebenjob hatten.

Plötzlich hatte ich keine Lust mehr zu tanzen. Ein unbestimmtes Gefühl kroch in mir hoch, als ob ich schon einmal an diesem Ort gewesen war. Völliger Blödsinn natürlich, und ich schob es aufs

GHB, dessen Wirkung mittlerweile nachließ. Weiter hinten entdeckte ich einige Gänge, die kreisförmig aus dem Dom ins Dunkel führten. Eine geradezu magnetische Anziehungskraft ging von ihnen aus. Ich tippte Max auf die Schulter.

»Was ist eigentlich da hinten?«, brüllte ich gegen die donnernde Musik an und deutete auf den Gang.

»Nichts!«, brüllte Max zurück. »Dort hausen die Katazombies, und die haben keinen Bock auf uns. Wegen denen haben wir Extra-Security angeheuert.«

»Kann ich mir das mal ansehen?«

»Viel Spaß, Bro«, erwiderte Max, machte den Scheibenwischer vor seinem Gesicht und wandte sich wieder Wenzel und dem Champagner zu.

6.
LISA

Du glaubst nicht, wo ich gerade bin!«, kreischte Fiona in ihr Display hinein. »Meeega! Komm schnell her, Lisa!« Dann hatte sie aufgelegt. Sekunden später erhielt ich eine WhatsApp: »SECRET RAVE // MAIN STATION CATACOMBS // DOORS 11:00 PM.«

Das durfte doch nicht wahr sein. Nein. Das konnte einfach nicht wahr sein. Welcher Irre hatte einen Rave in den Katakomben organisiert? Ausgerechnet auf unserer Baustelle?

Fiona war eine ehemalige Kommilitonin aus Rotterdam. Sie arbeitete inzwischen als Beraterin in einer der größten deutschen Wirtschaftskanzleien. Wir waren Freundinnen, mehr oder weniger. Inzwischen wahrscheinlich eher weniger. Aber das kurze Video, das sie mir gerade gesendet hatte, war katastrophal. Ein Super-GAU, für unsere Firma, für meinen Vater – und vor allem für mich.

Ich warf einen verstohlenen Blick durch die gläsernen Trennscheiben hinüber ins Büro meines Vaters. Er kauerte mit einem Glas Whisky auf seiner Ledercouch und ließ mal wieder einen Redeschwall von Lennart über sich ergehen, der, ebenfalls mit einem Glas in der Hand, wie ein Hahn vor ihm auf und ab stolzierte und mit raumgreifenden Bewegungen und theatralischer Miene einen seiner langatmigen Monologe hielt. Dieser Idiot, Lennart von Marsch, für mich ohne »M«, war der ungekrönte König des Bullshit-Bingo und blöderweise Mitgeschäftsführer der Limberger Living, die meinem Vater und mir gehörte.

Mein Vater hatte diesen Lackaffen, der zum Glück keine Anteile an unserer Firma hielt, kurz nach dem Tod meiner Mutter über einen Headhunter aufgegabelt. Damals, vor gut vier Jahren, als ihr langes Sterben zu Ende ging, war ihm alles über den Kopf gewachsen – seine Firma, sein Unity-Tower-Herzensprojekt, und der verdammte Krebs meiner Mutter. Ich war mitten im Masterstudiengang an der Erasmus-Business-School in Rotterdam. Dafür durfte ich mich jetzt Accounting-&-Financial-Managerin nennen, und wäre meine Mutter nicht so früh gestorben, würde ich jetzt wahrscheinlich in einem global agierenden Unternehmen arbeiten oder als Beraterin bei einer der großen Vier. Aber ich hatte mich für unser mittelständisches Familienunternehmen entschieden, das mein Vater in dreißig Jahren aus einer Landshuter Maurerfirma aufgebaut hatte. Inzwischen gehörte die Limberger Living vielleicht nicht zu den größten Immobilienentwicklern, aber schon als ich knapp drei Jahre zuvor mit an Bord gegangen war, genossen wir innerhalb der Branche das Image eines Hidden Champions. Und das, obwohl Lennart, dieser feiste, faule Sack, im Grunde alles dafür tat, um meine Arbeit zu sabotieren. Indem er nämlich nichts oder, besser, nur das Nötigste tat. Warum mein Vater nach wie vor an ihm festhielt, war mir schleierhaft.

Ich musste nie mit dem Arsch wackeln oder ein tiefes Dekolleté tragen, um unsere Bauleiter und ihre Leute zu beeindrucken. Nachdem ich meine Entscheidung getroffen hatte, machte ich mich nach der Uni erst einmal ein halbes Jahr lang auf unseren Baustellen fit für meinen Job. Ich machte den Führerschein für Lastwagen in Rekordzeit und durfte Zementmischer fahren. Ich brauchte keinen Flaschenöffner für ein Bier. Ich konnte mit einem 20-Kilogramm-Bohrhammer Wände einreißen. Und ich wusste auch, wie auf Baustellen beschissen wird – vor allem mit Beton. Kurz gesagt: Die Männer vom Bau akzeptierten mich.

Und ich liebte meinen Vater. Ich würde es niemals zulassen, dass ihm jemand schadete. Oder unserer Firma, an der ich knapp ein Viertel der Anteile hielt. Der Tod meiner Mutter hatte ihn aus der Bahn geworfen. Sie war sein Korrektiv gewesen, vermutlich hatte sie sogar mehr vom Baugeschäft gewusst, als es für ihn den Anschein hatte. Doch vor allem hatte sie sich immer auf ihr Bauchgefühl verlassen. Wenn ihr etwas nicht koscher vorgekommen war, was auch immer, hatte sie das meinem Vater auf ihre unnachahmlich diplomatische Art beigebracht, ohne dass er jemals das Gesicht verloren hatte. Inzwischen war das meine Rolle, wobei mir zugutekam, dass ich die Zahlen aus dem Effeff beherrschte. Meine goldene Überlebensregel lautete: »If it sounds too good to be true, it isn't.«

Deshalb hielt ich Lennart von Marsch für eine Zecke, die erstens null Visionen besaß, zweitens Frauen grundsätzlich ver- oder missachtete und drittens vorwiegend ans eigene Wohl dachte.

In meiner Cloud befand sich längst ein Dossier über unseren Mitgeschäftsführer, dreifach passwortgesichert, in dem ich zahlreiche Merkwürdigkeiten notiert und Indizien gesammelt hatte. In der Hauptsache handelte es sich dabei um Finanztransaktionen mit einigen Zuliefererfirmen. Ich hegte inzwischen den Verdacht, dass der gute Lennart sich Kick-back-Zahlungen auf ein Konto in der Schweiz überweisen ließ, selbstverständlich am Finanzamt vorbei. Und dass mein Vater das sehr wahrscheinlich wusste, vermutlich sogar duldete, weil er und Lennart irgendeine Leiche im Keller hatten. Mit der Klärung dieser Angelegenheit wollte ich jedoch warten, bis unser Unity Tower in trockenen Tüchern war.

Ausgerechnet die Limberger Living hatte bei diesem Bauvorhaben die europaweite Ausschreibung gegen die Konkurrenz gewonnen. Und das lag – ganz unbescheiden – hauptsächlich an mir. Immerhin ging es um die Bebauung eines Filetgrundstücks in der Münchner Innenstadt, aber das erste Konzept von Lennart war schlicht chancenlos gewesen. Dabei war ich damals gerade erst von meiner Expedition auf unsere Baustellen in den Firmensitz zurückgekehrt. In der Herzogstraße in Schwabing hatte ich ein bescheidenes Büro bezogen. Zwischen meinem Büro und dem meines Vaters, durch Glaswände getrennt, saß seine langjährige Sekretärin Heidi, direkt vor mir Lennart von Marsch. Leider. Deshalb hatte ich mich hinter einer schwarzen Wand aus Bildschirmen verschanzt. So verschaffte ich mir ein wenig Privatsphäre und den wertvollen Vorteil, ihn nicht zufällig dabei beobachten zu müssen, wie er sich ausgiebig zwischen den Beinen kratzte. Und nicht nur das, denn Lennart von Marsch sah zwar immer aus wie aus dem Ei gepellt, aber er war der emsigste Nasenbohrer, den ich bisher kennengelernt hatte. Ich gab ihm deswegen schon lange nicht mehr die Hand, sondern beschränkte mich auf ein lässiges Hallo.

Und dennoch war und blieb er gefährlich. Ich wusste, dass er nur auf einen Fehler lauerte, seitdem ich mit seinem von mir komplett überarbeiteten Exposé die Auktion um das Baugrundstück gewonnen hatte. Im Gegensatz zu allen anderen Mitbewerbern hatte ich konsequent auf die soziale, die menschliche Komponente gesetzt. Während meiner Recherchen war ich auf ein ähnliches, aber sehr viel größeres Bauprojekt in den USA gestoßen. Detroit war einmal die viertgrößte Stadt des Landes gewesen, die sich durch den Niedergang der Autoindustrie jahrelang im freien Fall befunden hatte und jetzt ganz allmählich wieder erwachte. Unter anderem mit dem *District Detroit:* insgesamt fünfzig Häuserblöcke mit Wohnungen, Büros, Läden, Restaurants, Bars und einer Multifunktionshalle. Unser Unity Tower würde selbstverständlich ein paar Nummern kleiner ausfallen. Aber der Clou war meine Idee gewesen, die Hälfte der Wohnungen frei zu finanzieren und den Rest über einen Fonds und staatliche Förderprogramme zu finanzieren. Ich wollte am Münchner Hauptbahnhof nicht noch ein weiteres Ghetto für die Wohlhabenden hochziehen, sondern für eine echte Belebung der Innenstadt durch alle sozialen Schichten sorgen.

Genau an dieser Stelle kamen nun die Katakomben ins Spiel, wo der vermeintliche Bodensatz unserer Gesellschaft lebte. Doch gerade diese Menschen besaßen meiner Meinung nach ein Recht auf menschenwürdiges Wohnen.

Obwohl Münchens Oberbürgermeisterin Gudrun Bär unser Nutzungskonzept in der Öffentlichkeit als ihre Herzensangelegenheit vertrat, hatte es in den vergangenen Monaten immer wieder Störfeuer gegeben. Inzwischen lag unsere Baustelle brach. Hinter den Kulissen und quer durch alle politischen Lager gab es viele einflussreiche Personen, die sich mit unserem Unity Tower nicht anfreunden wollten. Allen voran die Stadtbaurätin Anna Mahler, die sich nach außen hin als engagierte Kämpferin für soziale Gerechtigkeit gab, aber offenbar vor allem daran interessiert war, die Limberger Living am ausgestreckten Arm verhungern zu lassen: Es hagelte Nachbesserungsanträge, die vom Baureferat nur sehr schleppend bearbeitet wurden. Einige unserer Subunternehmer waren deswegen bereits abgesprungen. Der Zoll hatte die Baustelle schon ein halbes Dutzend Mal ergebnislos kontrolliert. Und jetzt hatten sich auch noch die Archäologen eingeschaltet, weil während der Tiefbauarbeiten angeblich einige Artefakte aus dem Frühmittelalter gefunden worden waren, Tonscherben und Reste einer Feuerstelle. Mein Bauleiter schwor Stein und Bein, dass es diesen Fund nie gegeben hatte – aber die Prüfung war in vollem Gange, und die Arbeit am Unity Tower ruhte.

Doch jede Stunde, in der nicht gearbeitet wurde, kostete die Firma Geld. Sehr viel Geld. Unsere Investoren waren längst mehr als nur beunruhigt, und langsam wurde es mit der Liquidität knapp. Ich war mir absolut sicher, dass die Mahler mithilfe der überwiegend konservativen Medien ein doppeltes Spiel trieb. Die hatten zuerst den Begriff der »Katazombies« geprägt, um ganz bewusst die Angst der braven Bürger vor einem sozialen Brennpunkt in bester Citylage zu schüren. Und deshalb hatte mich Fionas Video in helle Aufregung versetzt. Ein Rave der Rich Kids in einer No-go-Area: Das konnte eigentlich nur Ärger bedeuten.

Ich spürte, wie sich rote Flecken auf meinem Hals ausbreiteten. Ich erhob mich aus meinem Sessel, griff nach meiner Handtasche und meinem Autoschlüssel und versuchte, nicht hektisch zu wirken. Mein Vater stand ebenfalls auf, und wir begegneten uns im Sekretariat.

»Na, machst du endlich Feierabend?«, fragte er. Sein Gesicht war vom Whisky gerötet. Ich fand, dass er zu viel trank, hatte darüber aber noch nie ein Wort verloren.

»Ja«, erwiderte ich schmallippig. »Ich bin tatsächlich hundemüde.«

»Morgen ist auch noch ein Tag.« Mein Vater lächelte.

»Morgen ist Sonntag«, sagte ich. »Und wir wollten auf den Friedhof, Mama besuchen.«

»Stimmt. Das wollten wir«, sagte er leise.

»Ich fahr heute jedenfalls nicht mehr raus. Ich bleibe in der Stadt. Bin morgen früh mit Fiona beim Friseur verabredet.«

»Ah ja, die Anwältin«, sagte er.

Ich nickte herüber zu Lennart. »Wollt ihr noch lange machen?« Ich senkte meine Stimme. »Die letzte Stunde hat ausschließlich er geredet.«

»Du kennst ihn doch«, flüsterte mein Vater. »Sei nicht immer so hart mit ihm.«

Es klang wie eine Entschuldigung. »Ein andermal«, winkte ich ab, »gute Nacht, Papa.«

»Schlaf gut, mein Kind! Morgen um eins? Auf dem Friedhof?«

»Ja, morgen um eins.«

»Und pass bitte auf, es könnte glatt auf den Straßen sein.«

»Immer.« Jetzt lächelte auch ich. »Ich habe noch keinen einzigen Punkt in Flensburg.«

Erst als sich unten in der Tiefgarage die Fahrstuhltür öffnete, sprintete ich los. Ich warf mich in meinen kleinen BMW, ließ den Motor an, steckte mein Mobiltelefon ein und rief Fiona an. Die sich natürlich nicht meldete. Wer zur Hölle waren die Veranstalter eines solchen Raves? »Verdammte Scheiße, Fiona, melde dich!«, schrie ich auf ihre Mailbox. Dann bog ich auf die Leopoldstraße und gab Gas.

Tagsüber braucht man von der Münchner Freiheit bis zum Hauptbahnhof etwa eine Viertelstunde. Jetzt schaffte ich die knapp vier Kilometer unter Umgehung aller Verkehrsregeln in weniger als acht Minuten. Ich hatte Riesenglück, dass ich keiner Polizeistreife begegnete. Dann hätte ich meine Punkte sicher gehabt.

Ich wohnte in der Goethestraße, in einer Zweizimmerwohnung mit Dachterrasse und Blick auf den Bahnhof. Jedenfalls immer dann, wenn ich keine Lust hatte, bis raus nach Pullach zu fahren. Dort lebte mein Vater allein in seiner schönen Villa, meinem Elternhaus, in dem eine großzügige Einliegerwohnung auf mich wartete. Eigentlich war das eine Verschwendung von dringend benötigtem Wohnraum. Das Appartementhaus hatte unsere Firma gebaut, und wir hätten diese Wohnung sehr gut vermieten können. Andererseits war es sicher nicht falsch, mich mit siebenundzwanzig allmählich abzunabeln. Doch dazu war das Verhältnis zu meinem Vater viel zu innig.

Als ich in die Tiefgarage bog, hätte ich beinahe einen Begrenzungspfahl mitgenommen, die wenigen Hundert Meter zu unserer Baustelle rannte ich. Ich kannte die Katakomben. Ich wusste um dieses erstaunliche Labyrinth unter dem Straßenpflaster, das erst unser Unity Tower öffentlich gemacht hatte.

Es war kalt. Nasskalt, und ich fröstelte, denn ich hatte in meiner Hektik vergessen, einen Mantel anzuziehen. Jetzt lief ich im Business-Outfit, aber immerhin mit meiner Maglite durch die Nacht. Als ich mich dem Nordeingang zu den Katakomben näherte, sah ich schon von Weitem die Schlange. Über der rostigen Tür zum Hauptverbindungstunnel leuchtete ein Diamant. Ich hatte weder Zeit noch Lust, mich da vorzudrängeln und womöglich eine Diskussion mit den Türstehern anzufangen. Schließlich gab es mehrere Zugänge in die Katakomben, zum Beispiel über das dritte Untergeschoss der geplanten Tiefgarage unseres Towers. Eine zweiflügelige Stahltür führte dort direkt in einen gleislosen U-Bahn-Schacht. Ich konnte mir gut vorstellen, dass dieser verdammte Rave im Dom stattfand, einem mächtigen Gewölbe, das später zur Energiezentrale des Towers umgebaut werden sollte. Ich knipste meine Maglite an und lief über eine glitschige Betonrampe ins dritte Untergeschoss. Sneakers, besser noch Gummistiefel wären prima gewesen, aber ich trug halbhohe Pumps und wäre ein paarmal fast hingefallen. Scheiß drauf, dachte ich, und holte den Schlüsselbund aus meiner Handtasche. Im Schein der Taschenlampe suchte ich nach dem richtigen Schlüssel. Das Schloss klemmte. Ich musste mich mit meinem ganzen Gewicht gegen die Tür stemmen, bis der Riegel endlich nachgab.

Mir schlug der typische Modergeruch entgegen. Ich war schon oft hier gewesen, sehr oft, und ich hatte meinem Vater schließlich klargemacht, dass es mir ernst war mit meinem Konzept. Ich hatte mit den Menschen gesprochen, die in den Katakomben lebten, hatte ihm sogar die Kosten für einen Kältebus aus unserer Firmenkasse schmackhaft gemacht – selbstverständlich gegen den Widerstand von Lennart von Marsch.

Diese Menschen hatten ihren Stolz, vielleicht mehr noch als andere. Man konnte nicht einfach zu ihnen hingehen, sie mit Geschenken überhäufen und hoffen, sie auf diese Weise ruhigzustellen. Gerade deswegen war dieser Rave absolute Scheiße. Die Veranstalter hätten zumindest fragen können.

Schon nach wenigen Metern hörte ich die Musik, die wummernden Bässe. Und je näher ich dem Dom kam, desto lauter wurden die Beats und das Gekreische und das Johlen der Menge. Ich tauchte ein in das wogende Meer aus Menschen, bekam schweißnasse

Haarspitzen ins Gesicht gepeitscht, fremde Hände betatschten mich, ein Knie rammte meinen Oberschenkel, und ein Typ mit glasigen Augen tanzte plötzlich vor mir her und wedelte dabei mit einer dieser lächerlichen Leuchtpalmen vor meiner Nase herum. Ich stieß ihn angeekelt beiseite und erreichte schließlich das DJ-Podest. Zwei Securitys standen wie Säulen zu beiden Seiten der schmalen Holztreppe, und ich wartetet einen Moment, bis sie abgelenkt waren. Dann hastete ich die Treppe hinauf. Der DJ und sein Assistent glotzten mich an.

»Mach die Musik aus!«, brüllte ich.

Er deutete auf seine Kopfhörer. »Was?«

»Du sollst die Musik ausmachen. Sofort!« Ich riss ihm die Kopfhörer vom Kopf.

»Bist du bekloppt, oder was?«, brüllte er zurück.

»Die Musik. Ausmachen. Sofort!«

»Wieso sollte ich?«

»Weil es hier sonst gleich eine Katastrophe gibt. Die Leute müssen alle hier raus! Und zwar jetzt!«

Der DJ sah mich mitleidig an. »Da musst du mit den Verantwortlichen sprechen. Da drüben, an der Schampusbar.«

Ich folgte seiner Geste, und da stand er. Max Mahler. Das hätte ich mir gleich denken können. Anscheinend hatte er unseren glorreichen gemeinsamen Abend, der hier unten geendet hatte, nicht ganz so schnell vergessen wie ich. »Ich *bin* die scheiß Verantwortliche!«, schrie ich den DJ erneut an, der jedoch bloß mit den Schultern zuckte. Im nächsten Moment verlor ich den Boden unter den Füßen, als mich zwei Paar Hände hochhoben. Das Letzte, was ich in diesem Augenblick wollte, war Stagediving. Ich versuchte, mich aus den Klammergriffen zu befreien, aber gegen die beiden muskelbepackten Securitys hatte ich keine Chance. Sie trugen mich wie eine Schaufensterpuppe über ihren Köpfen von der Bühne auf die Tanzfläche runter und stellten mich neben der Cocktailbar ab.

»Musikwünsche gibt's nicht«, sagte der Größere der beiden, »Enno ist kein Hochzeits-DJ, klar?«

In meinem Kopf überschlugen sich die Gedanken, wie ich diesen Rave beenden könnte. Mit Max zu reden schied schon mal aus.

Die beiden Bouncer hatten wieder Stellung an der Holztreppe bezogen, als mein Blick auf den flachen Kabelkanal am Boden fiel, der unter dem DJ-Podest endete. Niemandem fiel auf, wie ich mich zum Rand der Tanzfläche drängelte, ein paar Augenblicke später einfach abtauchte und auf Knien dem Kabelkanal folgte. Zweimal stieß ich mir dabei den Kopf an, was höllisch wehtat, und auf dem schmutzigen, rauen Betonboden zerfetzte ich mir die Strumpfhosen. Aber irgendwohin musste dieses Kabel ja führen. Ich knipste meine Maglite an, was im Stroboskopgewitter unterging. Knapp einen Meter vor mir erkannte ich plötzlich eine simple Verteilerdose, die ich von unseren Baustellen kannte. An einen Starkstromsicherungskasten hätte ich mich nicht rangetraut.

Es wurde schlagartig dunkel. Und still. Wie durch Watte hörte ich die Stimme des DJs über mir. »Fuck!«, sagte er, »o fuck!«

Dann schrie eine Mädchenstimme: »Feuer!« Und dann schrien alle. Binnen einer Minute herrschte die totale Panik, und ich kniete unter diesem verdammten Holzpodest und wusste nicht, was ich machen sollte. O Gott, Lisa, dachte ich, was hast du da bloß angerichtet?

7.
JANOSCH

Nach etwa drei Metern machte der Schacht eine scharfe Biegung nach links. Ich blieb einen Moment lang stehen, damit meine Augen sich an das Dunkel gewöhnen konnten. Dann knipste ich die Taschenlampenfunktion am Telefon an und tastete mich langsam weiter. Die Musik wurde leiser, dafür nahm der Gestank nach Moder zu. Die Dunkelheit war extrem. Im kalten Licht der Taschenlampe konnte ich Rostflecken an den rauen feuchten Wänden erkennen und hier und da ein Graffito. An manchen Stellen wuchs Moos in dicken schmierigen Flatschen. Hier hinten hörte ich vom Rave-Dom so gut wie nichts mehr. Dafür ein merkwürdiges Rascheln. Waren das Schritte? Oder vielleicht Ratten? Irgendwo schrie jetzt sogar ein Baby. Es war wirklich spooky, und für einen Moment dachte ich mit einem komischen Gefühl an das GHB. Ich richtete den Lichtkegel der Taschenlampe auf den Boden und ging langsam weiter, vorbei an noch mehr Schächten und Türen.

Auf einmal spürte ich, wie sich vor mir etwas bewegte. Das Licht erfasste ein Paar Schuhe. Es waren ausgelatschte Sneakers. Ein Modell aus dem vergangenen Jahrhundert. Total abgeranzt. Dem linken Schuh fehlte die Kappe. Ich erstarrte, als ich die nackten Zehen mit den langen, gelben, verhornten Nägeln sah, die vor Dreck starrten. Kotz.

Erschrocken riss ich das Telefon hoch und erkannte Bruchstücke einer zerfetzten grauen Jogginghose, einen zugeknöpften Trenchcoat, der sicherlich mal beige gewesen war, bis ich in das bärtige Gesicht eines alten Mannes blickte. Unter seiner Wollmütze wucherte fettiges graues Haar. Der Alte wirkte vollkommen verstrahlt. Er musterte mich durchdringend und flüsterte: »Meral?«

»Hä?« Was anderes fiel mir nicht ein.

»Meral?«, wiederholte er und trat an mich heran. Viel zu dicht an mich heran. Er roch säuerlich. Nach Grind und Pisse.

»Meral? Meral!«, sagte er erneut und streckte seinen rechten Arm aus.

Ich trat zwei Schritte zurück. Er folgte mir. »Ey, Alter!«, rief ich, »nicht anfassen, hörst du! Was bist 'n du für 'n Freak?«

Der Alte lächelte. »Meral!«, sagte er, ging zwei weitere Schritte auf mich zu und berührte meinen linken Oberarm. Ich schlug seine Hand weg. »Nicht anfassen!« Meine Stimme war ein Kreischen.

»Meral.« Er lächelte wieder und strich mit seinem rechten Zeigefinger über den Ärmel meiner Paillettenjacke.

Mir blieb nichts anderes übrig, als den Alten kräftig von mir wegzustoßen. Er konnte sich gerade noch an der Wand abstützen.

»Was 'n Freak«, murmelte ich angewidert. Ich wollte nur noch raus aus diesem Gang. Raus aus diesem Labyrinth. Zurück in den Dom unter meinesgleichen. Ich hatte genug gesehen, um mir vorstellen zu können, was hier unten los war. Dass hier tatsächlich Menschen hausten. Doch mein Rückweg war blockiert.

»Was willst du hier?«, zischte eine Stimme.

»Scheiße, Alter!«, rief ich.

»Ich frag dich nicht noch einmal: Was willst du hier?« Die Stimme hörte sich gefährlich an. Und extrem aggressiv. Sie gehörte einer jungen Frau, etwa so alt wie Nellie. Sie war schlank und drahtig, überragte mich um etwa einen halben Kopf. Sie trug Springerstiefel und eine schwarze Worker-Jeans mit Taschen an den Seiten. Unter ihrer gefütterten, speckigen Lederjacke hatte sie einen Hoodie an, die Kapuze tief ins Gesicht gezogen, und ihre Hände steckten in Fingerlingen.

In diesem Moment machte der Akku meines Telefons schlapp. Die rechte Hand der Fremden schnellte nach oben und hielt mir ein flackerndes Zippo vors Gesicht. Im tanzenden orangefarbenen Licht sah ich ihre wachen Augen mit auffällig grünen Pupillen. Sie musterte mich scharf, als würde sie etwas in meinem Gesicht suchen. Ich stieß hörbar den Atem aus und sagte freundlich: »Was seid ihr denn für Freaks hier?«

»Freaks, ja?«, sagte sie und funkelte mich aus ihren grünen Augen böse an. »Ist offenbar dein Lieblingswort.« Sie lächelte spöttisch.

»Okay«, sagte ich, »hab schon verstanden.« Ich hob beschwichtigend die Hände und schob mich an ihr vorbei in Richtung Dom. Sie trat übertrieben höflich zur Seite. Jetzt nur nicht rennen, dachte ich. Hinter mir schnappte das Zippo zu. Es war schlagartig wieder stockdunkel. Ich fummelte die Powerbank aus der Hosentasche, um mein Handy aufzuladen, und machte, dass ich davonkam. Ich war heilfroh, als ich mich nur Minuten später wieder im Dom befand. In Sicherheit. Dort, wo der Rave am Kochen war. Zwei Securitys transportierten gerade eine Rothaarige vom DJ-Podest. Sie wehrte sich nach Leibeskräften, strampelte und versuchte, zu kratzen und zu beißen. Peinlich.

Max bemerkte mich gar nicht. Er stand immer noch an der Bar mit dem Rücken zu mir, beobachtete die groteske Szene auf der DJ-Bühne und grinste. Dabei unterbrach er sein Gespräch nicht einen Moment, und ich erkannte das Girlie vom Eingang. Sie gestikulierte wild. Ich war mir nicht sicher, ob ich da erwünscht war. Die unheimliche Begegnung mit den beiden Walking Dead eben hatten mich ziemlich gestresst. Ich versuchte, Nellie zu finden. Sie steckte irgendwo auf dem Dancefloor und war mittlerweile sicher vollkommen weggetreten von der Musik. Ich konnte sie nicht entdecken, dafür sah ich aber, dass oben auf der Empore noch immer die Frau stand und filmte. Und wenn mich nicht alles täuschte, hatte sie gerade Max und die kleine Vanessa im Fokus. Ich gab Max ein Zeichen.

Er kapierte nicht sofort, sondern zog das Girlie zu sich heran. »Das ist übrigens Alina!«, rief Max.

Ich war mir ziemlich sicher, dass sie eben noch Vanessa geheißen hatte. Aber scheiß drauf. Was sind schon Namen?

»Ist Alina vielleicht berühmt?«, fragte ich und zeigte erneut zur Empore hinauf. »Ihr beiden werdet nämlich gerade gecastet.«

Das Mädchen sah nach oben und erstarrte. Und auch die Frau nahm das Handy runter und stierte zurück. Eine Sekunde später stampfte sie die Treppe nach unten, ihr Blick ließ das Mädchen nicht los, während sie sich rücksichtslos durch die beseelten Raver pflügte. Vanessa tauchte plötzlich in der Menge ab. Max versuchte, sie am Gehen zu hindern, aber sie riss sich los. Panik, ganz klar.

»Scheiße«, sagte Max, »was ist denn mit der los?«

»Keine Ahnung. Aber die ist dir doch sowieso zu alt«, erwiderte ich. Es sollte ein Witz sein.

»Du raffst gar nichts, Bro!«, sagte Max. »Die ist gerade mit meinem GHB abgehauen.« Er klang zornig. Ich zuckte mit den Schultern.

Max sammelte am anderen Ende der Champagnerbar MFM und Wenzel ein, dann wurden die drei von der entfesselten Meute verschluckt.

Ich bestellte gerade ein frisches Glas Champagner, als sich eine Hand fest auf meine Schulter legte und mich herumriss. Der Champagner spritzte aus dem Kelch.

»Ey, Pfoten weg!«, rief ich. Es war die Frau, die uns eben noch von der Empore herunter gefilmt hatte. Sie überragte mich um fast einen Kopf. Ein Tier, dessen Kralle meine rechte Schulter festhielt.

»Sie tun mir weh!«, rief ich.

»Wo ist sie hin?«

»Wer?«, fragte ich dümmlich.

»Das Mädchen, das eben noch hier bei euch gestanden hat. Alina.«

Also doch nicht Vanessa. »Sie lassen mich jetzt erst mal los«, sagte ich. »Wer sind Sie überhaupt?«

Sie lockerte den Griff um meine Schulter und nahm ihre Hand schließlich ganz weg. Ich stand mit dem Rücken zur Bar. Abhauen war unmöglich. Ihre Lederjacke roch nach Fett.

»Jetzt weiß ich es: Sie sind Polizistin!«

Doch sie schien keine Lust auf Geplänkel zu haben.

»Hör mir mal gut zu, du kleiner Clown. Ich will wissen, wo sie hin ist. Und wie dein Freund heißt.«

Das waren gleich zwei Fragen, die ich ihr eigentlich nicht beantworten wollte. Aber etwas anbieten musste ich ihr.

»Woher soll ich das wissen? In diesem Gewusel verliert man doch jeden aus den Augen. Außerdem hab ich sie heute zum ersten Mal gesehen. Sie heißt Alina oder Vanessa oder so. Vorhin am Eingang hat sie VIP-Bändchen verteilt.«

Sie nickte. »Alina? Und dein Freund?«

Klappte großartig, meine Verschwiegenheitstaktik.

»Keine Ahnung. Das ist nicht mein Freund. Woher soll ich wissen, wie der heißt. Was wollen Sie denn von ihm?«

Sie ging nicht auf meine Frage ein.

»Wenn man lügt, rutschen bei jedem Menschen die Pupillen nach rechts oben, wusstest du das? Und man kann nichts dagegen tun.« Sie sah mich freundlich an, aber das war nur gut gefakt. »Und weißt du, Janosch Seiler, den Namen von diesem hübschen Bengel kriege ich auch ohne dich ganz schnell raus.«

Ich hatte zwar noch nie geboxt, aber genau so musste sich ein K. o. anfühlen. Sie ließ mir keine Zeit, mich zu erholen.

»Ich hätte dich schon längst hochgehen lassen können«, sagte sie, »aber deine Kleingelddealerei interessiert mich tatsächlich einen Scheiß.«

Mir wurde kalt.

»Ist auch gar nicht mein Zuständigkeitsbereich. Also, wie lautet der Name?«

Ganz großes Kino. Zwei Türen, eine davon in die Freiheit, die zweite zum Galgen. Aber ich würde niemals jemanden verpfeifen.

»Keinen blassen«, sagte ich und hoffte, dass meine Pupillen taten, was ich ihnen befohlen hatte. Nach vorne zu schauen. Geradeaus, mitten in ihr Gesicht.

»Na gut«, sagte sie, nachdem wir ein paar endlose Sekunden das Wer-blinzelt-zuerst-Spiel gespielt hatten. Dann trat sie einen Schritt zurück. »Wir sehen uns, und das könnte schon bald sein. Vielleicht fällt dir bis dahin noch was ein.«

Sie drehte sich um und ging wieder zurück in Richtung Treppe. Ich sah ihr mit klopfendem Herzen nach. Oben auf der Empore blieb sie stehen und ließ noch einmal ihren Blick durch den Dom schweifen. Mich ignorierte sie dabei ganz bewusst. Kacke. In was war Max da bloß reingeraten? Und wieso hatten mich die Bullen auf dem Schirm?

8.
MAX

Plötzlich stand Nellie vor mir und hielt mich am Arm fest. Maja und Wenzel waren schon so hinüber, dass sie einfach in mich reinrannten.

»Oops«, sagte Wenzel. Er schwankte hin und her.

Meine Schwester hatte mir gerade noch gefehlt.

»Suchst du jemanden?«, fragte sie.

»Nee, wir wollen noch bisschen was ballern.«

»Noch mehr? Ihr seid doch schon drüber!«

Ich drehte mich um. Musste kurz klar werden, und das dauerte ein paar Sekunden.

»Wo ist denn Janosch?« Meine Zunge funktionierte tatsächlich nicht mehr ganz so.

»Janosch kommt schon klar. Ganz im Gegensatz zu dir. Gib mir das Zeug.« Sie streckte ihre rechte Hand aus. »Los, gib es mir.«

Ich schüttelte den Kopf. »Ist doch alles gut. Alles gut. Mir geht's prima.«

»Gib. Es. Mir!« Nellie ließ nicht locker.

»Komm Schwesterherz. Mir geht's wirklich gut!«

»Du müsstest dich mal sehen. Und hör verdammt noch mal auf, so dämlich zu grinsen.«

Nellie packte mich wieder am Arm und zog mich mit, vorbei an einem Absperrgitter, hinein in einen der dunklen Gänge. Maja und Wenzel stolperten hinter uns her. Ich wollte mich wehren, aber irgendwie ging es nicht. Obwohl meine Gedanken total klar waren, kriegte ich die Umsetzung nicht hin.

Nach ein paar Metern blieb Nellie vor einer runtergekommenen Stahltür stehen. Sie war vor langer Zeit wohl einmal blau gestrichen gewesen, doch die Farbe war abgeblättert und das Türblatt mit Rostpickeln übersät. Die Tür stand einen Spalt offen. Aus dem Raum dahinter drang ein orangefarbener, schwacher Lichtschein. Nellie stieß die Tür mit dem Fuß auf und schob mich hinein. Sie blieb im Türrahmen stehen.

»Ey, ich will auch mit!«, sagte Maja. »Los Wenzel!«

Beide drängelten sich an Nellie vorbei. Wie die Schulbuben standen wir vor ihr. Sie streckte erneut die Hand aus.

»Gibst du mir jetzt bitte das Zeug?« Hier drinnen mussten wir uns wenigstens nicht mehr so anschreien.

»Was geht denn hier ab?«, stammelte Wenzel.

Nellie ignorierte ihn. »Ich hab absolut keinen Bock, dich später wieder überall zu suchen, weil du in irgendeiner Ecke abschmierst.«

Sie kam zu mir und langte in meine linke Hosentasche. Ich wehrte mich. Wir rangelten ein bisschen. Dann schubste ich sie weg, und sie prallte mit dem Rücken gegen die Tür. Ich sah sofort, dass ich ihr wehgetan hatte. Aber sie versuchte tapfer, sich nichts anmerken zu lassen. Ich kratzte mich verlegen im Nacken.

»Nellie«, sagte ich versöhnlich, »es tut mir leid!« Ich griff selbst in meine Hosentaschen. »Ich hab es gar nicht mehr.«

Ihr Blick war bitterböse. Oder weinte sie etwa? Verdammt. Sie drückte den Rücken durch und sagte: »Wisst ihr was? Verreckt doch alle an dem Zeug!« Dann drehte sie sich um, knallte die Tür zu und ließ Maja, Wenzel und mich wie die letzten Deppen stehen.

Aber wir waren nicht allein. Ich knipste mein Telefon an. Das schwache Licht des Displays reichte aus, um Alina zu erkennen. Sie saß auf dem Boden, an die Wand gelehnt und war völlig weggetreten. Neben ihr lag mein Fläschchen GHB. Es war ausgelaufen.

»Was denn jetzt?«, nörgelte Wenzel. »Etwa kein Nachschlag?«

»Sei mal still«, sagte ich und kniete mich neben Alina.

»Was ist mit ihr?«, fragte Maja.

»Sieht nach einer vollen Dröhnung aus. Sie pennt.«

»Ich würde eher sagen, die ist im Koma«, sagte Maja. Sie ging zur Tür, aber die Klinke ließ sich nicht bewegen. »Deine Schwester hat uns eingesperrt.«

»Fuck!«, sagte ich und sah auf Alina hinunter.

»Was machen wir jetzt?«

»Die Katakomben sind ein Labyrinth. Aber die Gänge und Räume sind alle miteinander verbunden.«

»Du weißt ja echt Bescheid!«, staunte Maja.

Ja, wusste ich. Denn genau in diesem Gang hatte ich damals mit der Businessmaus rumgemacht. Oder sie mit mir. Und ich fragte mich im Stillen, warum sie eben auf der DJ-Bühne für Stress gesorgt hatte.

Lisa war ein paar Jahre älter als ich. Wir hatten uns in einer Tapasbar kennengelernt, als Maja für Modeaufnahmen ein paar Tage in Mailand gewesen war. Sie hatte mich angesprochen, und wir hatten uns ganz gut unterhalten. Nicht nur das übliches Blabla, sondern ernsthaft. Irgendwann hatte sie mir von den Katakomben erzählt, einer Art Stadt in der Unterwelt, in der die Verlorenen leben würden. Die Penner, Junkies und Aussätzigen. Und vom Unity Tower, an dem ihre Firma arbeitete und der einen Meilenstein in der Stadtentwicklung werden sollte. Ich hatte sie angelächelt und beiläufig gefragt, ob ich sie dann nicht mal mit meiner Mutter connecten sollte – die sei schließlich für die Stadtentwicklung verantwortlich.

»Anna Mahler ist deine Mutter?«, hatte Lisa erstaunt gefragt, und ich hatte genickt.

Als sie uns dann gegen Mitternacht aus der Bar rauskomplimentiert hatten, wollte Lisa mir die Katakomben zeigen. Sie würde sich da unten auskennen und auch mit den Leuten klarkommen, die dort hausten.

»Die sind ziemlich misstrauisch gegenüber Fremden, und manche von denen haben echt ’nen Hau«, erzählte sie mir damals. »Aber inzwischen kennen sie mich. Sie wissen, was unsere Firma vorhat und dass wir sie später als Mieter unserer Sozialwohnungen akzeptieren werden, wenn der Tower erst einmal steht.«

Ich war so geflasht vom Labyrinth und den Katakomben, dass ich ihre sozialromantische Ader einfach ignorierte. Diese Unterwelt war eine hammergeile Location für einen spektakulären Rave. So eine Party hatte München garantiert noch nie erlebt, und während sie geredet und geredet hatte, hatte ich schon angefangen, zu planen und Geld zu zählen.

Dann hatten wir beide tatsächlich noch ein bisschen Spaß gehabt, obwohl ich überhaupt nicht darauf aus gewesen war, Lisa zu knallen. Aber wozu hätte ich mich wehren sollen? Sie sah gut aus und hatte was im Kopf. Trifft man auch nicht alle Tage.

Tja. Das nächste Mal hatte ich sie gesehen, als sie vorhin aufs DJ-Podest geklettert war.

Ich stand auf. »Da hinten brennt ein Notlicht. Und wo Licht brennt, könnten Leute sein.« Ich fühlte mich wie der sprichwörtliche Wanderer im dunklen Wald, der gegen seine Angst anpfeift. Ich stolperte zum anderen Ende des Raumes, wo sich eine weitere Tür befand. Und sie stand offen. Gott sei Dank, dachte ich.

»Los, kommt! Hier geht es raus!«

»Und was ist mit ihr?«, fragte Maja.

»Lass sie pennen«, lallte Wenzel.

»Aber die ist ohnmächtig!« Maja stieß Alina mit dem Fuß an. Keine Reaktion.

»Scheiße«, sagte ich.

Da sank Alinas Oberkörper wie in Zeitlupe zur Seite. Aus ihren Mundwinkeln tropfte Speichel. Maja wurde hysterisch und fing an, gegen die Tür zu hämmern. Ich ging zurück und hockte mich wieder neben Alina.

»Wach auf!« Ich tätschelte ihre Wange. Aber da passierte nichts.

»Scheiße, die ist tot«, rief Maja schrill und hämmerte noch einmal gegen die Tür.

»Nee, glaub ich nicht.« Aber irgendwas in meinem zugenebelten Hirn sagte mir, dass Maja vielleicht recht hatte.

»Wenzel, fass mit an. Wir müssen sie hier rausbringen!«, aber der war zu nichts mehr in der Lage. Also versuchten Maja und ich, Alina hochzuheben.

Doch auch das ging schief.

»Ich schaff das nicht«, sagte Maja, »dabei ist die so dünn.« Wir mussten Alina vorsichtig wieder auf den Boden legen.

»Allein pack ich das auch nicht. Sehen wir zu, dass wir hier rauskommen. Und dann rufen wir den Notarzt.«

Maja bückte sich, hob das leere GHB-Fläschchen auf und gab es mir.

So schnell wir konnten, liefen wir in den Gang, der mir noch gut in Erinnerung war.

»Da sind Rohre. Hier sind wir richtig.« Nach ein paar Metern wurde die Musik wieder lauter. »Der Gang muss um den Dom herumführen.« Ich tat überrascht, obwohl ich es besser wusste.

»Es stinkt«, beschwerte sich Wenzel.

»Ja, Alter, hier stinkt es überall.«

Als wir nach ein paar Metern eine weitere Tür passierten, flammte in dem Raum dahinter ein Feuerzeug auf. Der Geruch nach Spiritus war unverwechselbar, und schon im nächsten Moment brannte es lichterloh. Ich sah eine schlanke Gestalt, die einen dunklen Hoodie trug, die Kapuze tief ins Gesicht gezogen, darüber eine kurze Lederjacke. An der gegenüberliegenden Wand, hinter der sich der Dom befand, brannten jetzt ein paar Matratzen, Klamotten und irgendwelcher Müll, sorgfältig aufgeschichtet. Die Gestalt zerrte eine weitere Matratze auf den Scheiterhaufen und spritzte noch eine Ladung Spiritus aufs Feuer.

»Ey, was machst du da?«, rief ich. Die Gestalt fuhr herum. Ich sah, dass die ersten Flammen bereits in ein Lüftungsgitter leckten, das in die Wand eingelassen war. Sie wurden immer höher, und die vermummte Gestalt musste vor der Hitze zurückweichen.

In diesem Augenblick gab es einen ohrenbetäubenden Knall, und alles war still. Ein paar Sekunden später kreischte eine Mädchenstimme im Dom: »Feuer!«

9.
JANOSCH

Alle meine Lieben waren irgendwohin verschwunden, doch zum Glück tauchte Benny aus der Crowd auf, verschwitzt, aber glücklich. Benny war ein hübscher Playa, mit dem ich schon mal was gehabt hatte. Vor André selbstverständlich. Wir begrüßten uns mit einem Küsschen.

»Hast du vielleicht was zu trinken für mich?«, fragte Benny mit einem Blick auf mein VIP-Bändchen. »Bin gerade nicht bei Kasse.«

Ich gab dem Barkeeper ein Zeichen. Zweimal Champagner. Nur ein paar Sekunden später hielten wir die Gläser in den Händen.

Als Benny und ich gerade anstießen, wurde es schlagartig dunkel im Dom. Auch die Musik war aus. Es gab einen kurzen Aufschrei. Jetzt leuchteten nur noch die kleinen Palmen, was allerdings ziemlich lustig aussah, und vereinzelt blitzten Handytaschenlampen auf. Die Crowd wusste nicht, ob diese plötzliche Stille und Dunkelheit Programm waren. Ich wusste es auch nicht. Aber nachdem nichts passierte, einfach gar nichts; nachdem eine Sekunde nach der anderen verstrich, machte sich die erste Unruhe breit.

»Sag mal, Janosch, riechst du das?«, sagte Benny. »Hier brennt was.«

Ich schnupperte. »Hast recht«, sagte ich flüsternd.

»Scheiße.«

Wo waren nur Nellie und Max?

»Von wo kommt das?«

»Keine Ahnung«, sagte Benny, »aber ich habe echt keinen Bock auf Panik.«

Der Brandgeruch wurde stärker. Dann schrie eine Mädchenstimme: »Feuer!«

Jetzt sah ich es auch: Auf der gegenüberliegenden Seite des Doms, dort, wo sich die Cocktailbar befand, züngelten Flammen aus der Wand. Es dauerte nur wenige Augenblicke, bis sie das Dach der Bar erreichten. Die trockenen Schilfblätter verwandelten sich innerhalb von Sekunden in einen laut prasselnden Feuerball.

Die ersten Raver rannten bereits auf die beiden Treppen zu, die auf die Empore führten, und von dort weiter in den Gang. Auch Benny rannte los. Gleichzeitig fiel das brennende Schilfdach der Bar hinunter auf den Holztresen und setzte ihn in Brand. Schon explodierte die erste Flasche. Um uns herum begannen Leute zu schreien. Immerhin konnte man jetzt wieder etwas sehen, aber auch das konnte die Panik nicht mehr verhindern. Im Gegenteil.

Plötzlich stand Nellie neben mir.

»Wir müssen sofort hier raus!«, rief sie. »Komm schon!«

Sie griff nach meiner Hand.

»Aber nicht über die Treppe. Da werden wir niedergetrampelt. Ich kenne einen besseren Weg!«

Nellie sah mich fragend an.

»Vertrau mir!«, sagte ich, obwohl ich keinen Schimmer hatte. Aber wenn hier unten Menschen lebten, würde es weitere Ausgänge aus diesen verfickten Katakomben geben. »Was ist mit Max?«, rief ich.

Nellie ließ meine Hand los und schaute sich verzweifelt um. Der Qualm im Dom wurde dichter, die Flammen schlugen rasch höher und erfassten jetzt das verwaiste Podest des DJs. Von Nellies Bruder, Wenzel und MFM war nichts zu sehen.

»Der kennt sich hier unten aus«, erwiderte sie, »dem wird schon nichts passieren!« Aber ihre Stimme klang nicht überzeugt.

Vor den Treppen staute sich eine Menschentraube. Alle wollten nur eins: nach oben, ins Treppenhaus. Es wurde gedrängelt, gestoßen, geschlagen, geschubst. Und es wurde geschrien. Auf den Stufen stürzten die ersten Raver. Sie wurden von den Nachfolgenden überrannt.

Ich wunderte mich über mich selbst, dass ich so ruhig blieb. Aber noch länger warten durften wir nicht. Der Rauch wurde immer dichter. Beißender. Es stank bereits nach schmelzendem Kunststoff. Und mit dem Rauch und der Hitze wuchs auch die Panik im Dom. Ich packte Nellies linke Hand und zog sie einfach hinter mir her. Hinein in den dunklen Gang, wo ich vorhin den beiden Gestalten begegnet war. Ein paar Raver folgten uns. Max, Wenzel und MFM waren nicht dabei. Ich hoffte inständig, dass wir uns nicht irrten – ich, was die Ausgänge betraf, und Nellie, dass Max und Wenzel sich hier unten tatsächlich auskannten. Ich würde es mir nie verzeihen, wenn Max etwas zustoßen sollte. Und Nellie sowieso nicht. Aber wenn wir hierblieben, würden wir noch ersticken.

Immer mehr Menschen folgten uns. Nellie blieb plötzlich stehen.

»Hörst du das?«, schrie sie.

»Was?«

»Da hämmert jemand gegen diese Tür!«

Eine Welle Flüchtender überrannte uns. Wir wurden an die Wand gedrückt und konnten uns gerade noch auf den Beinen halten. Nellie versuchte vergeblich, die Tür zu öffnen. Sie bekam einen Ellbogen in die Seite und sackte zusammen. Ein Fuß streifte ihren Kopf. Ich half ihr hoch. »Wir müssen hier raus, Nellie!«, rief ich. »Da hinten kommen schon die Nächsten. Die trampeln uns tot!«

»Verdammte Scheiße!« Sie sah noch einmal auf die Stahltür. Sie schien irgendwie unschlüssig zu sein, aber dann sagte sie: »Lass uns verschwinden.«

10.
MAGDALENA

Als ich aus dem Versorgungstunnel nach draußen stolperte, riss ich mir den Schal herunter, den ich mir als Schutz gegen den Qualm und die Dämpfe vor Mund und Nase gebunden hatte. Nach ein paarmal tief Luftholen ging es mir schon bedeutend besser. Hinter mir strömten die Raver hustend, stöhnend und keuchend aus der Tür, andere hatten offenbar weitere Ausgänge aus dem Labyrinth gefunden, doch alle versammelten sich auf dem Vorplatz, wo bereits mehr als zwei Dutzend Rettungs- und Notarztwagen, drei Züge der Berufsfeuerwehr, drei Mannschaftswagen der Polizei und der Einsatzbus der Suchhundestaffel parkten. Einige der jungen Leute weinten oder schluchzten hysterisch, hatten Verletzungen davongetragen, die meisten bluteten aus Kopfwunden oder humpelten, andere hatten auf der Flucht ihre Schuhe verloren. Ich hatte keine Ahnung, wie viele Menschen sich noch in den Katakomben befanden und womöglich gerade an einer Rauchvergiftung starben.

Ersthelfer verteilten Wärmefolien, Rettungswagen fuhren mit Blaulicht und eingeschaltetem Martinshorn ab, weitere Rettungswagen kamen an und mit ihnen die ersten Fernsehteams. Eine Reporterin freute sich über die grandiosen Bilder – zuckende Blaulichter auf nassem Asphalt und dazwischen dicke Qualm- und Rauchwolken, die aus den Gully- und Kanaldeckeln waberten. Ich hätte dieser Schnepfe liebend gerne ein paar Takte erzählt, aber ich hatte jetzt Besseres zu tun.

Fast alle, die eben ihr Leben gerettet hatten, ganz gleich, ob sie verletzt waren oder nicht, waren sofort mit ihren Mobiltelefonen zugange. Ich entdeckte Janosch Seiler mit seinem albernen Paillettenjäckchen und den idiotisch gefärbten Haaren. Sein weißblondes Deckhaar stülpte sich wie ein kreisrunder Kochtopf über seine dunkelbraunen Haare, die unter diesem Deckel hervorlugten. Er war offenbar gerade damit beschäftigt, eine Live-Story zu posten.

»Ihr Lieben«, hörte ich ihn aufgeregt erzählen, »ihr könnt euch das bestimmt nicht vorstellen! Ich weiß auch nicht genau, was hier gerade passiert ist, aber bis eben war ich noch mittendrin im Rave des Jahres! Dann plötzlich Stille, ein Feuer, Qualm und Rauch. Die vollkommene Panik, es war die Hölle. Ich bin nur froh, dass ich lebend aus den Katakomben rausgekommen bin –«

Weiter kam er nicht, denn unvermittelt tauchte eine hübsche junge Frau neben diesem Clown auf und schrie ihn an:

»Hast du sie noch alle, Janosch? Ich kann Max nirgendwo finden, und du machst irgendwelche bescheuerten Storys?«

»Ach komm, Nellie, der ist sicher irgendwo …«

Nellie also. Und Janosch. Genau diese beiden hatten mit dem Angeber, der offenbar Max hieß, an der Champagnerbar gestanden. Und beide vermissten den Jungen unten in den Katakomben. Jetzt musste ich nur noch eins und eins zusammenzählen, und dann war es dieser Max gewesen, mit dem Alina sich unterhalten hatte, bevor sie in der Menge abgetaucht war. Es wurde Zeit, sich Janosch noch einmal vorzuknöpfen. Und diese Nellie gleich dazu.

Die Kollegen von der Schutzpolizei hatten inzwischen mit Flatterband dafür gesorgt, dass nur noch die Einsatzkräfte Zutritt zu den Katakomben hatten. In einer Sperrzone wurden die Raver namentlich erfasst und, falls notwendig, medizinisch versorgt. Die Eingänge hatten sie zusätzlich mit Absperrgittern gesichert, an denen uniformierte Kollegen postiert waren.

Meine beiden Zielpersonen hatten es bis dahin geschafft. Ich konnte hören, wie Nellie rief: »Aber ich muss da rein. Mein Bruder ist garantiert noch da unten! Mein Bruder Max. Bitte!« Die Verzweiflung in ihrer Stimme war unüberhörbar, aber der junge Kollege blieb hart.

»Tut mir wirklich leid, aber ich kann – ich darf Sie da jetzt nicht mehr reinlassen!«

»Max! Max!«, schrie Nellie. »Mein Bruder ist da noch drin!« Sie machte Anstalten, den Polizisten aus dem Weg zu schubsen.

»Bitte!«, sagte der Kollege, »beruhigen Sie sich. Wir nehmen gleich Ihre Personalien auf, und dann suchen wir Ihren Bruder. Einverstanden?«

»Kleinen Moment, bitte!« rief ich im Näherkommen. »Kollege Wolf?« Der Name stand auf dem Schild an seiner Uniform. Er sah mich neugierig an. Auch Nellie und Janosch drehten sich um. »Guten Morgen, Kollege«, sagte ich, »ich hab gerade einen Anruf vom Revier bekommen.« Ich hielt meinen Dienstausweis hoch. »Kaltbrunner, Magdalena. Bundespolizei! Ich soll euch bei der Aufnahme der Personalien unterstützen.«

Eine junge Schutzpolizistin eilte heran und stellte sich mir in den Weg.

»Wir haben Anweisung, niemanden durchzulassen, und von der BuPo hat uns keiner was gesagt.«

»Wie immer«, entgegnete ich lachend, »Kommunikation zwischen Dienststellen ist nun mal Glückssache … Aber das lernen Sie schon noch!«

»Sie müssen es ja wissen. Treten Sie jetzt bitte zurück«, sagte die junge Polizistin streng und zeigte auf das Flatterband. Auf ihrem Namensschild stand Mehlin.

»Aber Sie wissen doch, Kollegin Mehlin, dass es sich beim Hauptbahnhof um unseren Hoheitsbereich handelt?«

»Ich kann selbstverständlich beim Einsatzleiter nachfragen«, erwiderte sie ungerührt. »Ihre Dienstnummer?«

»Ja, machen Sie das bitte«, entgegnete ich, ratterte meine Dienstnummer herunter und schlüpfte unter dem Absperrband durch an ihr vorbei. Ich war mir sicher, dass sie niemals anrufen und fragen würde, ob sie eine Hauptkommissarin an der Ausübung ihrer Arbeit hindern durfte. Gerade in einer solchen Ausnahmesituation mit Gefahr in Verzug folgt auf eine dämliche Frage nicht selten ein Anschiss erster Güte.

»Sie vermissen Ihren Bruder?«, fragte ich, als ich nach wenigen Schritten neben den beiden jungen Leuten stand.

Janosch Seiler schaute mich entgeistert an.

»Kennst du die Kommissarin etwa?«, fragte Nellie mindestens ebenso verwundert wie der Clown.

Janosch nickte.

»Wer ist denn Ihr Bruder? Wie sieht er aus?« Ich wollte den Überraschungseffekt ausnutzen.

Janosch öffnete wie ferngesteuert den Bildspeicher seines Mobiltelefons. Er musste nicht lange suchen, bevor er mir ein Party-Selfie präsentierte, das ihn und Max zeigte.

»Er ist garantiert noch da unten! Er heißt Max, Maximilian Mahler. Mit H!«, sagte Nellie aufgeregt.

Ich sah, wie es hinter Janoschs Stirn ratterte.

»Und Sie sind?«

»Nellie Mahler und Janosch Seiler«, sagte er. »Aber wir kennen uns doch schon. Wir haben doch miteinander gesprochen, kurz bevor –«

»Ja, ja«, sagte ich kurz angebunden, »ich erinnere mich.« Ich wandte mich erneut an Nellie. »Ihr Bruder war mit Ihnen zusammen, Nellie?«

»Ja. Nein, mit seinen Freunden. Maja-Florence –«

»Ja oder nein?«

»Er war zusammen mit Maja-Florence Mühlberg und Wenzel Graf von Werneck«, schaltete Janosch sich ein. »Und Sie haben gefilmt!«

»MFM und Wenzel hab ich auch noch nicht gesehen«, fügte Nellie hinzu.

»Aber wann haben Sie denn Ihren Bruder zuletzt gesehen? Und mit wem?«

»Da unten halt. Mit den anderen, Maja und Wenzel. Wann genau, weiß ich nicht. Kurz bevor der Strom ausfiel.«

»War sonst noch jemand dabei?«

»Wie meinen Sie das?«, fragte Nellie.

Ich bemerkte, wie die beiden einen Blick miteinander tauschten. Aber jetzt konnte ich nicht mehr zurückrudern.

»War eventuell noch ein anderes Mädchen dabei? Und hieß die vielleicht … Alina?« Es fiel mir schwer, den Namen meiner Tochter auszusprechen.

Nellie und Janosch zuckten beinahe gleichzeitig mit den Schultern. Aber ich konnte deutlich spüren, dass sie mir nicht die ganze Wahrheit sagten. Oder sagen wollten. Weil sie mir nicht trauten. Und noch etwas anderes spürte ich in diesem Moment. Für Ärger habe ich äußerst sensible Antennen.

»Ja, das ist sie«, sagte eine Stimme hinter mir. Offenbar hatte die junge Polizistin doch telefoniert. Ich drehte mich um und sah mich dem Einsatzleiter, den ich nicht kannte, und meiner Chefin Christiane Sommer gegenüber.

»Ich habe der Hauptkommissarin Kaltbrunner wirklich versucht zu erklären, dass die Kollegen der BuPo –«, begann das dienstbeflissene Polizeiküken, aber ich schnitt ihr mit einer Handbewegung das Wort ab.

»Ist schon okay«, sagte ich und ließ alle einfach stehen. Es war mir egal, was sie von mir dachten, meine Chefin oder die beiden Kinder. Alles, was mich jetzt interessierte, war, diesen Max zu finden. Ich hoffte inständig, dass er noch lebte.

11.
LISA

Eine Sanitäterin hatte mich in eine Wärmedecke gewickelt. Meine Pumps hatte ich auf der Flucht vor dem Feuer verloren. Ich war barfuß durch die Katakomben gerannt, aber irgendeine göttliche Macht hatte dafür gesorgt, dass ich allen Scherben, Nägeln oder Splittern ausgewichen war. Meinen persönlichen Wundervorrat hatte ich mit Sicherheit zur Hälfte aufgebraucht.

Tatsächlich hatte ich wohl zu den Letzten gehört, die noch rausgekommen waren. Was war da unten verdammt noch mal geschehen?

Okay, ich hatte für den Stromausfall gesorgt, aber für das Feuer war ich nicht verantwortlich. Im Gegenteil, als unfreiwillige Nachzüglerin, die den kürzesten und sichersten Weg heraus aus den Katakomben kannte – über den U-Bahn-Schacht und die Tiefgarage –, hatte ich mindestens fünfzig der Feiernden in Sicherheit gebracht.

Doch dieser Rave hätte einfach niemals stattfinden dürfen. Und ausgerechnet ich blöde Kuh hatte vermutlich für die Initialzündung dieser Partyidee gesorgt. Denn ich hatte Max Mahler, den Sohn der Intimfeindin unseres Unternehmens, in den Katakomben gevögelt. Ganz abgesehen davon, was das über mich sagte, fühlte ich mich außerdem wie eine Saboteurin, die nicht nur ihr eigenes Projekt massiv gefährdet, sondern auch ihren Vater hintergangen hatte. Noch schlimmer, ich hatte Lennart von Marsch ausreichend Munition geliefert, um mich dort zu platzieren, wo ich nach seiner Ansicht hingehörte: in die zweite, wenn nicht sogar in die dritte Reihe der Limberger Living. Kaffee kochen, Schnittchen servieren, ein bisschen Buchhaltung und die Ablage organisieren. Oder möglichst schnell heiraten und Kinder bekommen. Dabei hatte ich doch oft genug bewiesen, dass ich etwas konnte. Dass mein teures Studium nicht vergeblich war. Außerdem hatte ich so ziemlich alle meine sozialen Kontakte geopfert, um unsere Firma voranzubringen.

Ich tippte sinnlos auf meinem Telefon herum. Immerhin erfuhr ich so über Instagram, dass auch Fiona es herausgeschafft hatte. Sie war sicher und unverletzt, zum Glück.

»Vielen Dank für Ihren Einsatz. Ich nehme meine Tochter jetzt mit nach Hause«, sagte eine Stimme, die ich kannte. Und dann stand mein Vater auch schon vor mir. »Lisa, ich habe mir fürchterliche Sorgen gemacht. Sie haben es in den Nachrichten gebracht, und ich bin gleich losgefahren.« Als ich nicht antwortete, setzte er nach: »Warst du etwa auch da unten feiern?«

»Nein. Natürlich nicht. Ich habe alles im Griff, Papa. Ich bin sofort hierhergefahren, als ich die Nachricht von diesem Rave bekommen habe. Ich habe gleich –«

»Ja, ja. Darüber reden wir später. Viel wichtiger ist, dass es dir gut geht. Ist dir was passiert? Tut dir was weh?«

»Nein. Es ist alles gut. Bitte, Papa, ich wusste bis vor einer Stunde selbst nichts von dieser Party. Gar nichts! Ich –«

»Komm, ich helfe dir«, sagte meine Vater und streckte mir eine Hand entgegen. »Willst du nach Hause kommen? Mit zu mir? Nach dieser ganzen Aufregung –«

»Nein«, erwiderte ich entschlossen, »ich kann nicht. Ich muss das hier erst in Ordnung bringen.«

Mein Vater lächelte dünn. »In Ordnung bringen? Ich glaube, dafür ist es ein bisschen spät. Ich fahre dich jetzt nach Hause. Du bist ja vollkommen durchgefroren!«

»Ich brauche keinen Babysitter!«, fauchte ich. Er sah mich betroffen an. »Ich möchte die Verantwortlichen finden und zur Rede stellen! Ich weiß, wer hinter dieser Party steckt. Und ich werde –«

Sein Gesicht verhärtete sich. »Gar nichts wirst du. Du hast keine Ahnung, Lisa. Kannst du dir vorstellen, was das alles hier für uns bedeutet? Kein Rad wird sich mehr drehen! Und zwar mindestens so lange, bis alle Vermissten, wieder auftauchen, ob tot oder lebendig, und die Brandursache ermittelt ist!«

»Aber die Arbeiten ruhen doch sowieso«, wandte ich ein.

Mein Vater schüttelte den Kopf. »Am Montag wäre es weitergegangen. Das Denkmalschutzamt hat uns grünes Licht gegeben. Die Archäologen haben sich geirrt.«

Das hatte ich nicht gewusst. »Wann hast du das erfahren?«, fragte ich. Meine Kehle war zugeschnürt. »Und warum erzählt mir das niemand?«

»Du bist doch vorhin aus dem Büro gegangen«, sagte mein Vater.

»Aha. Und auf dem Amt wird bis in den späten Abend hinein gearbeitet. Am Wochenende!«

»Es war ein informeller Anruf.«

»Und für wen?«, fragte ich.

Mein Vater seufzte.

»Ist ja auch egal. Und das hier krieg ich wieder in den Griff. Versprochen!«

»Nein, wirst du nicht! Diese Schlamperei kostet uns ein weiteres Mal Unsummen. Weil wir verantwortlich sind für die Baustelle! Wo waren die Absperrungen, wo waren die Nacht-Securitys? Weißt du eigentlich, wie viele andere Firmen auf so einen Fehler von uns warten? Und Anna Mahler sowieso.«

»Ich weiß. Ich weiß es doch, Papa!«, sagte ich.

»Wir fahren jetzt. Mein Wagen steht am Hauptbahnhof.« Er legte den Arm um mich. »Kannst du laufen?«

»Das siehst du doch«, sagte ich und wollte losgehen. Meine nackten Füße waren inzwischen taub vor Kälte. Ich unterdrückte den Schmerz.

Ich hakte mich bei meinem Vater unter und humpelte neben ihm her. Als ich für einen Moment stehen blieb, sah er mich an.

»Vielleicht habe ich dir doch zu viel zugemutet. Vielleicht war die Gesamtprojektleitung einfach eine Nummer zu groß für dich.«

»Lennart, oder? Daher weht der Wind. Und er war es auch, der den Anruf des Denkmalschutzamtes entgegengenommen hat.«

»Nein, Lisa, da vermischst du jetzt was.«

»Aber ich hab die Ausschreibung gewonnen! Ich habe für unser Konzept die Zuschüsse aus dem Sozialtopf erkämpft. Nur deshalb sind wir überhaupt erst wieder konkurrenzfähig geworden. Und zukunftssicher!«

»Steig jetzt erst mal ein.« Wir standen vor seinem Wagen. Er öffnete mir die Tür.

»Das weiß ich alles«, sagte er, als wir im Auto saßen. Mein Vater startete den Motor und stellte die Heizung auf volle Leistung. »Aber diese idiotische Party, Lisa! Weißt du, was nächste Woche passieren wird? Die Stadt will ihre Sozialzuschüsse einfrieren, bis die Situation mit diesem Abschaum geklärt ist. Und jeder weitere Tag des Stillstands bringt uns ein Stück näher an die Insolvenz.«

Hatte mein Vater gerade »Abschaum« gesagt?

»Die Zuschüsse einfrieren? Davon wusste ich auch nichts.«

»Manchmal arbeiten Behörden schneller als gedacht.«

Ich wusste, dass er log. Und dass er nun das Urteil vollstrecken würde, das Lennart von Marsch ihm eingeflüstert hatte.

»Und was machen wir?«, fragte ich.

»Wir sollten unsere Strategie anpassen. Vielleicht sogar einen kompletten Richtungswechsel vornehmen, indem wir auf die Zuschüsse verzichten und das Projekt frei finanzieren. Wir verkleinern einfach den Anteil der Sozialwohnungen auf das vorgeschriebene Minimum, verkaufen mehr Wohnungen schon im Vorfeld und nehmen vor allem die Arbeiten schnellstmöglich wieder auf. Es wäre immer noch ein innovatives Projekt!«

Ich schüttelte den Kopf. »Nein, Papa. So funktioniert Integration nicht.«

Mein Vater sah mich ausdruckslos an. »Und was nützt mir diese ganze Integration, wenn die Kosten explodieren und die Finanzierung zusammenbricht? Tut mir leid, Lisa. Du hast gut gekämpft. Aber unter diesen Umständen … Wir schaffen auch den Kältebus ab. Den kann sich die Firma nicht mehr leisten.«

Ich konnte nur mühsam die Tränen zurückhalten. So hatte ich meinen Vater noch nie erlebt. »Ich weiß, ich kann sie nicht ersetzen. Aber ich bemühe mich. Wirklich.«

Mein Vater seufzte. Er legte den Arm um mich. »Nichts ist wichtiger für mich als du«, sagte er.

»Nimmst du mich doch mit nach Hause?«, fragte ich leise.

2. TEIL

»Mich interessiert nicht, wessen Schuld es ist,
vor allem nicht, wenn es meine eigene ist!«

Dr. House

12.
TYLER

Ihr könnt mich Tyler nennen. Hier unten nennt mich jeder so. Einfach bloß Tyler. Einen anderen Namen habe ich nicht. Will ich auch nicht mehr haben, denn an meinem richtigen Namen hängen nur miese Erinnerungen an meine scheiß Kindheit und scheiß Jugend bei den Zeugen. Ich bin unter komplett verstrahlten Menschen aufgewachsen, aber ich war von Anfang an das schwarze Schaf gewesen. Bis zu meinem dreizehnten Geburtstag hatte ich praktisch getrennt von der übrigen Welt gelebt. Denn die Zeugen lesen die Bibel wortwörtlich, und laut dem Buch der Bücher soll Jesus gesagt haben, dass seine Anhänger nicht Teil der Welt seien. Dort herrsche nämlich Satan. Deshalb hatten meine Eltern, insbesondere mein Vater, eine Heidenangst vor »normalen« Menschen. Ich komischerweise nicht. Und so hatte mein Erwachen dann woanders stattgefunden. So gut wie überall, nur nicht in unserem Tempel in Herford. Doch ein getaufter Zeuge Jehovas, der die moralischen Regeln der Organisation verletzt und nicht auf den richtigen Weg zurückkehrt, wird ausgeschlossen. So sehr meine Eltern und meine älteren Geschwister mich jedoch bearbeitet hatten, desto schneller war ich ihrem Einfluss entglitten. Von Frauen wird übrigens erwartet, dass sie bei ihren Ehemännern nach geistiger Anleitung suchen. OMG! Leben wir im einundzwanzigsten Jahrhundert? Oder war das ein Irrtum?

Ich weiß nicht, wie meine Mutter das alles aushalten konnte. In meiner Erinnerung war sie nicht ganz so ferngesteuert gewesen wie mein Vater, vor dem sie meine Geschwister und mich öfter in Schutz genommen hatte. Jedenfalls soweit es ihr möglich war. Sie war staatlich anerkannte Haushaltsmeisterin und hatte gegen alle

Widerstände sogar darauf bestanden, arbeiten zu gehen, obwohl eine vorbildliche Zeugin Jehovas normalerweise nicht berufstätig ist, sondern von Haus zu Haus oder in Einkaufsstraßen missioniert und ansonsten für die Kindererziehung zuständig ist, während der Ehemann den Lebensunterhalt verdient. Insofern war meine Mutter fast schon so was wie eine Revolutionärin.

Sie hatte dreimal pro Woche jedoch lediglich als Haushaltshilfe im Nachbarort Bad Salzuflen gearbeitet, etwas außerhalb, bei einer Familie, die mit einer Tankstellenkette stinkreich geworden war. Die Leute bezahlten sie miserabel, aber ums Geld war es meiner Mutter wohl gar nicht so sehr gegangen. Sie war meistens mit dem Fahrrad dorthin gefahren und nur ganz selten mit dem Bus, denn sie besaß keinen Führerschein. Und dann war es eines Nachts passiert: Meine Mutter hatte sich dazu breitschlagen lassen, eine Extraschicht einzulegen, weil ihre Sklaventreiber einmal im Jahr im November bei sich zu Hause ein pompöses Martinsgansessen für ihre Pächter veranstalteten. Als meine Mutter dann gegen Mitternacht nach Hause wollte, regnete es in Strömen. Der erste Herbststurm des Jahres, aber um die Zeit fuhr natürlich kein Bus mehr nach Herford, und um ein Taxi zu nehmen: Dafür war sie zu sparsam, denn das hätte sie praktisch ihren ganzen Abendlohn gekostet. Ich verstehe bis heute nicht, warum der Tankstellenkönig von Ostwestfalen nicht auf die Idee kam, seiner Perle ausnahmsweise ein fettes Trinkgeld rüberwachsen zu lassen – zum Beispiel in Form einer Taxifahrt. Also war meine pflichtbewusste Mutter auf ihr Fahrrad gestiegen und war raus in den Sturm. Etwa auf der Hälfte der Strecke fegte sie dann ein total besoffener Autofahrer vom Fahrradweg, bevor er in einen Baum knallte. Er hatte die Kontrolle über seinen Benz verloren. Später stellte sich heraus, dass dieses Arschloch einer der Gäste gewesen war, die meine Mutter ein paar Stunden voher noch bedient hatte. Er und seine Frau starben an der Unfallstelle, aber meine Mutter lebte noch, als sie ins Krankenhaus eingeliefert wurde. Sie hatte allerdings sehr viel Blut verloren, und der Glaube der Zeugen verbietet Transfusionen. Mein Vater erlaubte den Ärzten lediglich Transfusionen mit Blutplasma, aber das reichte nicht. Ein paar Stunden später starb meine Mutter. So gesehen hatten gleich vier Personen meine Mutter umgebracht: das geizige Kapitalistenschwein, das betrunkene Kapitalistenschwein, mein Vater und Jehova sowieso.

Ein Grund mehr für mich, die Tür meines Elternhauses hinter mir zuzumachen. Wahrscheinlich sogar der Hauptgrund oder der Tropfen, der das Fass zum Überlaufen brachte. Ein paar Wochen nach ihrem Tod, noch vor meinem achtzehnten Geburtstag, bin ich abgehauen.

Vielleicht denkt ihr jetzt, das sei kein großes Ding. Dieses bisschen Sekte, komm schon! Aber in der Realität bedeutete es, von einem Tag auf den anderen praktisch keine sozialen Kontakte mehr zu haben. Auch nicht zu meiner Familie. Klar waren die oberscheiße, aber sie waren eben auch meine Familie. Und ich war die Ausgestoßene.

Drei Jahre hatte ich dann auf der Straße gelebt. Und vor knapp einem Jahr landete ich dann nach vielen Umwegen hier unten in den Katakomben, wo ich eine neue Familie fand. Oder sie mich.

So richtig geil war das alles trotzdem nicht. Deshalb hatte ich auch die meiste Zeit Kacklaune. Sogar ’n Toter war besser drauf als ich. Und jetzt erst recht, denn gerade waren noch ein paar Probleme mehr auf mich zugekommen, als es das Leben als Außenseiter mit sich brachte, und ich hatte absolut keinen Plan, wie ich die lösen würde. Zwei dieser Probleme saßen in unserem Iglu. So nannten wir unsere geheime Wohnung, die natürlich keine richtige Wohnung war, aber aus irgendeinem Grund führten hier Heizungsrohre durch, sodass wir auch im Winter nicht frieren mussten: Lilijana, Elion und ich.

Lilijana war eine Illegale, Elion ihr Sohn. Sie waren 2015 mit der ersten großen Migrantenwelle nach Deutschland geschwappt. Aber Lilijana, die aus dem Kosovo stammte, hatte von Anfang an keine Chance auf Duldung gehabt. Sie war jetzt schon über dreißig, Elion war sieben Jahre alt, einen Vater gab es, aber der hatte sich abgesetzt, als Lilijana einen hartnäckigen Husten entwickelte, der einfach nicht besser werden wollte und sie mehr und mehr schwächte. Bis sie eines Tages Blut gehustet hatte. Ich wusste zwar nicht, wie, doch irgendwie hatte sie es geschafft, mit Elion abzutauchen und unter dem Radar der Ausländerpolizei zu bleiben. Lilijana redete darüber nicht. Sie lebte im Jetzt, doch dieses Jetzt war beschissen, denn inzwischen kam sie kaum mehr von ihrer Matratze hoch. Mit Erlaubnis vom Rat kümmerte ich mich um Elion, und nach einem Riesenhickhack wurde uns dreien gestattet, ins Iglu einzuziehen, einen der gefragtesten Räume in den Katakomben. Der größte Widerstand kam von Salamander, der unumstrittenen Chefin der Doomer, die hier unten das Sagen hatten. Salamander trug ausschließlich Camouflage und sah darin aus wie die Anführerin der paramilitärischen Einheit eines südamerikanischen Koka-Staates. Sogar Joel, der demokratisch gewählte Sprecher des Untergrunds, kuschte häufig vor ihr, deren bekifftes Hirn bis zum Rand mit Weltschmerz gefüllt war. Sie hatte zwei Dutzend NPC um sich geschart, Non-Playing-Characters, meinungsschwache Mitläufer, die ihr hündisch ergeben waren. Ihr Favorit war Spider, ein ehemaliges Crash-Kid, das permanent auf Meth war.

Aber ich hatte einen Deal mit Salamander und dem Rat. Denn über einen Typen namens Xaver besaß ich gute Connections zu einer Großapotheke, die wiederum andere Apotheken belieferte. Xaver arbeitete dort im Lager. Er machte nur Nachtschichten. Sein Problem war das MDMA, das ich ihm problemlos liefern konnte, im Austausch gegen saubere Kanülen für die Junkies hier unten, Desinfektionsmittel, manchmal Verbandszeug, Salben und abgelaufene rezeptpflichtige Medikamente, vor allem starke Schmerzmittel, die ich dann an Lilijana weitergab. Irgendetwas fraß ihre Organe langsam auf und verursachte ihr höllische Schmerzen. Solange ich meinen Teil des Deals erfüllte, ließen uns die Doomer in unserem Iglu in Ruhe.

Doch ich befürchtete, dass Lilijana es nicht mehr lange machen würde. Sie kämpfte wahrscheinlich nur noch für Elion um ihr Leben, megatapfer und traurig und alles, klar, aber ich hatte auch nicht vor, mit Anfang zwanzig Mutter zu werden.

»Oben ist immer noch Chaos«, sagte ich, als ich mit zwei Flaschen Mineralwasser in den Händen das Iglu betrat, »überall Polizei mit Spürhunden.«

»Mann, Tyler, geile Nummer«, begrüßte mich Spider, »schade nur, dass von den Bonzenkindern nicht welche abgekratzt sind.«

»Woher willste das denn wissen, Spider?«, fuhr ich ihn an. »Und wieso ›geile Nummer‹? Was machst du überhaupt hier?«

Vor nicht einmal vierundzwanzig Stunden hatte es in den Katakomben gebrannt, nur Sekunden nachdem der Strom ausgefallen war und ich praktisch im selben Moment Spiritus auf ein paar alte Matratzen und Müll gekippt und den ganzen Mist angezündet hatte. Eine Stunde später waren überall in den Gängen Feuerwehrleute mit Atemschutzgeräten. Ich hatte mich verschätzt.

Die Flammen, die blöderweise auf die Bar und dann auf das DJ-Podest übergesprungen waren, wurden zwar schnell gelöscht. Der Qualm jedoch hatte sich nur langsam aus dem Dom und den Gängen verzogen. Polizisten erschienen mit Spürhunden und durchsuchten die Katakomben, aber die meisten von uns hatten den Rest der Nacht sowieso draußen verbracht und kamen erst jetzt wieder zurück. Das Iglu befand sich hinter einer Luke, die anderen besseren Räume lagen hinter verschlossenen Stahltüren, ironischerweise Brandschutztüren, und offenbar hatte kein Bulle Interesse daran gehabt, gründlicher nachzuschauen.

»Jedenfalls stinkt es überall höllisch nach Rauch«, sagte Spider.

»Und nach was anderem.« Er hockte sich hin, langte seelenruhig in seine speckige Bomberjacke, holte sein Besteck heraus und ließ sich dann im Schneidersitz auf den Boden fallen.

Lilijana richtete sich auf. »Nein!«, rief sie. »Das kann einfach nicht sein. Ich verstehe ja. Aber nicht hier! Spider! Du bringst nicht schon wieder Spritzen hier rein – nicht hier!«

Spider grinste sie provozierend an.

»Was soll denn der Scheiß?«, sagte ich. »Wir haben eine Abmachung.« Ich zeigte auf Elion, der sich auf seiner Matratze ängstlich die Ohren zuhielt.

»Eine Abmachung?«, fragte Spider. »Fickt euch! Und du, Tyler, erklärst mir mal, was da hinter den Spinden kauert.« Dazu kam ich gar nicht, denn er setzte gleich nach: »Diese Hurensöhne müssen sofort von hier verschwinden!«

»Spider, hör mal –«

»Wieso bringst du einfach irgendwelche Bonzenwichser hier rein?«

»Das ist doch nur für kurz. Ich muss mir was überlegen!«, sagte ich und ging hinüber zu den beiden Kids, die seit der Panik im Dom meine Gäste waren. Ich hatte ihnen die Augen verbunden, sie waren geknebelt und gefesselt. Ich kniete mich neben denjenigen, der Max hieß. »Ich nehm euch jetzt die Knebel raus. Schreien könnt ihr gleich lassen. Es hört euch sowieso niemand.«

Zuerst nahm ich ihnen jedoch die Augenbinden ab. Max blinzelte. Wenzel, der Typ neben ihm, war nicht mal mehr dazu in der Lage. Er hatte sich eingepisst und reagierte kaum, als ich ihm den Stofffetzen von den Augen zog.

Spider packte sein Besteck wieder ein, hockte sich neben mich, sah erst die beiden Rich Kids an, dann mich. Er deutete auf das Mineralwasser. »Wozu fütterst du sie denn?«

»Sollen die vielleicht vertrocknen?« Ich wandte mich an Max. »Jetzt der Knebel, klar?« Er sah mich mit großen Augen an und nickte. Doch kaum, dass ich das schleimige Tuch in der Hand hielt, brüllte er auch schon los. Spider reagierte gewohnt freundlich und schlug Max ansatzlos mit der Faust ins Gesicht. Die Nase fing sofort an zu bluten. Max begann zu wimmern. Ich stopfte ihm den Knebel wieder in den Mund. Sein Kumpel hatte von der ganzen Sache offensichtlich nichts mitgekriegt. Er stöhnte.

Spider musterte meine beiden Geiseln, bis sein Blick an ihren Armbanduhren hängen blieb. Ein paar Sekunden später waren die Bling-Blings in den Taschen seiner Bomberjacke verschwunden. Ich sah, dass Max Schmerzen hatte. Und Angst. Und dass er nur mühsam Luft bekam. Aber ich wollte ihn noch ein bisschen zappeln lassen. Ihm den Ernst seiner Lage begreiflich machen, bevor ich ihm den Knebel noch mal rausnahm.

»Schau mal her, Elion!«, sagte ich, setzte mich neben Lilijanas Sohn auf die Matratze und zog das Brausepulver hervor, das ich ihm für ein paar Cent im Supermarkt gekauft hatte. »So machst du das!« Ich schüttete ein bisschen Pulver in meine Hand, spuckte drauf und schleckte das schäumende Zeug ab. »Willst du auch mal?« Elion nickte. Ich gab ihm das Tütchen. Er verzog das Gesicht, als das saure Brausepulver in seinem Mund knisterte, doch er lachte. Wie nur ein Kind lachen konnte.

Lilijana, die sich wieder hingelegt hatte, richtete sich auf, um ihren Sohn anzusehen.

»Und? Wie geht es dir heute?«, fragte ich und gab ihr einen Streifen mit abgelaufenen Tramal 100. Sie lächelte matt.

»Mehr hab ich heute nicht bekommen«, sagte ich entschuldigend.

»Schon okay, Tyler. Kein Problem. Ich danke dir«, sagte sie, aber an ihrer Stimme hörte ich, dass es natürlich ein Problem war und dass sie am liebsten losgeheult hätte.

»Tut mir echt leid, Lilijana. Ich geh morgen wieder hin.«

»Abgelaufene Medikamente reichen wohl niemals«, sagte sie.

»Dann kaufen wir eben welche. Ohne Rezept. Ich krieg das hin.«

»Und wo willst du Geld hernehmen?«

Gute Frage. Elion verlangte kichernd nach einer zweiten Tüte Brausepulver. Ich hatte noch eine in der Tasche und warf sie ihm zu.

»Ich bin mir sicher, ihre Eltern würden für sie zahlen – und zwar verdammt gut«, mischte Spider sich ein. Er erhob sich. Seine spindeldürren Knie knackten. Er kickte Max gegen das Bein.

»Das geht nicht«, sagte ich.

»Was soll das denn heißen?«, fragte Spider und baute sich vor mir auf.

Großartig. Jetzt durfte ich es ausgerechnet Spider auf die Nase binden: »Die haben gesehen, wie ich das Feuer gelegt habe«, flüsterte ich.

Spider bleckte die Zähne. Gelbbraune, verfaulte Stumpen waren alles, was das Meth ihm noch im Mund gelassen hatte.

»Na gut, Tyler. Aber wenn du es nicht durchziehst, werd ich mich drum kümmern. Mal sehen, was Salamander dazu sagt.« Und damit verließ er das Iglu.

Elion schüttete sich die ganze Tüte Brause in den offenen Mund und kriegte sich kaum noch ein. Lilijana zupfte mich am Hosenbein. Ich wusste schon, was jetzt kam. »Wenn es mit mir nicht mehr geht, versprichst du, dass du dich um Elion kümmerst?«

»Weißt du, was ich dir verspreche? Dass du wieder gesund wirst!«, quetschte ich heraus. Ich wollte wirklich nicht Mutter werden.

»Nein. Versprich mir einfach, dass du ihn nicht allein lässt.«

Lilijana schloss die Augen. In ihrem Gesicht arbeitete der Schmerz. Ich sollte langsam mal mein kleines Störfeuer aufräumen. Alles das wegschaffen, was die da oben mit uns in Verbindung bringen konnten. Einen großen Teil davon hatte ich bereits erledigt, aber jetzt musste ich die beiden Rich Kids loswerden. Und zwar so schnell wie möglich.

Inzwischen schien mir Spiders Idee gar nicht mehr so abwegig.

13.
MAX

Ich wachte auf und hatte keine Ahnung, wo ich war. Keine Ahnung, wer diese verdreckten Jammergestalten waren. Und erst recht nicht, wer mir die Hände hinter dem Rücken an ein Rohr gefesselt und mir einen Stofffetzen in den Mund gestopft hatte. Und vor allem, warum?

Wenzel lehnte ein Stück von mir entfernt an der Wand, ebenfalls gefesselt und geknebelt. Sein Kinn war ihm bis auf die Brust gesunken, seine Augen waren geschlossen, aber ich sah, dass er atmete. Er hatte eine Wunde auf der Stirn, die man sicher besser genäht hätte. Verkrustetes Blut klebte an seinem Hals bis hinunter aufs Hemd.

Mir war kotzübel, aber ich beherrschte mich. Auch wenn ich noch nie einen Knebel im Mund stecken hatte, wusste ich, dass kotzen einfach keine gute Idee war. Ich brauchte einen Moment, bis ich mich umgesehen hatte. Und mir klar wurde, dass ich ganz tief in der Scheiße steckte. Dieses Verlies, die Zombies hier unten, die Fesseln und alles, das war *real*. Und dann fielen mir Maja ein und die kleine Alina … Holy shit!

Wenzel stöhnte leise. Ich sah, dass er sich nass gemacht hatte. Bei mir ging's, aber der Knebel fühlte sich an wie fünf Scheiben Toast im Mund. Ich hatte höllischen Durst.

Meinem Hinterkopf ging es auch nicht besonders gut. Mit zwölf war ich mal beim Versuch, in unserem Swimmingpool eine Arschbombe zu machen, ausgerutscht und mit dem Kopf auf die Kante des Sprungbretts geknallt. Ich bin ohnmächtig geworden und wäre vermutlich ertrunken, wenn Nellie nicht sofort in voller Montur ins Wasser gesprungen wäre. Der Schmerz war derselbe gewesen wie jetzt.

Ich versuchte, mich zu konzentrieren, doch mehr als Bruchstücke wurden es erst mal nicht. Nellie hatte recht gehabt, ich war vollkommen drüber. Ich erinnerte mich an ihren Anschiss, und wie sie die Tür hinter sich zugeknallt hatte. Maja war vollkommen bekloppt auf diese scheiß Tür losgegangen, und Alina, verdammt, die hatte sich vermutlich eine Überdosis GHB reingepfiffen. Wir waren losgerannt, um einen Ausgang zu finden, aber dann war da plötzlich so ein Typ gewesen, der mit Spiritus oder sonst was an einem Haufen Müll rumgemacht hatte, eine tierische Stichflamme, und wir sind abgehauen, aber aus diesem Labyrinth war kein Rauskommen, und überall Rauch und Qualm. Maja hatte ohne Ende geschrien. Irgendwann haben wir gar nichts mehr gesehen, und ich habe wie ein Baby versucht, Nellie anzurufen. War nur nix, ohne Empfang.

Wie in einem Horrorfilm war der Typ auf einmal wieder aufgetaucht, kam aus einer Qualmwolke wie Satan persönlich. Derselbe Typ, der mit seiner verdammten Zündelei den ganzen Aufstand erst verursacht hatte. Auch wenn er inzwischen ein Tuch vor Nase und Mund hatte, erkannte ich seinen Hoodie wieder. »Los, kommt schon«, hatte er gesagt. »Ich bring euch hier raus.«

Und schubst mich mitten in die Qualmwand rein.

»Macht schon! Nur ein paar Meter zurück, dann kommt rechts gleich 'ne Treppe, die müsst ihr runter.«

Dabei war Wenzel gestolpert, war erst auf mich draufgefallen und dann an mir vorbei die Stufen runter. Maja hatte meine Hand losgelassen.

»Los, weiter!«, hatte der Typ uns angetrieben, und beinahe wäre ich auch gestürzt, so steil und eng war die Treppe. Zehn, zwölf Stufen vielleicht. Unten endete sie an einer Tür, und dort hatte auch Wenzel gelegen. Zusammengerollt wie ein Hund und mit dieser blutenden Kopfwunde.

»Wenzel, komm hoch!«

Der Typ hatte sich an mir vorbeigedrängt und die Tür aufgemacht. Ich hatte Wenzel gepackt. Irgendwie war es mir gelungen, ihn gemeinsam mit dem Unbekannten hochzuwuchten und hinter die Tür in den nächsten Gang zu zerren. Hinter uns kam die Wand aus Rauch und Qualm immer näher. Maja musste bereits an mir vorbei gewesen sein.

»Mach die Tür zu!«, rief der Brandstifter von vorn. »Und dann weiter!«

Wenzel war vollkommen weggetreten. Also hatte ich mir seinen Arm um die Schultern gelegt und ihn hinter dem Typen hergezerrt. Endlich, etwa zwanzig Meter vor mir, war schließlich ein Feuerzeug aufgeflammt.

»Hierher, und dann rein da«, hatte der Typ gerufen. Weiter hätte ich es auch nicht mehr geschafft, Wenzel hing wie ein nasser Sack an meinem Hals, und als wir drin waren, hatte ich ihn einfach losgelassen und mich neben ihn hingekniet. Mir war alles egal. Dann ging das Licht in meinem Kopf aus. Vermutlich hatte jemand zugeschlagen.

Und jetzt hockte der Typ vor mir und beobachtete mich interessiert. Neben ihm standen zwei Wasserflaschen. Und dann sah ich es: Das war gar kein Typ! Ein Mädchen hatte ich echt nicht erwartet. Ich beschloss, mich ruhig zu verhalten.

Dann fiel mein Blick jedoch auf den Zombie, der neben ihr auf dem Boden hockte und fasziniert auf Wenzels Panerai starrte. Und dann auf meine Breitling. Na großartig. Er deutete auf die Wasserflaschen und fragte: »Wozu fütterst du sie denn?« In seinem Mund befand sich eine einzige Trümmerlandschaft.

Als sie mir das Tuch rausriss, fing ich sofort an zu brüllen. Ich konnte nicht anders. Es war wie ein Reflex. Blöderweise besaß der Zombie ebenfalls gute Reflexe. Er verpasste mir einen Schlag auf die Nase, sodass mein Hinterkopf an die Betonwand knallte. Ich wusste im ersten Moment gar nicht, was mehr wehtat. Ich schrie noch mal, und das Mädchen stopfte mir erbarmungslos den Knebel wieder in den Mund. Ich spürte, dass meine Nase blutete und mir Tränen aus den Augen schossen. In der nächsten Sekunde dachte ich, ich ersticke. Also versuchte ich verzweifelt, mich zu beruhigen. Der Zombie nahm erst mir, dann Wenzel die Armbanduhr ab und ließ sie in seiner Jackentasche verschwinden. Was für ein mieser Wichser. Für einen kurzen Moment flammte Wut in mir auf und linderte die Schmerzen, doch ich war immer noch wie benebelt. Ich schloss die Augen und bekam Fetzen einer Unterhaltung mit, und wie in einem Albtraum tanzte das Bild der verhärmten Frau auf ihrer Matratze vor meinen Augen herum, von einem Kind, das sich gerade eine ganze Tüte Brausepulver in den Mund schüttete, dem Zombie, dem Mädchen. Tyler? Komischer Name, komischerweise aus einem meiner Lieblingsfilme, *Fight Club*. Ich bekam immer weniger Luft. Verzweifelt machte ich lange, wimmernde Geräusche.

Endlich schien diese Tyler zu begreifen, dass ich kurz vor dem Abkacken war. In meinen Nasenlöchern schlug das Blut mit jedem Atemzug kleine Blasen. Sie hockte sich wieder neben mich.

»Meinetwegen. Aber wenn du schreist, stopf ich ihn dir wieder rein. Und es ist mir scheißegal, ob du dann krepierst. Klar?«

Ich nickte. Was blieb mir anderes übrig. Ich wollte nicht krepieren, und schon gar nicht hier, in diesem stinkenden Loch.

Dann war ich den Knebel los und riss den Mund auf. Ich sog die Luft ein, so tief ich konnte.

»Geht's?«, fragte das Mädchen.

»Ja«, krächzte ich. »Kann ich das Wasser haben? Bitte?«

Die Bitch schien einen Moment lang zu überlegen. Dann hockte sie sich neben mich, schraubte die Flasche auf und setzte sie mir an den Mund. Sie wartete jeweils geduldig ab, bis ich geschluckt hatte. Es dauerte etwas, bis die Flasche leer war.

»Danke«, sagte ich, »und was ist mit den Fesseln?«

Darauf reagierte sie nicht, sondern sagte nur: »Deine Nase sieht übel aus.«

»Wo ist Maja? Und wer bist du?«

Sie blickte mich verständnislos an. »Welche Maja?«

14.
NELLIE

Am nächsten Morgen platzte meine Mutter, wie immer ohne anzuklopfen, in mein Schlafzimmer.

»Am Bahnhof soll es eine illegale Party gegeben haben. In den Katakomben. Es soll gebrannt haben, und die Polizei hat zwei Leichen gefunden!«

»Was?« Total verpennt fuhr ich hoch. Janosch neben mir schlug die Augen auf.

»Nellie, wo ist dein Bruder? Ihr seid doch sonst immer zusammen unterwegs.«

»Was hast du gerade gesagt?« Ich saß kerzengerade im Bett.

»Nein! Nein, doch nicht Max! Sonst würde ich ja wohl kaum so seelenruhig hier herumstehen. Es sollen zwei junge Frauen sein.«

Ich ließ mich zurück ins Bett fallen und versuchte, meinen Atem zu beruhigen. Mein Herz raste wie verrückt.

»Max wird bei Maja sein«, presste ich mühsam hervor. Der Schock saß mir in den Gliedern, und auch Janosch war kalkweiß im Gesicht.

»Wollen wir es hoffen«, sagte meine Mutter und rauschte ab. Ich griff sofort zum Telefon und rief Max an. Aber sein Handy war aus.

»Fuck. Wo ist der Spast?«

Auf Janoschs Telefon ging eine Nachricht ein.

»Von Ferdinand. Wenzel ist auch nicht nach Hause gekommen.« Ferdinand war Wenzels jüngerer Bruder.

Auch bei MFM Fehlanzeige. Ich hinterließ ihr eine Nachricht auf der Mailbox, aber ich hatte ein flaues Gefühl im Magen.

»Hier«, sagte Janosch und las mir die Schlagzeilen von *Bild Online* vor: »Feuer auf Münchner Untergrund-Party … Brandursache nicht bekannt … Die Ermittlungen laufen … Mindestens dreiunddreißig Verletzte … Drei Jugendliche werden vermisst … Scheiße, Nellie.«

Verzweifelt versuchte ich, einen klaren Gedanken zu fassen.

»Was machen wir jetzt? Weißt du noch, wo und wann du Max zuletzt gesehen hast?«

Natürlich wusste ich das. Aber jetzt im Moment konnte ich Janosch einfach nichts von dem Streit wegen des GHB erzählen. Denn ich fühlte mich entsetzlich schuldig. Während er mir die Nachrichten vorgelesen hatte, war die Erinnerung daran zurückgekommen, wie ich wütend die Tür hinter Maja, Wenzel und Max zugeworfen hatte. Wahrscheinlich hatte ich sie dort unten eingesperrt. Und war einfach gegangen.

Statt einer Antwort sprang ich aus dem Bett und ging unter die Dusche. Eine halbe Stunde später saßen Janosch und ich in einem Taxi Richtung Hauptbahnhof. Doch der Eingang unter dem nun nicht mehr leuchtenden Diamanten war abgesperrt und wurde von zwei Polizisten bewacht. Wir taten, als wären wir Katastrophentouristen, und Janosch filmte eine Story mit symbolträchtigen Überresten des Raves – ein Kragen aus Kunstpelz, Schuhe, Fetzen der goldglänzenden Wärmefolie und Leuchtpalmen, die in den Matsch getreten worden waren.

»Da kommen wir nicht rein«, sagte Janosch.

»Ich weiß was.« Ohne seine Antwort abzuwarten, lief ich los, Richtung Baustelleneinfahrt. Dorthin, wo ich in der Nacht rausgekommen war. Janosch trödelte.

»Wenn Max noch hier wäre, dann hätten die ihn doch schon längst gefunden.«

»Willst du lieber einfach abwarten?«

»Aber das, was du vorhast, darf man sicher nicht!«

Als er meinen Blick sah, hob er entschuldigend die Hände. Ich entdeckte die Brandschutztür, und Janosch rüttelte am Türgriff. Sie war verschlossen.

»Okay. Lass uns wieder hochgehen.« Er schwitzte und war offenkundig nervös.

»Was ist denn los mit dir?«, fragte ich.

»Nichts. Ich mache mir halt Sorgen.«

»Denkst du, ich nicht?« Ich schlug mehrmals heftig gegen die Tür, rüttelte noch einmal an der Klinke, als sie plötzlich aufsprang. Nachdem ich mich von meinem ersten Schrecken erholt hatte, schaltete ich meine Handy-Taschenlampe an und leuchtete in den Schacht hinein. Spritzen, Zitronensäure und ein paar Folienreste lagen gleich hinter dem Eingang auf einer Matratze. Eine fette Ratte saß darauf und fraß irgendwas. Janosch schüttelte sich vor Ekel.

»Was wollt ihr hier?«, sagte plötzlich eine Stimme aus dem Dunkel.

Die Ratte flitzte von der Matratze hinunter und verschwand. Janosch und ich waren wie versteinert. Ein spindeldürrer Typ stand jetzt vor uns. Er trug eine Bomberjacke und sah aus wie ein Bilderbuch-Junkie. Seine Zähne waren nur noch Stumpen, seine Haut war grau.

Janosch wich ängstlich ein paar Schritte zurück.

»Hör mal, wir suchen meinen Bruder. Max. Er wird vermisst. Ich glaube, dass er noch irgendwo da drinnen ist. Hast du ihn vielleicht gesehen?« Selbstbewusst streckte ich dem Junkie mein Handy mit einem Foto von Max entgegen.

Er sah nicht einmal hin. »Hab ich nicht. Und jetzt verpisst euch wieder.«

Der Junkie machte zwei Schritte auf mich zu. Aber ich blieb stehen.

»Okay«, sagte Janosch, »bleib mal ganz cool. Wir gehen ja schon.«

Er nahm meine Hand und zog mich fort. Unten wurde die Tür geschlossen, und ich warf einen Blick über das Betongeländer der Rampe. Janosch lief stur weiter, doch ich riss mich los, ging entschlossen wieder hinunter und hämmerte mit der flachen Hand gegen die Tür. Ich war wütend. Auf Gott und die Welt. Und auf mich sowieso. Ich schlug jetzt mit beiden Händen gegen das Metall, bis meine Handflächen brannten.

Plötzlich wurde die Tür aufgerissen.

»Was soll denn diese Scheiße?« Die Stimme gehörte unverkennbar einer jungen Frau. Sie trug eine Lederjacke, darunter einen Hoodie mit Kapuze, die sie tief ins Gesicht gezogen hatte. Sie knallte die Tür hinter sich zu und lief einfach an mir vorbei. Ich rannte ihr hinterher, überholte sie und versuchte, sie zum Stehenbleiben zu bewegen.

»Bitte!«, sagte ich, »bitte … kannst du uns da reinlassen? Wir suchen meinen Bruder!«

»Ich bin doch nicht bescheuert«, antwortete sie.

»Nein. Hat auch keiner gesagt.«

Ich holte zwei grüne Scheine aus meiner Tasche. Zweihundert Euro. Janosch kam dazu und stellte sich neben mich.

Sie strich ihre Kapuze zurück, sah auf das Geld, musterte uns und schnaubte verächtlich. »Ihr kleinen reichen Scheißer, ey!« Beim Weitergehen rempelte sie uns absichtlich an.

»Entschuldige bitte, das sollte nicht überheblich wirken – wirklich nicht«, sagte ich und versuchte, möglichst normal zu reden. Ich hielt die beiden Banknoten noch immer in der Hand.

Sie drehte sich um und sah mich einen langen Moment an. Dann kam sie auf mich zu, schnappte sich im Vorbeigehen das Geld und ging zur Tür. Janosch warf mir einen skeptischen Blick zu. Das Mädchen machte sich am Schloss der Brandschutztür zu schaffen, und nur Sekunden später sprang die Tür auf. Ohne uns anzusehen, sagte sie: »Du kannst mit. Er nicht.«

»Cool. Dann halte ich hier oben die Stellung, Nellie.«

Ich stutzte. Wegen Janoschs Reaktion und wegen ihres Vorschlags. »Warum soll Janosch nicht mitkommen?«

»Weil ich es sage.«

»Dann gib mir die Hälfte der Kohle zurück.«

Sie lachte laut auf und verschwand im nächsten Moment in der Dunkelheit. Aber die Tür blieb offen.

»Du wartest hier auf mich, ja?«, sagte ich zu Janosch.

Er nickte. »Und wenn du in einer Stunde nicht wieder da bist –«

»Mach jetzt kein Drama!« Ich ging in die Dunkelheit hinein und hörte noch, wie Janosch fluchte.

Sie hatte auf mich gewartet.

»Also, wo willst du hin?«

»Zum Dom, oder wie das heißt. Ich suche eine bestimmte Tür. Könnte blau sein. Irgendwo hinter der Tanzfläche.«

Sie zuckte gelangweilt mit den Schultern. Ich fand sie merkwürdigerweise ganz in Ordnung, na ja, wie jemand eben in Ordnung sein kann, wenn er zweihundert Tacken für eine Fremdenführung nimmt. Und sie kannte sich aus. Schon nach ein paar Hundert Metern standen wir im Dom. Aus vier Schächten oben in der Kuppel kroch diffuses Licht. Es stank nach Rauch. Der Boden war mit Glitter, nassem Konfetti und Glasscherben übersät, hier und da lagen Kleidungsstücke. Von den beiden Bars und dem DJ-Podest war nur Kohle übrig geblieben. Überall klebten Schaumreste. Sie blieb stehen.

»Und jetzt?«

»Da entlang«, sagte ich und zeigte auf einen Nebengang, vor dem ein umgestürztes Absperrgitter lag. Gleich dahinter war die pockennarbige ehemals blaue Tür. Ein Schauer lief mir über den Rücken.

»Hier ist es. Genau hier!«, sagte ich und versuchte, die Tür zu öffnen. »Max? Max!«, rief ich und dann: »Verdammt, die war doch gestern noch offen!«

Das Mädchen beobachtete mich teilnahmslos.

»Da ist niemand drin«, sagte sie ruhig.

»Woher willst du das wissen?«

Ich hämmerte gegen den rostigen Stahl. Das Echo hallte durch die Gänge. Dann sah ich eine Eisenstange auf dem Boden. Ich hob sie auf und drosch damit auf die Tür ein.

»Hey, aufhören!«, brüllte sie über den Lärm. »Warum bist du dir so sicher, dass dein Bruder da drin ist?«

»Warum bist du dir so sicher, dass er da nicht drin ist?«

»Geh mal zur Seite«, sagte sie. Sie holte ein Werkzeug aus ihrer Lederjacke, und Sekunden später öffnete sich die Tür. »Bitte sehr.«

Ich trat in den Gang. »Max!«, rief ich wieder, aber eigentlich war mir klar, dass ich keine Antwort bekommen würde.

»Die Schreierei kannst du dir echt sparen«, sagte sie.

Ich atmete tief ein und traute mich weiter ins Dunkle.

»Lass es«, sagte sie, »hier geht's nicht weiter.«

»Aber hier ist noch eine Tür.«

»Dann mach sie doch auf!«

Das tat ich und stand vor einer stinkenden Toilette. »Igitt, das ist ja ekelhaft.«

»Tja«, sagte das Mädchen genervt.

»Und wo geht es hier lang?«, fragte ich, als wir wieder draußen im Gang standen.

»Nirgendwohin. Du hast alles gesehen. Wir gehen zurück.«

Und sie wandte sich wieder Richtung Dom.

»Sag mal, lebst du eigentlich hier unten?«

»Geht dich nichts an.«

»Aber in Deutschland braucht doch keiner auf der Straße leben. Wir haben doch ein soziales Netz. Und Wohnheime. Also, da muss man doch nicht so …«

Sie räusperte sich, verzichtete jedoch auf eine Antwort.

15.
TYLER

Was laberte dieses Huhn bloß. Der ach so großartige deutsche Sozialstaat, die berühmte Hängematte! Dumm nur, dass die so grobmaschig war und man verdammt einfach durchrutschen konnte. Dann landete man auf dem nackten Arsch. Aber ich sagte nichts dergleichen.

Denn auch wenn sie ultrateuer angezogen war und es ihr erstaunlicherweise gelungen war, mich zu kaufen, fand ich sie eigentlich nicht ganz verkehrt. Sie machte sich wohl wirklich Sorgen um ihren Bruder. Okay, sie war ganz klar eins von diesen gepamperten Rich Kids, aber die Zweihundert, die sie mir in die Hand gedrückt hatte, sahen eher nach Verzweiflung aus. Und ich konnte das Geld natürlich verdammt gut gebrauchen.

Auf dem Weg nach draußen blieb sie immer wieder vor der einen oder anderen Tür stehen. Doch Max würde sie nicht hören, weil er sich inzwischen in einem ganz anderen Trakt der Katakomben befand.

Ich sah, wie sie sich ekelte. Zugegeben, einige Räume waren für so zart besaitete Gemüter wirklich heftig.

»Mein Bruder muss hier unten irgendwo sein! Er muss einfach! Sonst wäre er doch nach Hause gekommen!«, rief sie plötzlich.

Die Hilflosigkeit in ihrer Stimme war echt. Plötzlich tat sie mir sogar leid. Aber wir waren schon viel zu lang hier, und ich hatte null Bock auf eine Konfrontation mit den Doomern. Ich packte sie am Arm. »Komm jetzt«, sagte ich, »ich versprech dir, dass ich mich nach deinem Bruder umhören werde. Okay?«

»Das würdest du echt machen?«

»Für noch mal dieselbe Kohle.«

»Ich zahl dir, was du willst!«

»Ich hab dir gerade gesagt, was ich will.«

»Deal«, sagte sie.

Sie kramte nach dem Geld. Sie musste mindestens einen Tausender mit sich herumtragen, aber Geschäft war nun mal Geschäft. Ich entsperrte mein Handy und gab es ihr, im Austausch gegen zwei weitere grüne Scheine. »Nummer und Name«, sagte ich. Sie tippte beides ein.

»Ich heiße übrigens Nellie.« Sie gab mir das Telefon zurück.

»Du kannst mich Tyler nennen. Und jetzt hau ab. Da geht es lang.« Mein ausgestreckter Mittelfinger wies ihr den Weg zur Feuerschutztür auf dem dritten Parkdeck.

Sie zögerte einen Moment. »Nur ganz kurz noch, ja?«, bat sie und holte ihr Handy hervor, um mir ein Foto zu zeigen. »Das ist er. Das ist Max, mein Bruder.«

»Ich hab gesagt, hau ab. Verpiss dich!«, raunzte ich sie an. Nellie erschrak heftig. Doch ich ärgerte mich vor allem über mich selbst. Immer wieder ging der verdammte Menschenfreund mit mir durch. Sie nickte eingeschüchtert, drehte sich auf dem Absatz um und lief in Richtung Ausgang.

»Und kein Wort zu den Bullen, sonst war's das mit unserem Deal!«, rief ich ihr hinterher.

Ich war mir sicher, dass Nellie sich an unsere Abmachung halten würde.

16.
NELLIE

Ich war tierisch sauer. Und genervt. Weniger wegen Tyler oder der vierhundert Euro, die ich ihr gegeben hatte, sondern wegen Janosch. Diese kleine Kröte war spurlos verschwunden, als ich wieder nach oben kam. Echt ein toller Freund, dachte ich, lief hinüber zum Taxistand am Hauptbahnhof und ließ mich nach Hause fahren.

Dort wartete eine Überraschung auf mich. Sie war rothaarig, sehr hübsch und nur ein wenig älter als ich. Meine Mutter unterhielt sich mit ihr im Foyer unserer Villa. Als sie mich sah, unterbrach sie das Gespräch.

»Das ist meine Tochter Nellie. Und das hier ist Lisa, die Tochter von Frank Limberger, du weißt, der Bauunternehmer!«

»Hallo, Nellie«, sagte Lisa, »es tut mir leid, was deinem Bruder da passiert ist.«

Was sollte ich darauf antworten? Dass es mir auch leidtat?

»Wir fühlen uns da auch ein stückweit … betroffen. Auf jeden Fall werden wir alles tun, um Ihnen … um bei der Suche zu helfen. Deswegen bin ich persönlich vorbeigekommen, um Sie unseres Mitgefühls zu versichern.«

Warum redete die so geschwollen daher? Ich nickte höflich und lächelte. Doch ich wurde das Gefühl nicht los, dass meine Mutter und diese Lisa sich schon kannten.

»Ja, das ist wirklich nett von Ihnen.« Meine Mutter brach das unangenehme Schweigen. »Aber leider bringt mir Ihr guter Wille meinen Max auch nicht zurück.«

Die nächste peinliche Stille.

»Gut. Dann will ich mal wieder«, sagte Lisa. Sie nickte erst meiner Mutter, dann mir zu und ging dann unsere lange Einfahrt hinunter.

»Und bitte grüßen Sie Ihren Vater!«, rief meine Mutter ihr hinterher.

Hatte ich doch richtiggelegen. »Was war denn das?«, fragte ich meine Mutter.

»Ach, unwichtig. Janosch wartet oben auf dich.«

Den brauchte ich jetzt wie ein Loch im Kopf. Dass der sich überhaupt noch hierhertraute.

»Es wird kalt. Lass uns reingehen.«

Im Eingang legte meine Mutter ihre Hand auf meinen Arm.

»Hör mal, Nellie, hast du wirklich nichts von dieser Party gewusst?«

»Nein, ich … echt nicht, Mama. Was machen wir denn jetzt?«

In diesem Moment schellte die Türglocke. Meine Mutter sah mich fragend an. »Erwartest du jemanden?«

»Nö. Keine Ahnung, wer das sein könnte.«

Meine Mutter öffnete die Haustür wieder.

»Entschuldigen Sie bitte die Störung!«, hörte ich eine weibliche Stimme, die mir bekannt vorkam. »Kaltbrunner, Magdalena, Bundespolizei.«

»Ja, bitte?«, sagte meine Mutter und öffnete die Tür ganz.

Magdalena Kaltbrunner zeigte ihren Dienstausweis vor.

»Ich hätte noch ein paar Fragen an Ihre Tochter Nellie, Frau Mahler. Es geht um die Katakomben-Party. Ist sie da?«

Meine Mutter nickte, drehte sich nach mir um und sah mich scharf an. Unter ihrem Blick zerbröselte meine sorgfältig aufgeschichtete Mauer aus Schwindeleien und Unwahrheiten zu Staub.

»Bitte, kommen Sie herein«, sagte sie zu der Polizistin.

»Guten Tag, Nellie«, sagte Magdalena Kaltbrunner.

»Hallo. Sie haben uns doch aber schon in der Nacht –«

»Wie Sie vermutlich schon gehört haben, sind in den Katakomben zwei Leichname gefunden worden. Das ändert jetzt die Sachlage grundlegend. Deshalb hatte ich gehofft, Sie – und vielleicht auch Herr Seiler – könnten mir vielleicht doch noch mehr erzählen.«

»Soll ich Janosch holen?«, fragte meine Mutter.

Hätte ich vielleicht Nein sagen sollen? Scheiße, dachte ich, Scheiße, Scheiße, Scheiße.

»Janosch!«, brüllte meine Mutter durchs Treppenhaus. »Kommst du bitte mal?« Sogar die Polizistin zuckte zusammen.

Ein paar Minuten später saßen Janosch und ich im Arbeitszimmer vor der Inquisitorin der Bundespolizei und schauten uns ratlos an. Eva servierte Kaffee, meine Mutter hielt sich diskret im Hintergrund, aber ich wusste, dass sie jedes Wort mithören würde.

Ich entschied mich für die Offensive. »Jetzt möchte ich erst mal von Ihnen wissen, ob Sie endlich eine Spur meines Bruders und seines Freundes Wenzel gefunden haben?«

Janosch reckte unter der Tischplatte den rechten Daumen hoch.

»Nein, noch nicht. Leider. Aber wir sind dran«, sagte Magdalena Kaltbrunner freundlich. Sie wirkte besorgt.

Das Handy meiner Mutter vibrierte. Die Kommissarin drehte sich nach dem Geräusch um. Meine Mutter nahm das Gespräch an und entfernte sich ein paar Schritte von der Doppeltür. Magdalena Kaltbrunner beugte sich abrupt vor und fixierte uns mit einem entschlossenen Blick.

»Jetzt hört mir mal zu, ihr beiden. Habt ihr irgendwas mit der Party zu tun? Mit der Organisation? Und lasst das Rumgeeiere! Ich kriege es irgendwann doch raus.«

Ihre Freundlichkeit hatte sich binnen eines Augenblicks in ein scharfes Samuraischwert verwandelt.

»What the fuck«, platzte es aus Janosch raus. »Nein!«

»Hör auf zu singen, Janosch Seiler. Ich hab dir doch schon gestern Nacht gesagt, was alles in meiner Macht steht. Dich könnte ich sofort auffliegen lassen.«

Janosch presste sich in die Rückenlehne seines Stuhls.

»Was geht denn jetzt hier ab?«, fragte ich.

»Tja. Man hat eure Freundin Maja gefunden.«

»Das ist doch super«, sagte ich.

»Weiß ich nicht. Sie ist zurzeit in der Rechtsmedizin.«

»Was?« Mir wurde schwindlig.

»Ganz genau. Maja-Florence Mühlberg ist tot. Mein Beileid. Aber genau deswegen muss ich unbedingt wissen, was da unten los war und wer die Verantwortlichen sind!«

Janosch starrte blicklos vor sich auf den Tisch, und auch ich war unfähig, irgendetwas zu antworten. Ich bemerkte, dass seine Augen sich mit Tränen füllten.

»Ich hab wirklich keine Lust mehr auf Samthandschühchen. Entweder ihr packt jetzt aus, was ihr über diesen Rave wisst, oder ich verpasse euch ein Ermittlungsverfahren wegen Behinderung der Justiz.«

Meine Lippen formten das F-Wort. Lautlos.

»Wie hast du mich eben genannt?«, rief Magdalena Kaltbrunner. Ich hatte sie offensichtlich aus der Fassung gebracht.

Ich wiederholte das F-Wort. Wieder lautlos. Zusammen mit dem tödlichen Nellie-Blick.

»Was ist hier eigentlich los?«, fragte meine Mutter, die gerade wieder ins Arbeitszimmer stürmte. Soweit ich mich erinnern konnte, war dies das erste Mal, dass ich ihren Tsunami-Auftritt herbeigesehnt hatte.

»Alles in Ordnung, Frau Mahler«, sagte die Kommissarin und erhob sich. »Wir haben alles geklärt. Vielen Dank.«

»Das sieht mir aber nicht danach aus.« Meine Mutter musterte Janosch, der Rotz und Wasser heulte. Sie baute sich vor Magdalena Kaltbrunner auf und schaffte es tatsächlich, zwei Köpfe größer zu wirken als die Kommissarin, obwohl sie eigentlich mindestens zehn Zentimeter kleiner war. »Ich würde deshalb vorschlagen, Frau

Kaltbrunner, dass Sie auf der Stelle unser Haus verlassen. Meine Tochter wird ohne anwaltlichen Beistand nichts mehr aussagen. Und wenn Sie Nellie weiterhin belästigen, werden Sie es noch im selben Moment bereuen. Habe ich mich klar ausgedrückt?«

»Klar und deutlich, Frau Stadtbaurätin«, sagte die Kommissarin förmlich. Sie zog eine Visitenkarte aus der Gesäßtasche, drückte sie meiner Mutter stumm in die Hand und trat den Rückzug an.

Als die Haustür ins Schloss fiel, sagte meine Mutter: »Ich muss jetzt dringend telefonieren. Ihr wartet hier. Und kein Wort über Maja. Zu niemandem. Keine Story, Janosch, hörst du? Keinen Post, keine WhatsApp.«

Sie verließ das Arbeitszimmer, doch ihre Stimme war noch eine ganze Weile zu hören: »Thomas, finden Sie bitte sofort für mich raus, wer bei der Staatsanwaltschaft die Ermittlungen im Katakomben-Fall leitet. – Ja, es ist wichtig. Deshalb ja auch sofort!«

Ich reichte Janosch eine Leinenserviette. »Hier, putz dir die Nase. Und dann will ich wissen, warum du nicht auf mich gewartet hast.«

17.
JANOSCH

Ich hatte Schiss, dass Nellie mir meine Geschichte mit dem alten Mann nicht abkaufen würde. Oder dass sie mich für durchgeknallt halten könnte, komplett verdrogt oder so. Aber ich schwöre: Als sie mit dieser Tyler in den Katakomben verschwunden war und ich mir auf dem Parkdeck den Arsch abfrieren musste, war plötzlich dieser Freak wieder aufgetaucht. Der Alte, den ich kurz vor dem Brand in den Katakomben getroffen hatte. Auch jetzt brabbelte er ständig »Meral, Meral« vor sich hin. Und dann verstand ich so was wie »Ähnlichkeit«, bevor er weiterschlurfte.

Aber irgendwas musste ich ja sagen. »Weißt du, Nellie, ich hatte schon mit dem Rave ein Problem«, begann ich.

»Und ich hab mit dir ein Problem! Wie kannst du einfach abhauen?«

»Okay, ja. Du hast ja recht. Aber ich hab die Katakomben vom ersten Moment an gehasst. Ich check das auch erst jetzt.«

»Wieso?«, wollte Nellie wissen.

»Ist schwer zu erklären. Als ob ich schon mal dort war, aber nicht als derjenige, der ich heute bin. Da ist irgendeine Verbindung.«

»Und was hat das mit diesem Penner zu tun?«

»Der Freak hat was in mir ausgelöst.«

»Was bedeutet ›Meral‹? Und wieso Ähnlichkeit?«

»Keinen Schimmer, Nellie.« Ich holte tief Luft, wischte mir die letzte Träne aus dem Gesicht und sah meine beste Freundin ernst an. »Ich muss dir noch was sagen, Nellie.«

Sie zuckte mit den Schultern.

»Ich bin gar nicht das Kind meiner Eltern.«

»Was?« Nellie sah mich mit großen Augen an.

»Kurz nachdem meine Mutter meinen Vater verlassen hat, bin ich doch so abgeschmiert. Ich hab damals zu Hause nach Zigaretten gesucht und dabei einen Aktenordner entdeckt. Totaler Zufall.«

»Und dann?«

»Hab ich den Mund gehalten. Ich hatte schließlich rumgeschnüffelt. Aber ich glaube, dass mein Vater inzwischen weiß, dass ich es weiß.«

»Aber ihr redet nicht darüber?«

Ich schüttelte den Kopf. »Da war ja auch nur die Adoptionsurkunde drin.«

Nellie kam zu mir rüber und nahm mich in die Arme. Ein paar Sekunden lang war es ganz still, dann sagte sie: »Du solltest mit deinem Vater sprechen. Und mit deiner Mutter. Am besten zu dritt.«

»Vielleicht wäre es wirklich das Beste«, sagte ich, auch wenn ich mir alles andere als sicher war.

»So!« Die Stimme von Nellies Mutter schreckte uns auf. Sie hatte von uns beiden unbemerkt das Arbeitszimmer betreten.

»Zumindest weiß jetzt dieser Herr Staatsanwalt, wo der Hammer hängt!« Sie stutzte, als wir uns aus der Umarmung lösten. »Hört mir mal kurz zu«, sagte sie dann. »Ich weiß, es ist wirklich schrecklich, aber wir – ihr – dürft niemandem, wirklich niemandem sagen, dass Maja tot ist. Es gibt noch keine offizielle Bestätigung, und solange wir nicht wissen, wie das passieren konnte, müssen wir uns bedeckt halten. Und uns vor allem auf die Suche nach Max konzentrieren.«

»Welche Suche denn?«, fragte Nellie, und es sah aus, als würde sie jetzt doch noch anfangen zu weinen. »Die tun doch gar nichts! Stehen bloß blöd rum mit ihren scheiß Hunden.«

Ihre Mutter seufzte.

»Moment«, sagte ich und kramte mein Handy aus der Hosentasche. »Hier, Nellie: Ich hab versucht, mich nützlich zu machen. Hast du's schon gesehen?«

»Was?«

»Meinen Insta-Post!« Ich ging auf mein Profil und reichte ihr das Telefon. Ihre Mutter stellte sich hinter sie, setzte ihre Brille auf und beugte sich über den kleinen Bildschirm.

»Das ist ja in Max' Zimmer«, sagte Nellie verwundert.

Ich nickte. »Von vorhin, als ich auf dich gewartet hab.«

»Jetzt seid doch mal still. Ich will das hören«, sagte Nellies Mutter.

»Hey, ihr Lieben! Mein Freund Max wird seit gestern vermisst. Viele von euch kennen ihn bestimmt aus meinen Storys. Aber jetzt machen wir uns die Mega-Sorgen, denn er ist seit der Katakomben-Party spurlos verschwunden. Also, wenn ihr was wisst, wenn ihr ihn auf der Party oder danach gesehen habt, dann bitte, bitte schreibt in die Comments. Seine Freunde und seine Familie haben voll die Angst! Und, Max, wenn du das hier siehst: Bitte komm nach Hause! Und ihr vergesst bitte niemals, wie wichtig Freunde sind! Zeigt es ihnen jeden Tag!«

18.
NELLIE

Ich war sprachlos. Meine Mutter dagegen tätschelte Janosch die Schulter und sagte: »Gut gemacht.«

»Ich hab schon mega viele Nachrichten gekriegt«, sagte Janosch.

Ich schüttelte den Kopf. »Hättest du nicht vorher fragen können? Das ist total persönlich, Janosch!«

»Aber ich will doch nur helfen. Und das hier kann ich am besten. Schau dir mal die Kommentare an!«

»Was schreiben die denn so?«, fragte meine Mutter.

»Super viele, denen irgendwas passiert ist. Da unten sei es krass gefährlich, wegen der ganzen verstrahlten Leute und so.«

Wütend winkte ich ab. »Das ist doch nur Drama. Die wissen doch gar nicht, wie's da unten wirklich ist!«

»Aber du schon!«, sagte Janosch.

»Ich war zufällig heute da?«

»Okay, wegen dem einen Mal. Nellie, das sind meine Freunde. Die meinen es gut.«

Meine Mutter nickte. »Das sehe ich auch so, Nellie. Janosch hat recht.«

Ganz genau. Meine Mutter, die Allwissende, die im Grunde jedoch null Ahnung hatte. »Das sind keine Freunde, das sind Follower. Denen ist nur langweilig. Die geilen sich dran auf, dass mein Bruder vermisst ist, während sie auf dem Klo sitzen«, korrigierte ich sie.

»So siehst du das also?«, fragte Janosch.

Ich holte tief Luft. »Diese Katakomben, das ist riesig, da geht's ewig weiter. Tyler, die aus der Tiefgarage, Janosch, sie ist kein bisschen gefährlich. Die lebt da unten, und zwar richtig. Sie kennt die ganzen Geheimgänge und hat versprochen, mir bei der Suche nach Max zu helfen!«

»Sorry, Nellie, ich wollte doch auch nur helfen. Tut mir leid, dass ich nicht gefragt hab. Wenn du willst, nehm ich die Story runter.«

Meine Mutter machte den Mund auf, aber ich schnitt ihr das Wort ab.

»Nee, mir tut's leid, Janosch. Alles, was uns Max wiederbringt, ist gut. Aber ihr müsst mir versprechen, dass wir mit niemandem über die Menschen da unten reden, okay?«

»Versprochen!«, sagte Janosch.

»Wenn du wirklich meinst, dass das etwas bringt«, sagte meine Mutter, »dann verspreche ich es dir auch. Natürlich.«

Wieso hatte ich nur das Gefühl, dass meine Mutter mir gerade ins Gesicht gelogen hatte?

19.
DOMINIK

Die Nachricht, dass die Beamten der Suchhundestaffel zwei Leichen entdeckt hatten, hatte mich per SMS erreicht. Und zwar mitten in der Pressekonferenz, die ich auf Geheiß der Oberbürgermeisterin und des Oberstaatsanwalts einberufen hatte. Mit meinen einunddreißig Jahren gehörte ich zu den jüngsten ermittelnden Staatsanwälten, aber ich wurde zumeist dann eingesetzt, wenn Justitia wegen der politischen Umstände eines Falles ihre Augenbinde zu verlieren drohte. Schon als Kind hatte ich meine ehrgeizigen deutschen Adoptiveltern verflucht, die mich immer zu Höchstleistungen getriezt hatten. Mit dem Ergebnis, dass ich tatsächlich so etwas wie eine Lernmaschine geworden war. Ein Vorzeige-Fidschi, öffentliches Paradebeispiel dafür, wie aus einem vietnamesischen Waisenbaby ein wertvolles Mitglied der westlichen Gesellschaft werden konnte. Dabei hatte ich nicht den besten Start: Ich wurde von einer NGO aus dem Südchinesischen Meer gefischt, als meine Eltern aus Vietnam flüchteten. Sie waren bei der Havarie des überladenen Fischerbootes ertrunken, etwa siebzehn Seemeilen vor dem rettenden Hongkong. Ich hatte natürlich keine Erinnerungen an sie. Über Umwege kam ich dann nach München, und aus dem kleinen Lam Nguyen Thi wurde Dominik Liebknecht. Wenn Oktoberfest war, trug ich selbstverständlich Krachlederne. Mit meinem Einser-Jurastaatsexamen hätte ich allerdings von jeder vernünftigen Anwaltskanzlei eine Absage erhalten – denn solche Streber sind den Berufskollegen per se suspekt –, und so hatte ich mich beinahe schon zwangsweise für die staatliche Juristenkarriere entschieden, da ich keine Ambitionen in der freien Wirtschaft hatte. Konzerne sind der Vorhof zur Hölle.

Ich war gerade dabei, der Pressemeute Zucker zu geben, als mein Handy vibrierte, doch ich ließ mich nicht beirren: »Die Suche läuft ununterbrochen und wurde heute auch auf die umliegenden Stadtviertel ausgedehnt. Die sogenannten Katakomben, also das unterirdische Netzwerk aus Versorgungsgängen, in denen die Party stattgefunden hat, ist größer als erwartet, was eine gründliche Durchsuchung erschwert. Es handelt sich um ein Problemgebiet, welches der Stadtverwaltung nicht ganz unbekannt ist.«

Am liebsten hätte ich jedoch gesagt: »Das ist ein ganz großer Dreck, diese Katakomben-Sache, meine Damen und Herren, es ist ein Wespennest. Denn wir werden es mit Sicherheit ausschließlich mit Zeugen zu tun bekommen, die es aus den verschiedensten Gründen tunlichst vermeiden werden, den Ermittlungsbehörden die Wahrheit zu erzählen. Und das zu Recht, weil sie höchstwahrscheinlich belangt werden würden.«

Aber das behielt ich natürlich für mich und gab das Wort an den Einsatzleiter der Polizei weiter. Dann las ich mit unbewegter Miene die Nachricht auf meinem Telefon. Mein nächster Gedanke war, dass es sich bei den beiden Leichen bitte nicht um zwei der drei vermissten Rich Kids handeln möge. Ich hatte wenig Lust, mir die Finger zu verbrennen.

Nach der Pressekonferenz eilte ich in die Rechtsmedizin, ohne auf Nachfragen der Reporterinnen und Reporter einzugehen. Dort im Keller, wo sich ständig ein leicht süßlicher Geruch in der Luft hielt, traf ich auf Susanne Behnke, die ich für eine unserer fähigsten Rechtsmedizinerinnen hielt. Allerdings war sie auch eine der am schlechtesten gelaunten Menschen, die ich in meinem Leben bisher getroffen hatte. Meine eigene Stimmung sank jedoch ebenfalls beträchtlich, als ich den zerschundenen Körper von Maja-Florence Mühlberg auf dem Seziertisch liegen sah. Jeder Gedanke an einen unkomplizierten Fall verflüchtigte sich, denn die Mühlbergs gehörten zur Münchner Hautevolee.

»Was ich Ihnen schon mal verraten kann, Dominik: Der Fundort ist nicht der Tatort«, sagte Susanne Behnke statt einer Begrüßung. Ihre tiefe Stimme klang rau, sachlich, emotionslos. »Was die Todesursache betrifft: Es gibt keine Anzeichen von Gewalt, die Wunden stammen mit Sicherheit vom Gitter des Wehrs, in dem man sie gefunden hat. Darin rotiert der Körper wie in einer Waschmaschine, aber ertrunken ist sie nicht. Kein Wasser in der Lunge. Alles deutet bisher auf eine Überdosis hin – wahrscheinlich irgendetwas Synthetisches – oder auf eine Kohlenmonoxidvergiftung. Die genauen Blutwerte kriege ich noch aus dem Labor. Aber das hier dürfte Sie interessieren.« Sie hob das linke Bein des toten Mädchens an und zeigte mir die Ferse. »Sehen Sie diese Schleifspuren? Auf den Abstrichen habe ich Spuren von anaeroben Pilzen gefunden.«

»Und was schließen Sie daraus, Susanne?«

»Dass sie vor oder während des Feuers gestorben ist und dann von irgendjemandem durch die Katakomben bis zum unterirdischen Isar-Wasserwerk geschleppt wurde.«

»So weit? Warum sollte das jemand tun? Mit welchem Motiv?«

»Für solche Spekulationen habe ich jetzt keine Zeit. Wegen eures Tamtams da unten habe ich noch eine Junkie-Leiche auf dem Tisch. Wollen Sie die auch sehen?«

»Aber keinen der beiden vermissten jungen Männer?«

»Nein, nein. Ein Junkie, wie gesagt. Name und Alter unbekannt, keine Vermisstenmeldung. Und?« Die Rechtsmedizinerin hob das Leichentuch an.

»Nein, lassen Sie ruhig, Susanne.« Ich deutete auf die tote Millionenerbin. »Wir müssen priorisieren. Auf *diesem* Fall ist enormer Druck. Es wäre wichtig, dass wir so schnell wie möglich ein vollständiges Obduktionsergebnis bekommen.«

»Natürlich. Wie immer, Herr Staatsanwalt.« Sie schenkte mir ein reizendes Lächeln, von dem ich wusste, es war nur gespielt.

Als ich eine Viertelstunde später in die Staatsanwaltschaft kam, wartete ein Überraschungsbesuch auf mich. Ich freute mich tatsächlich, Magdalena Kaltbrunner auf dem Flur sitzen zu sehen. Ich mochte ihr fein geschnittenes Gesicht, das sie stets nur dezent schminkte und das in krassem Gegensatz zu ihrer Respekt einflößenden Erscheinung stand, noch verstärkt durch die dicke schwarze Lederjacke. Heute trug sie ihr halblanges dunkelbraunes Haar in einem strengen, akkuraten Pferdeschwanz. Splitterfasernackt war sie eine attraktive, durchtrainierte und ziemlich perfekt proportionierte Frau von einundvierzig Jahren. Ich wusste, wovon ich sprach. Denn auch wenn ich deutlich jünger war als sie, hatte ich sie tatsächlich schon einmal nackt gesehen. Und ich musste zugeben, dass ich das gern wiederholt hätte. Doch ihr Gesichtsausdruck sah ganz und gar nicht nach einem dienststellenübergreifenden Flirt aus.

»Wollen Sie reinkommen, Hauptkommissarin? Ich habe gerade Zeit.«

Ja, wir waren einmal miteinander im Bett gewesen, aber Dienst war Dienst. Weshalb ich die förmliche Anrede nicht weniger bedauerte.

Sie hielt mir zwei Thermobecher hin.

»Gern«, sagte sie und schaute sich um. Niemand war zu sehen. »Ich habe Ihnen einen vernünftigen Caffè Crema hier reingeschmuggelt.«

»Klasse!«, sagte ich. »Wie haben Sie das angestellt?«

»Polizistinnengeheimnis«, antwortete sie und zwinkerte mir zu.

Ich schloss die Tür zu meinem Büro und schaltete die Regionalnachrichten ein, während Magdalena sich interessiert über die Flurkarte der Katakomben auf meinem Schreibtisch beugte.

»Schon mittendrin, wie ich sehe.«

»Aber Sie besuchen mich doch sicherlich nicht nur für ein Kaffeekränzchen?«

»Nein. Ich brauche Ihre Hilfe. Und Sie könnten im Gegenzug meine bekommen.«

»In welcher Angelegenheit?«

Sie deutete auf die Flurkarte. »Ich suche eine Verdächtige, ist ein ganz anderer Fall, aber sie ist vermutlich auch auf dieser illegalen Party gewesen. Die Mühlberg und so, das ist natürlich jetzt euer Ding. Aber der Hauptbahnhof ist mein Zuständigkeitsbereich, und ich kenne mich da unten aus wie sonst niemand.«

»Woher wissen Sie, dass es sich bei der Toten um Maja-Florence Mühlberg handelt?«

»Weil ich zufällig dabei war, als man ihre Leiche aus dem Wehr geborgen hat.«

»Zufällig?«

»Ich habe Urlaub. Offiziell jedenfalls. Das wäre übrigens die zweite Sache.«

»Ja, ja. Ich bin schon im Bilde. Sie wollen Ihren Lieblingskunden Christo Angelo in der U-Haft besuchen. Ihre Chefin hat mich auf dem kleinen Dienstweg darüber informiert.«

»Ach ja? Auch, dass ich bei den Mahlers gewesen bin – und mich die Frau Stadtbaurätin rausgeschmissen hat, als ich ihren wohlstandsverwahrlosten Kindern vom Tod ihrer Freundin erzählt habe?«

Ich rang mir ein gequältes Lächeln ab. »Sie waren wohl nicht besonders subtil. Und haben damit das offizielle Statement der Polizeiführung sozusagen pulverisiert. Sie sorgen für Furore, Magdalena … Warum halten Sie nicht einfach mal den Ball flach? Warum stochern Sie dort unten in diesen Katakomben herum? Warum gefährden Sie ununterbrochen Ihre Karriere?«

20.
MAGDALENA

Als Dominik Liebknecht mir diese Fragen stellte, musste ich mich für die der Wahrheit nächstliegende Variante entscheiden. Deshalb blieb ich dabei: Ermittlungen in einem anderen Fall.

Dominik und ich, das war ein Zufall gewesen. Eine flüchtige Begegnung in einem Biergarten mit einem durchaus interessanten, wenn auch jüngeren Mann, die tatsächlich im Bett geendet hatte. Mir war noch immer nicht klar, was mich damals geritten hatte, auf seine Avancen einzugehen. Doch obwohl ich diesen klugen und empathischen Mann nicht uninteressant fand, war ich noch weit davon entfernt, ihn in mein problematisches Mutter-Tochter-Verhältnis einzuweihen. Im Moment kam ich mit unserem One-Night-Stand einigermaßen klar und hielt ihn, so gut es ging, auf Distanz. Was jedoch manchmal ganz schön mühsam war. Deshalb siezte ich ihn konsequent, was er, wenn auch offensichtlich widerstrebend, erwiderte.

»Also, helfen Sie mir? Dann helfe ich Ihnen«, sagte ich.

Die Drahtseiltänzerin. Denn bestimmt hatte ihm Christiane Sommer auch erzählt, dass ich mal wieder kurz vor einer Suspendierung stand – wegen meiner idiotischen Alleingänge.

Dominik Liebknecht räusperte sich und deutete auf eine Stelle auf der Karte. »Anscheinend leben da unten mehr Menschen, als man glaubt«, sagte er, »Illegale.«

Ich lachte leise auf. »Und Sie denken, das hat bis heute niemand gewusst? Oder hat man es nur nicht wissen wollen?«

Ich setzte mich, vielleicht ein wenig zu lasziv, auf die Kante seines Schreibtischs. Er war überrascht, aber es gefiel ihm.

»Wie meinen Sie das?«, fragte er mit belegter Stimme, wobei sein Blick auf meinen Beinen ruhte.

»Ich meine, dass das alles nicht neu ist. Und wenn die Polizei oder die Stadtverwaltung die Menschen da unten wirklich raushaben wollte, dann hätte man längst was unternommen. Aber Hauptsache, wir sind die schöne Weltstadt mit Herz. Bloß kann jetzt keiner mehr wegschauen.« Ich zeigte auf einige Punkte der Flurkarte. »Genau da wohnen die!«

»Dann haben unsere Leute vermutlich noch nicht alles durchsucht.«

Ich schüttelte den Kopf. »Nein, haben sie nicht«, sagte ich. »Und wenn Sie noch ein bisschen Hintergrundwissen für Ihre Ermittlungen benötigen, laden Sie doch mal einen jungen Mann namens Janosch Seiler ein. Der sieht zwar aus wie ein Clown, aber er ist meines Erachtens ein helles Bürschchen, hervorragend vernetzt in der Rich-Kid-Szene. Ach so, ehe ich es vergesse, die Drogenfahndung hat ihn schon seit Längerem auf dem Schirm, aber sie lassen ihn an der langen Leine laufen.«

»Warum das?«

»Weil er ein Muli ist. Er vertickt Ecstasy, Gras und Koks in der Raver-Szene, aber davon immer nur Kleinstmengen. Die Kollegen glauben, dass er sie irgendwann zu den Großhändlern führt.«

»Was Sie alles wissen, Magdalena.«

»Das ist mein Job, *Herr* Staatsanwalt.«

Liebknecht lächelte. Im nächsten Moment summte das Telefon auf seinem Schreibtisch. Ich konnte deutlich die Stimme seiner Sekretärin hören. »Die Stadtbaurätin Anna Mahler würde Sie gerne in einer dringenden Angelegenheit sprechen, Herr Liebknecht. Kann ich durchstellen?«

»Geben Sie mir eine Minute, Frau Stoffers, ich will nur meinen Besuch verabschieden«, entgegnete er und wandte sich an mich. »Entschuldigung, ich glaube, das könnte jetzt –«

»Verstehe, bin schon weg.«

»Sehen wir uns denn auch mal wieder außerhalb des Büros?«, fragte er unvermittelt. »Vielleicht sogar … heute?«

»Ich bin echt müde«, sagte ich, und das war nicht mal gelogen.

»Okay, okay …«, wiegelte er sofort ab. »Was haben Sie eigentlich angestellt, dass Sie zur BuPo an den Hauptbahnhof versetzt wurden?«

»Sagt wer?«

»Sagt Ihre Akte!«

»Wieso lesen Sie meine Akte?«

»Sie sind doch Zeugin im Christo-Fall. Und Beschuldigte. Da muss ich mich doch informieren!« Dominik Liebknecht lächelte. Doch ich geriet in Alarmstimmung.

»Ich wurde nicht versetzt. Ich habe mich versetzen lassen. Da schauen Sie, was?«

»Das macht Sie nur noch interessanter.«

Ich zeigte auf sein Telefon. »Lassen Sie's doch einfach, Herr Liebknecht! Und vergessen Sie Ihr Gespräch nicht …«

Ich sah ihn mitleidig an und ging zur Tür. Ich war sauer, und dass die Mahler ihm jetzt die Hölle heißmachen würde, kam mir gerade recht.

3. TEIL

»Chaos ist die Ordnung,
die wir nicht verstehen.«

Konstantin Wecker

21.
JANOSCH

Leider musste ich Nellie recht geben. Mein Insta-Aufruf bekam zwar jede Menge Kommentare und wurde auch fleißig geteilt, aber die meisten Bemerkungen waren Bullshit. Trotzdem, dachte ich, immer noch besser, als nichts tun. Max und Wenzel waren jetzt schon zwei Tage verschwunden. Und dass MFM tot sein sollte, erschien mir vollkommen unwirklich. In den Medien hieß es, sie sei in einem Wehr in der Isar gefunden worden. Nicht in den Katakomben. Das konnte ich mir absolut nicht erklären. Mehr Informationen gab es allerdings nicht, immer mit dem Hinweis, man wolle die laufenden Ermittlungen nicht gefährden. Blablabla.

Als ich nach Hause kam, traf ich auf meinen Vater. Er hatte sich mitten in der Woche freigenommen, um endlich einmal unsere Wohnung auszumisten. Als wäre das noch nicht seltsam genug, hatte er mich gleich dazu verdonnert, ihm zu helfen. Er stand auf einer Leiter vor unserer geöffneten Schrankwand im Wohnzimmer, ein Monster aus Massivholz, das bis zur Decke reichte und auf das mein Vater mächtig stolz war. Von dort reichte er mir einen Haufen Zeug herunter, von dem er sich trennen wollte. Mein Job bestand darin, den Klumpatsch auf Anweisung entweder in Müllsäcke zu stopfen oder in Umzugskartons zu legen. Als er mir eine Schatulle aus Holz in die Hand drücken wollte, verharrte er einen Moment lang und sah sich das Kistchen verträumt an.

»Warum schmeißt du nicht alles einfach weg?«

»Das sind ihre alten Schulhefte. Die will sie bestimmt aufheben. Tu's bitte in den Karton.«

»Klar«, sagte ich, »aber du glaubst doch nicht ernsthaft, dass Mama kommt und die holt.« Ich warf die Schatulle in den Karton.

»Was bist du denn so motzig, Janosch?«

»Weil ich den ganzen Scheiß dann vermutlich in den Keller tragen muss.«

»Also, weißt du, ich hab in deinem Alter jeden Tag –«

»Ja, ja. Whatever.« Mein Handy vibrierte. Nellie. Sie schrieb: »Melde dich!« Ich steckte das Telefon wieder ein.

»Ich find's einfach schön, wenn wir zusammen was anpacken. Ich versteh schon, dass du viel mit deinen Freunden machst. Aber wir könnten ja auch wieder mal zusammen Schlittschuh fahren gehen. Vielleicht mag die Mama sogar mit?«

Sein Gelaber ging mir gerade mächtig auf den Sack.

»Schon okay, alles gut«, sagte ich. Nicht auch noch Streit jetzt.

Er hielt mir eine weitere Kiste aus dem Schrank hin. Unglaublich, was da alles reinpasste.

»Achtung, die ist schwer!«, sagte er.

»Moment!«, sagte ich, denn mein Handy vibrierte erneut. Mit einem Pling. Eine WhatsApp.

»Jetzt lass doch mal zehn Minuten die Finger von dem Ding. Was kann denn in zehn Minuten passieren, was nicht warten kann?«

»Alles. In zehn Minuten kann alles passieren.« Ich nahm ihm die Kiste ab.

»Aber meistens passiert gar nix«, sagte er. Er wischte sich Schweiß von der Stirn. »Wir müssten auch mal den Balkon ein bisserl in Ordnung bringen. Dann könnten wir dort im Sommer zusammen draußen essen, so, wie's die Mama immer gern gemacht hat.«

»Kannst du bitte endlich aufhören, immer von der Mama zu reden? Wie lang denn noch?«

Er stieg von der Leiter herunter.

»Schau, Janosch, du sollst den Kontakt zu deiner Mutter nicht verlieren, nur weil wir halt auseinander sind. Vielleicht rufst du sie mal wieder an?«

Mein Vater lächelte nicht, sondern schaute ernst. Jetzt oder nie, dachte ich plötzlich. »Wisst ihr eigentlich, wo meine – also, wo meine leiblichen Eltern sind? Könnte ich die anrufen? Wenn ich will?«

Es sah nicht so aus, als ob mein Vater mit dieser Frage gerechnet hatte. Aber er sagte leise: »Willst du?«

»Keine Ahnung. Aber kann ich denn? Theoretisch?«

»Ja. Also … das ist nicht so einfach«, seufzte mein Vater.

»Warum nicht?«

»Besprich das mit der Mama. Die kann so was besser.«

Bevor ich meckern konnte, läutete es an der Wohnungstür. Keine Sekunde später klopfte jemand ans Holz.

»Ich mach auf«, sagte ich und sah mich zwei uniformierten Streifenpolizisten gegenüber.

»Janosch Seiler? Wir würden Sie bitten, uns zu begleiten.«

»Warum denn? Wieso?«

»Hat er was ausgefressen?«, fragte mein Vater im Näherkommen.

»Nein, Herr Seiler, Ihr Sohn hat nichts ausgefressen«, entgegnete der eine Beamte freundlich. »Wir leisten lediglich Amtshilfe für die Staatsanwaltschaft. Es geht um das Verschwinden von Maximilian Mahler und Wenzel Graf von Werneck. Der ermittelnde Staatsanwalt Dominik Liebknecht bittet um ein informelles Gespräch, weil Janosch vielleicht noch weitere nützliche Informationen haben könnte.«

»Davon weiß ich zwar nichts, aber ich komm mit.« Wenigstens musste ich dann nicht weiter die Vergangenheit meiner Eltern in Umzugskartons packen.

Eine knappe halbe Stunde später saß ich diesem Dominik Liebknecht an dessen Schreibtisch gegenüber und bekam von seiner Sekretärin einen Cappuccino serviert. Der Tisch war voller Akten, die auf Kante übereinandergestapelt waren. Darüber hatte der

Staatsanwalt einen Lageplan ausgebreitet. Ich erkannte, dass es sich um die Katakomben handelte.

Er spielte auf einem Tablet herum. »Echt cool, wie du das mit den sozialen Medien hinkriegst. Du hast eine sehr gute Reichweite. Ich folge dir auch, da, schau!« Er zeigte mir kurz das Display seines Tablets.

»Danke. Ist schon auch viel Arbeit«, sagte ich und nippte am Cappuccino.

Unvermittelt verließ er die Schleimspur. Er wurde ernst und sagte: »Ich möchte die Zugangsdaten deiner Social-Media-Kanäle. Die Idee mit dem Videoaufruf, ja, die war schon ziemlich genial. Wir würden aber gerne die Ergebnisse auswerten, die Kommentare vor allem. Man darf keine Möglichkeit ausschließen.«

»Sie meinen also, dass ich gerade einen besseren Job mache als die Polizei?«

»Staatsanwaltschaft.«

»Whatever.«

»Vielleicht. Ja.«

»Gibt es denn schon irgendeine Spur?«, fragte ich.

»Dazu darf ich leider nichts sagen. Aber, Janosch, wir müssen alles versuchen. Es geht schließlich um deine Freunde.«

»Alles cool. Sie kriegen die Zugänge. Keine Panik.«

Der Staatsanwalt wirkte erleichtert. Er erhob sich. »Dann rufe ich gleich die IT an.«

Mein Kopf brummte. Mir fiel ein Satz ein, den ich mal irgendwo aufgeschnappt hatte: Man liebt den Verrat, aber nicht den Verräter. Shit. Aus der Nummer kam ich jetzt nicht mehr raus.

»Was ist?« Der Staatsanwalt ging um seinen Schreibtisch herum und setzte sich vor mich auf die Tischkante. »Wenn da noch was ist, Janosch, jeder Hinweis kann uns nur weiterhelfen!«

Shit, Shit, Shit. Ich sah ihn an. »Ich kann nichts sagen.«

»Was sagen?«

Ich schwieg.

»Oft sind es die ersten Stunden, die Leben retten. Deine Freunde Max und Wenzel sind bald schon zweiundsiebzig Stunden verschwunden«, sagte Dominik Liebknecht eindringlich und beugte sich vor.

»Also«, sagte ich stockend, »wir waren ja bei dieser Party und dann, gestern … Vielleicht hilft Ihnen das hier weiter.«

Ich erhob mich nun ebenfalls, beugte mich über den Lageplan und suchte einen bestimmten Punkt. Die Toiletten in einem Gang parallel zum Dom, von dem Nellie mir erzählt hatte.

»Wenn man durch diese Toiletten geht, sehen Sie, hier –«

»Da war aber schon eine Hundertschaft Polizisten drin. Mit Spürhunden. Wir haben dort unten jeden Stein umgedreht«, wunderte sich der Staatsanwalt.

»Jedenfalls, von diesen Toiletten kommt man wohl über eine Luke oder so in weitere Gänge. Da sollen noch viel mehr Leute leben.«

»Du meinst, so eine Art Katakomben hinter den Katakomben?«

»Das haben Sie aber nicht von mir«, sagte ich, »ich will nur, dass Max gefunden wird.«

22.
NELLIE

Schon Janoschs erste WhatsApp am frühen Abend hatte mich trotz eines Poop-Emojis und etwa einer Million rosa Herzchen in Alarmbereitschaft versetzt. DIE COPS FANDEN MEIN VIDEO ÜBRIGENS MEGA, FYI!!!1!!!

Und nur zehn Minuten später kam Janoschs zweite Nachricht: OMG YOUR MUM IS KILLING IT, GUCK IM TV.

Ich schaltete sofort meinen Fernseher an. Offenbar noch rechtzeitig, denn als das Bild erschien, fuhr die Kamera gerade aus einer Interview-Situation frontal auf meine Mutter. Jetzt sah sie mich an. Und sie sagte: »*Man denkt immer, dass einem selbst so etwas nicht passieren kann. Aber nichts ist jemals sicher. Heute, jetzt, spreche ich nicht als Politikerin, sondern als betroffene Mutter. Und für eine Mutter ist es das Schlimmste, nicht zu wissen, wo das eigene Kind ist, ob es ihm gut geht. Und in diesem Fall sind noch zwei weitere Mütter mit dieser Ungewissheit konfrontiert. Gräfin von Werneck, die ebenfalls ihren Sohn, Wenzel, vermisst, den besten Freund meines Sohnes Maximilian, und natürlich Camilla Mühlberg, Mutter der ebenfalls vermissten Maja-Florence.*«

Ihr brach die Stimme vor Betroffenheit. Aber mir konnte sie nichts vormachen. Denn Empathie war noch nie ihr Ding gewesen. Immerhin hatte sie sich an ihre eigene Anweisung gehalten und darauf verzichtet, MFM öffentlich für tot zu erklären, bevor es die offiziellen Stellen tun würden.

Und schon im nächsten Augenblick wurden Handy-Bilder aus der Brandnacht in den Katakomben eingespielt, gegen die Janoschs Video wie ein Heimatfilm wirkte. Ich fragte mich, woher die Fernsehfuzzis diese Bilder hatten, die ich noch nicht mal auf YouTube gesehen hatte. Das waren nicht nur Raver, die in Panik vor dem Qualm und dem Rauch flüchteten. Sondern es waren auch ganz andere Leute zu sehen, wenn auch nur in winzigen Schnipseln. Und dazu dann der Kommentar meiner Mutter aus dem Off.

»Ich hoffe, dass die Stadt in Zukunft Maßnahmen treffen wird, um Situationen wie diese zu verhindern. Wir müssen den Problembezirk rund um unseren Hauptbahnhof endlich ernst nehmen. Denn genau hier werden die Auswirkungen unserer bisherigen Kommunalpolitik deutlich.«

Für mich hörte sie sich jetzt nicht mehr wie eine verzweifelte Mutter an. Sondern wie eine eisenharte Wahlkämpferin.

»Vor allem die Katakomben unter dem gesamten Areal sind inzwischen offensichtlich zu einem rechtsfreien Raum geworden: Obdachlose, Drogensüchtige, Illegale, Kriminelle – Menschen also, die durchs Raster gefallen sind. Sie alle haben sich dort unten eingenistet. Und das darf meines Erachtens nicht länger so weitergehen. Und ein soziales Großprojekt wie der Unity Tower, der genau an diesem Ort errichtet werden soll, dürfte die Situation eher verschlimmern als verbessern. Als Bürgerin, als betroffene Mutter, aber auch als Kommunalpolitikerin hoffe ich auf ein Umdenken. Für Maja-Florence, für Wenzel und für meinen Sohn Max. Um die Ermittlungsbehörden zu unterstützen, hat mein Büro eine eigene Hotline eingerichtet …«

Ich schämte mich, als jetzt auch noch eine Null-achthundert-Nummer eingeblendet wurde.

»Bitte zögern Sie nicht, wenn Sie etwas über das Verschwinden unserer Kinder wissen. Melden Sie sich! Auch der kleinste Hinweis kann wichtig sein. Wir werden die Hoffnung nicht aufgeben. Ich danke Ihnen.«

Ja, danke, Mama, dachte ich. Und danke auch, Janosch. Wenn ihr nur wüsstet, wie groß der Scheißhaufen ist, den ihr gerade errichtet habt.

23.
LISA

»Diese Schlange! ›Als betroffene Mutter‹! Ich glaub es einfach nicht«, rief Lennart von Marsch, und ausnahmsweise musste ich ihm beipflichten. Denn jetzt war uns allen endgültig klar, wer unseren Unity Tower torpedierte. Das *soziale Großprojekt* der Limberger Living, das zwar noch nicht in sich zusammengefallen war, aber fast. Mein Vater schaltete den Fernseher aus.

»Unfassbar«, seufzte er.

»Nein«, sagte ich, »das ist vielleicht gar nicht so schlecht. Wir sollten versuchen, ihren Auftritt auszunutzen.«

Beide Männer sahen mich erstaunt an.

»Und wie?«, fragte Lennart von Marsch.

»Indem wir den sozialen Charakter unseres Projekts noch deutlicher machen, und warum der Unity Tower so wichtig für die Stadt ist. Denn *wir* nehmen die sozialen Probleme eben ernst!«

»Flucht nach vorn, meinst du?«, fragte mein Vater.

»Unsinn«, sagte Lennart von Marsch.

Das war ja klar.

»Entschuldigt bitte, aber durch diese ganze mediale Aufmerksamkeit gerade muss die Politik reagieren. Da werden jetzt Köpfe rollen, und mit Sicherheit werden das Köpfe mit grün und rot gefärbten Haaren sein. Und genau darauf werden wir uns einstellen, mit einem veränderten Konzept.«

Ich ignorierte seinen Hardliner-Sprech.

»Papa, erinnerst du dich noch an diese Kulturevents, die Mama früher organisiert hat? Sie hat dich überzeugt, dass die soziale Komponente für die Immobilienentwicklung *der* USP der Limberger Living ist. Und er könnte und sollte es auch heute sein.«

Auf das Gesicht meines Vaters legte sich ein mildes Lächeln. Ich wusste, dass ich ihn gepackt hatte. Wenn es um das Bauen an sich ging, konnte ihm keiner was vormachen. Aber das Einfangen von Stimmungen und nicht zuletzt von Menschen war ihm immer schwergefallen.

Lennart von Marsch merkte sofort, dass ich einen Sieg errungen hatte. Aber dieser Sieg war nur ein winziges Pflänzchen. Denn auch wenn er jetzt seine Sachen zusammenpackte und dann grußlos das Büro meines Vaters verließ – der Krieg zwischen ihm und mir war noch lange nicht vorbei. Denn er war ein gewiefter Taktierer. Ein Manipulator und verschlagenes Arschloch obendrein. Egal.

»Und wenn uns die Stadt die eingefrorenen Mittel trotzdem nicht freigeben will, dann suchen wir uns eben Investoren, die begriffen haben, dass man heutzutage mit sozialen Projekten verdammt viel Geld verdienen kann. Denn das ist die Zukunft!« In meiner Euphorie hatte ich fast geschrien.

Mein Vater rieb die Handflächen ineinander. Ein untrügliches Zeichen dafür, dass er überlegte.

»Lass uns so einen Event machen. Was hätten wir denn zu verlieren? Und mit guten Speakern und Zahlen und Fakten werden wir die Investoren und die Öffentlichkeit bestimmt auf unsere Seite ziehen. Du weißt, ich habe super Verbindungen zur Presse und zu ein paar Fernsehjournalisten. Und hast du schon mal was von Ted Greenbaum gehört? Das ist ein grüner Investmentbanker. Der hat mit gerade mal Anfang dreißig schon knapp zwei Milliarden Dollar für seinen Hedgefonds eingesammelt, mit dem er ausschließlich in soziale und nachhaltige Projekte investiert – weltweit! Er ist außerdem der Erfinder von Share a Bite, diesen öffentlichen Kühlschränken, wo jeder Lebensmittel für Bedürftige deponieren kann. Und Greenbaum kommt übermorgen nach München. Warum sollte ich nicht einfach versuchen, ihn anzusprechen? Vielleicht krieg ich ihn als Speaker! Du wirst sehen, Papa, solch ein Event wird alles ändern. Lass mich das bitte organisieren! Vertrau mir!«

Mein Vater räusperte sich und schenkte sich einen Whisky ein. Wie immer, kurz nach achtzehn Uhr. Sein Sundowner. Die Eiswürfel klimperten im Glas. Dann trank er endlich einen Schluck. Er stellte das Glas ab, schaute mir in die Augen und sagte: »Mir gefällt dieses Feuer, das du in dir trägst. Ich bin wirklich stolz auf dich. Aber gib mir bitte eine Nacht, Lisa, damit ich über deine Idee nachdenken kann. Du hörst morgen früh von mir.«

24.
TYLER

Als ich auf die Empore kam, traute ich meinen Augen nicht. Da stand eine Riesin rotzfrech in unserem Dom und leuchtete mit einer gigantischen Stablampe die Wände ab. Ich war kurz draußen gewesen und hatte Schmerzmittel für Lilijana besorgt. Und natürlich Brausepulver für Elion. Wir hatten uns viele Stunden lang im Iglu mucksmäuschenstill verhalten müssen, damit die Bullen ja nicht auf die Idee kamen, die Luke näher zu untersuchen. Aber die Blindfische waren schön an uns vorbeigetrabt. Das Iglu war einer von drei Vorposten vor den eigentlichen Katakomben. Dem Ghetto.

»Ihr habt hier doch schon gestern alles durchsucht«, rief ich. »Oder hast du was vergessen?«

Die Riesin fuhr zusammen. Sie schaute sich hektisch um. Ich ging langsam die Treppe hinunter, bis mich der Lichtstrahl ihrer Taschenlampe erwischte.

»Das ist ein Tatort«, sagte sie. »Sie haben hier nichts verloren!«

»Aber du, ja?« Ermittlerin. War ja klar, wenn sie von einem Tatort redete. Aber in Zivil.

Wir standen uns gegenüber. Ich holte ebenfalls meine Taschenlampe hervor und leuchtete sie an.

»Ich suche tatsächlich jemanden. Kennst du dich hier unten aus?«, fragte sie.

»Was glaubt ihr eigentlich, wer ihr seid? Einen auf vertraute Informanten machen? Ihr Scheißbullen kotzt mich echt an!«

Erstaunlicherweise reagierte sie ziemlich cool.

»Ich weiß nicht, wovon du sprichst. Ich war nicht auf dem Rave.« Sie hielt mir ihr Handy vor die Nase. »Erkennst du jemanden auf diesem Foto?«

Natürlich erkannte ich Max sofort. Auch das Mädchen neben ihm hatte ich schon öfter gesehen, meistens, wenn Christo ihr Drogen vertickt hatte, zum Selberdealen. Max und sie standen jedoch vor der Champagnerbar, die ich aus Versehen abgefackelt hatte. Deshalb wusste ich, dass sie log, wenn sie sagte, dass sie nicht auf der Party gewesen war.

»Das Mädchen!«, rief sie ungeduldig. »Kennst du sie?«

Wieso war sie auf einmal so aufgeregt? Ich rieb mein Ohrläppchen zwischen Daumen und Zeigefinger, dann sagte ich achselzuckend: »Die suchst du also. Schon mal darüber nachgedacht, dass sie vielleicht gar nicht gefunden werden will? Und wenn ich mich umhören soll, kostet das.«

»Und ich kann dich festnehmen. Dann reden wir in der Dienststelle weiter!«, konterte sie.

Ich lachte sie aus und spuckte ihr vor die Füße. Das war vermutlich ein Fehler, denn sie ließ ihre Stablampe fallen und griff mir an den Hals. Ich tat dasselbe, aber ich kriegte sie nicht zu fassen. Immerhin konnte ich ihr einen fetten Kratzer verpassen. Dann versuchte ich, ihr eine Kopfnuss zu geben, aber, verdammt, sie hatte echt was drauf. Sie tauchte blitzschnell ab, riss dann meinen rechten Arm hoch und presste mich gegen das rostige Geländer der Treppe.

»Also?«, fragte sie.

Es tat scheißweh, und ich hatte wirklich Angst, sie würde mir die Schulter auskugeln.

»Wenn ihr sie nicht finden könnt, dann ist sie vermutlich beim Schwarzen Engel.«

»Beim was?«

»Beim Schwarzen Engel!«, stieß ich hervor. »Gib's einfach auf! Mission completed. Hau ab! Die Erdoberfläche wartet auf dich.«

Sie ließ mich los. Ich schüttelte meinen rechten Arm aus. Sie hob ruhig ihre Lampe auf und hielt mir dann eine Visitenkarte hin.

»Sorry für das eben. Hilf mir bitte, und ich helfe euch.«

Magdalena Kaltbrunner, Hauptkommissarin, Bundespolizei, las ich. »Wieso ›euch‹?«, fragte ich.

»Wieso nicht. Ich habe jedenfalls aus sicherer Quelle gehört, dass ihr hier unten lebt. Und zwar viel mehr Menschen, als wir bisher angenommen haben. Du auch?«

Ich versuchte, mir meine Überraschung nicht anmerken zu lassen. Und die Panik, die in mir aufstieg, auch nicht. Hier lief gerade etwas gewaltig schief. »Ich überleg's mir«, sagte ich, steckte die Visitenkarte ein, drehte mich um und lief die Treppen zur Empore hinauf. Unten hatte ich keinen Empfang. Ich widerstand der Versuchung, mich nach der Polizistin umzudrehen.

Als ich die Eingangstür zur Tiefgarage erreichte, zeigte das Display wieder zwei Striche an. Das musste reichen. Ich tippte meine Nachricht an Nellie ins Handy: DU HAST MIT DEN COPS GESPROCHEN. VERGISS DEN DEAL! Dann nahm ich einen anderen Weg zurück ins Iglu. Einen Umweg.

Worauf es mir jetzt ankam, war, unsere beiden Asse nicht zu verlieren.

25.
NELLIE

Hier also wohnte Janosch, dieser kleine Mistkerl. Ich sah an der Fassade hoch, dann drückte ich auf die Klingel. Eine schnarrende Stimme antwortete.

»Ja, bitte?«

»Herr Seiler? Hier ist die Nellie. Nellie Mahler. Ich bin eine Freundin von Janosch. Ist er vielleicht da?«

Der Türdrücker summte.

»Siebte Etage!«, sagte Janoschs Vater, und ich betrat das Treppenhaus, in dem es nach Putzmittel roch. Der glatt geschliffene Steinboden glänzte. Unter der Treppe standen drei Kinderwagen, ordentlich eingeparkt, mit angezogenen Radbremsen. Neben den Briefkästen hing die Hausordnung und daneben ein Schwarzes Brett, an das die Bewohner verschiedene Zettel gepinnt hatten: *Ich suche ein gebrauchtes Fahrrad. Kühlschrank zu verschenken. Der Singkreis Milbertshofen trifft sich in der Begegnungsstätte. Die Hausverwaltung informiert.* Und wäre ich Babysitterin gewesen, hätte ich mich vor Arbeit kaum retten können.

Im Lift roch es nach Essen. Es rumpelte ein bisschen, aber auch hier drin, in der engen Kabine, war es blitzsauber.

Janoschs Vater erwartete mich bereits auf der Türschwelle. Er war kleiner, als ich ihn mir vorgestellt hatte. Und dicker. Er trug eine dunkelblaue Jogginghose und ein ebenfalls blaues Sweatshirt, an den Füßen weiße Sportsocken. Immerhin steckten die nicht in Adiletten, sondern in Pantoffeln aus Leder. Er strahlte Gemütlichkeit aus wie ein Bär. Ein Koalabär.

»Ah, da schau her, du bist also die Nellie!«, sagte er freundlich. »Hab ja schon viel von dir gehört.«

»Ich hoffe, nur Gutes«, erwiderte ich und garnierte meine Antwort mit einem schelmischen Blick.

»Aber wie! Also, ich bin der Hermann! Komm rein. Hast hoffentlich Appetit mitgebracht. Essen ist grad fertig.«

Damit hatte ich nicht gerechnet. Hermann Seiler trat zur Seite.

»Es gibt Rindsgulasch mit Nudeln. Du isst doch hoffentlich Fleisch?« Er schloss die Wohnungstür.

Der schmale Flur entsprach in etwa meinen Erwartungen. Eine Garderobe, daneben ein weißer Schuhschrank und auf dem Boden ein bunter Läufer, damit man den Straßenschmutz nicht gleich auf den ersten Blick sah. An den Wänden hingen zwei goldgerahmte Kinderfotos von Janosch. Und die kastenförmige Deckenlampe aus grobem Leinen stammte garantiert aus Schweden. Spießers Delight.

»Wo ist denn Janosch?«

»Im Bad. Er war laufen. Er ist bestimmt gleich fertig.«

Da wäre ich mir nicht so sicher, dachte ich.

»Häng ruhig schon mal deinen Mantel auf«, sagte Janoschs Vater, »ich sag ihm Bescheid.«

Er ging zu einer schmalen Tür am Ende des Flurs und klopfte. »Janosch? Kommst du essen?« Keine Antwort war auch eine Antwort. »Essen, Janosch! Was machst 'n so lang da drin?«

»Mein Recht auf Privatsphäre genießen!«, kam es aus dem Badezimmer. Ich musste innerlich grinsen. Das war sein typischer Don't-fucking-talk-to-me-Ton, den er immer dann anschlug, wenn er mit rituellen Waschungen und Schminkorgien beschäftigt war.

»Das Essen ist aber jetzt fertig.«

»Keinen Hunger, danke!«

»Soll ich's dir warm halten?«

»Ich esse so spät nicht!«

Kein Wort, dass ich da war.

»Jetzt komm, Junge. Du warst doch laufen, du musst was essen!«

Hermann Seilers Klopfen an der Badezimmertür wurde energischer. Ich hörte, wie Janosch den Schlüssel umdrehte. Dann flog die Tür auch schon auf.

»Ich. Esse. So. Spät. Nicht. Mehr«, sagte er laut und überdeutlich, »und das weißt du auch.«

»Not true!«, sagte ich und stemmte die Hände in die Hüften. Janosch zuckte zusammen, und als er mich im Flur stehen sah, verzog sich sein frisch geschminktes Gesicht.

»Ich hab dich angerufen. Mehrmals!«, sagte ich.

»Sorry«, erwiderte er kleinlaut, »war laufen.«

Hermann Seiler lächelte. »Wollen wir jetzt essen?«

Wir quetschten uns an den kleinen Küchentisch, der für zwei Menschen gedacht war. Janoschs Vater stand am Herd und füllte unsere Teller. Erst Spiralnudeln, dann Gulasch und zum Schluss noch eine gute halbe Kelle Sauce. Janosch rührte keinen Finger, um seinem Vater zu helfen. Denn seine Finger waren auf der Tastatur des Handys unterwegs.

An den Wänden gab es noch mehr Kinderfotos von Janosch, die in einem Fotostudio aufgenommen worden waren, neben der Küchentür hing ein Müllrecyclingplan, und am Kühlschrank pappten ein paar Postkarten aus den Alpen und eine Dauerkarte für die 1860er. Tribüne, Sitzplatz immerhin.

Hermann Seiler setzte sich auf einen Hocker.

»Wenn wir zu zweit sind, essen wir immer drüben beim Sofa«, sagte er. »Lasst es euch schmecken.«

Ich holte tief Luft, griff nach der Gabel, tunkte die Spitze in die Sauce und probierte vorsichtig. Sie war brüllend heiß, aber es duftete nicht nur ziemlich gut, sondern es schmeckte auch. Mutig spießte ich ein Stück Fleisch auf die Gabel, obwohl ich gekochtes oder geschmortes Rindfleisch noch nie gemocht hatte. Man kaute darauf herum, und es wurde immer größer im Mund. Aber, he, das Gulasch hier war super weich, und die Nudeln waren nicht zerkocht.

Hermann Seiler stupste Janosch an. »Schön, dass uns deine Freundin mal besucht!«

»Ja, voll schön, dass du hier bist«, sagte Janosch, ohne jedoch den Blick vom Display zu heben. »Das hier ist ja nur vorübergehend. Wenn wir wieder in unserem, wenn wir wieder … Also, dann hätt ich dich auf jeden Fall eingeladen, chill-out und quality time.«

Den erstaunten Blick seines Vaters interpretierte ich als: *Was redet der denn da?* Und ehrlich gesagt fragte ich mich das auch.

»Schmeckt wirklich gut«, sagte ich und steckte mir beherzt einen zweiten Bissen in den Mund.

»Wir können auch was bestellen«, schlug Janosch vor.

»Nö. Ich mag Gulasch. Jedenfalls ab und zu.«

»Seiler'sches Familienrezept«, sagte Janoschs Vater vergnügt und schenkte sich ein Weizenbier ein.

»Wie wär's mit Sushi?«, fragte Janosch.

Ich winkte ab. »Ach quatsch. Alles gut. Mal was anderes!«

Hermann Seiler setzte das Bierglas ab und schaute mich an. »Es gibt sonst noch Lasagne. Von gestern.« Er machte Anstalten, sich zu erheben. »Ich kann sie in der Mikrowelle warm machen.«

»Bitte nicht!«, sagte Janosch.

»Ich denk, Lasagne ist dein Lieblingsessen?«

»In der Grundschule vielleicht. Da mochte ich auch Hubba Bubba und Hannah Montana!«

»Ich finde es voll schön, wenn Traditionen in der Familie weitergegeben werden«, warf ich ein.

»Kommt darauf an«, sagte Janosch und erhob sich. Er machte zwei Schritte zum Kühlschrank und öffnete ihn.

»Und ihr habt's euch bei einer Modenschau kennengelernt?«

»Fashion Week, Papa!«, sagte Janosch.

Janoschs Vater lächelte. »Im Gegensatz zu ihm kenne ich mich mit Mode nicht so aus.«

»Der Designer, dessen Show wir angeguckt haben, auch nicht«, sagte ich.

Hermann Seiler lachte, prostete mir zu und nahm ein paar tiefe Schlucke Weizenbier. Das Eis war gebrochen. Wenn da nicht Janosch gewesen wäre, der geräuschvoll den Kühlschrank durchsuchte.

»Wo ist das Wasser?«, fragte er.

»Na da, auf dem Tisch«, sagte sein Vater und zeigte auf eine halb volle Literkaraffe.

Janosch tauchte wieder aus dem Kühlschrank auf. »*Mein* Wasser!«

»Janosch hat damals die Kollektion mit seinen Kommentaren im Netz vernichtet. Er hat echt 'nen guten Blick für Mode und Design«, sagte ich.

»Schon als kleiner Junge hat er sich gerne verkleidet«, sagte Hermann Seiler.

»Papa! Mein Wasser! Wo ist das?« Janosch nervte wie ein Vierjähriger vor dem Quengelregal an der Supermarktkasse. Das konnte er super.

»Wasser ist Wasser«, sagte sein Vater und aß seelenruhig weiter. Anscheinend hatte er ein verdammt dickes Fell.

»Ist es nicht. Leitungswasser ist eine Kalkschleuder, und Mondwasser schmeckt wenigstens.«

Janosch setzte sich wieder neben mich und widmete sich seinem Handy. Langsam begann ich, mich unwohl zu fühlen. Ich war offenbar zwischen die Fronten getappt.

Nach einigen langen Sekunden des allgemeinen Schweigens sah Janosch mich unvermittelt an. »Das ist halt der Unterschied. Die einen nehmen ihr Leben hin, wie es ist, und andere wollen eben mehr«, sagte er.

Ich sah auf meinen Teller hinunter. Gut die Hälfte hatte ich gegessen, das musste für die Höflichkeit reichen.

»O Mann, beinahe hätte ich es vergessen! Meine Friseurin kommt gleich noch vorbei. Ich fürchte, ich muss los, sonst kriegt meine Mum wieder die Krise!« Ich legte das Besteck in den Teller, erhob mich und reichte Janoschs Vater die Hand.

»Es war echt nett, Sie mal kennenzulernen. Janosch, bringst du mich raus?«

Hermann Seiler blieb sitzen. Ich nahm rasch meinen Mantel von der Garderobe, und dann standen wir auch schon draußen im Treppenhaus. Endlich allein. Janosch zog die Wohnungstür hinter sich zu.

»So sorry! Oh, mein Gott, es tut mir so leid!«, flüsterte er.

»Was war das denn eben, bitte?«

Janosch nickte schuldbewusst. »Ja, ich weiß. Er ist das nicht gewohnt, das alles. Wie gesagt, wenn wir wieder in unsere Wohnung zurückkönnen, also, ich meine, das muss man erst einmal verkraften.« Er lachte leise auf. Verlegen.

»Echt jetzt?«, fragte ich. Was anderes fiel mir nicht ein. Was laberte Janosch da nur für einen Scheiß?

»Nellie, Baby, vergib mir. Es tut mir wirklich leid, dass mein Vater so weird ist.«

Ich schüttelte den Kopf. »Dein Vater ist mega nice. Und er kocht extra für dich, du Spast!«

Janosch sah mich verständnislos an. Er hatte offenbar keine Ahnung, warum ich gekommen war.

»Was hast du da gerade für 'ne Show abgezogen? Weißt du was, du nervst! Dir ist alles scheißegal. Hauptsache, deine Janosch-Wonder-World dreht sich. Aber was bei anderen so abgeht, interessiert dich überhaupt nicht. Aber, guess what, da draußen gibt es eine echte Welt!«

Seine Gesichtszüge verhärteten sich. Seine Lippen wurden ganz schmal. So hatte ich ihn noch nie gesehen.

»Aha! Sorry, dass ich dir nicht real genug bin. Bisher hat dich das auch nicht gestört. Da war's immer ganz nice, sich in meinem Licht zu sonnen!«

»In deinem Licht? Ich glaub's nicht. Mein Lifestyle war dir offenbar auch nicht unrecht.«

»Dein Lifestyle, den du dir mit Mamis Geld gönnst? Oder welchen meinst du?«

Eine fiesere Ohrfeige hatte ich in meinem Leben noch nie kassiert.

26.
JANOSCH

Es gibt Sätze, die kann man nicht zurücknehmen. Also musste ich mich über Nellies Reaktion nicht wundern. Sie lachte höhnisch auf, wandte sich ab und drückte auf den Fahrstuhlknopf.

»Was wolltest du eigentlich hier? Mich stalken?«

Ich war voll auf Angriff aus. Warum war ich nicht schon früher auf den Gedanken gekommen, einfach mal *dagegen* zu sein. Warum hatte ich davor immer solchen Schiss gehabt?

Nellie riss die Tür zum Fahrstuhl auf. Der Metallgriff knallte an die Wand. Bevor sie hineinging, drehte sie sich zu mir um.

»Gute Frage, Janosch«, sagte sie, »und was wolltest du bei den Cops? Wieso hast du denen von den Menschen in den Katakomben erzählt?«

»Was meinst du?«

»Hast du mit der Polizei geredet oder nicht?«

»Nellie«, sagte ich, »was willst du von mir?«

Damit hatte sie ihre Antwort.

»Alles klar! Geil! Verflucht, wie kannst du mich so hintergehen? Ich hab dir extra gesagt, dass das keiner wissen darf. Niemand! Fuck!«

»Hey, chill mal!«, sagte ich. »Ein Staatsanwalt wollte wegen meiner Story mit mir reden.«

Sie funkelte mich an. »Du bist vollkommen geisteskrank. Wegen einer scheiß Story ruinierst du vermutlich die einzige Chance, Max zu finden?«

»Piano, piano. Ich wollte nur helfen, okay? Aber wenn du hier so rumstresst, war das wohl –«

»Nur helfen!«, äffte Nellie mich nach und betrat rückwärts den

Lift. »Nein, Janosch, *das* wolltest du nicht. Eigentlich ist es dir nämlich vollkommen wurscht, was mit Max ist. Hauptsache, deine Reichweite trackt!«

Ich sah sie mit unbewegtem Gesicht an. Erwartete sie jetzt etwa eine Antwort von mir?

»Boah, du bist so fake!«, brach es aus ihr heraus, »gut, dass ich das jetzt endlich checke! Lass mich ab jetzt einfach in Ruhe!« Sie drückte auf die Erdgeschoss-Taste.

Ich zog mein Handy aus der Hosentasche. »Kannst du haben!«, rief ich. »Ich lösch deine Nummer gleich.«

Sie schien perplex zu sein, aber das gab mir nur noch mehr Auftrieb. Die Innentüren des Fahrstuhls schoben sich zusammen.

»Bye-bye!«, rief ich zum Abschied und winkte Nellie grinsend zu, bis ihr Gesicht hinter den Türen verschwand. Scheiß drauf. Dann glitt der Fahrstuhl abwärts, und ja, es fühlte sich gut an. Es fühlte sich nach Freiheit an, so als ob ich mir eben selbst eine Last von den Schultern genommen hatte. Vielleicht hätte ich das schon vor langer Zeit tun sollen. Nur schade, dass es ausgerechnet Nellie erwischte.

27.
TYLER

In den vergangenen zwei Tagen hatte Lilijana mehrere Male Blut gehustet. So viele andere Möglichkeiten außer Lungenkrebs gab es da bald nicht mehr. Und was auch immer es war, es ging dem Ende zu. Aber wir redeten nicht darüber.

Lilijana hatte mir unter großen Mühen geholfen, unsere Gäste aus dem Iglu ins alte Reifenlager auszuquartieren. Inzwischen machte ich mir jedoch Sorgen um die beiden. Ich versorgte sie mit Wasser und Essen, so gut es ging, aber ihr Zustand ließ zu wünschen übrig. An Nellies Bruder nagte besonders die Ungewissheit. Meine geplante Hilfsaktion für Lilijana war ganz offensichtlich aus dem Ruder gelaufen.

Plötzlich flog die Luke des Iglus auf, und Spider stand im Raum. Er war schweißbedeckt und zittrig, Turkey, ganz klar. Als er außer uns niemanden mehr sah, war er von null auf hundert.

»Ey, Mann, wo sind die Hurensöhne hin?«

»Ich hab doch gesagt, ich kümmer mich drum.«

»Hast du's etwa schon durchgezogen? Wir wollen die Hälfte vom Geld. Du weißt, dass du mit uns teilen musst.« Vermutlich hatte ihn Salamander mit der Botschaft zu mir geschickt.

»Nein, sie sind einfach in Sicherheit«, sagte ich. »Mehr müsst ihr nicht wissen.«

Spider blickte kurz zu Lilijana hinüber. Sie duckte sich weg, und er begann zu brüllen: »Machst du jetzt einen auf Boss, oder was? Was soll der Mist?«

Ich deutete auf Elion. »Kannst du mal 'n bisschen Rücksicht auf den Kleinen nehmen? Elion soll schlafen, Lilijana geht es nicht gut, und du machst hier ein Fass auf!«

Spider schnaubte verächtlich. »Ich sag dir was, Tyler, ich finde sie, und dann mach ich sie alleine zu Geld.«

Damit verschwand er aus dem Iglu, wie er gekommen war. Lilijana sah mich besorgt an.

»Was ist?«

»Nicht gut, die beiden hier«, sagte Lilijana. Das Sprechen fiel ihr schwer.

»Das mit Spider ist auch nicht gut«, sagte ich.

»Du musst unternehmen was, Tyler. Sonst geht nicht auf der Plan.«

Lilijana hatte recht. »Ich kümmere mich jetzt erst mal um deine Medikamente. Und hinterher um die beiden. Okay? Bist du bei dem Arzt gewesen, den mir unser Tablettenlieferant genannt hat?«

»Nimmst du Elion mit?« Lilijana wich mir aus.

»Das dauert dann aber länger.«

»Na und?«, fragte Lilijana. »Ich kann auch Wasser bringen den beiden.«

»Nein, nein, du ruhst dich aus. Warst du beim Arzt oder nicht?«

Lilijana schwieg, doch dann knickte sie ein. »Ja. Er würde nicht mehr wollen operieren.«

»Und was heißt das? Das ist gut, oder?«

»Er gibt mir nur noch ein paar Wochen.«

Das war ein Schlag in die Magengrube. »Dann such ich dir einen anderen Arzt!«

Lilijana nahm meine Hand. »Ty, lass gut sein. Ich kann nicht mehr. Ich spüre, wie mich Krebs von innen auffrisst.«

»Aber wie stellt der scheiß Arzt sich das vor? Sollst du hier drin einfach verrecken?«

»Schrei nicht so laut – Elion!«

Ich hielt mir erschrocken den Mund zu. Elion hatte den Kopf aus seiner Koje gesteckt. »Entschuldigung. Bitte entschuldige, Elion …«

»Es gibt wohl ein neues Medikament, das … also, vielleicht hilft. Verlängert Leben, was weiß ich. Aber es ist sehr teuer.«

»Egal. Das kriege ich hin. Vertrau mir!«, sagte ich.

Aber ich wusste, dass sie mir nicht glaubte. »Wirklich. Ich besorg es dir. Schreib's mir auf.«

Ich reichte ihr mein Handy. Lilijana tippte den Namen des Medikaments in die Notizbuchfunktion und gab mir das Telefon zurück.

»Und du nimmst Elion mit, ja?«

»Aber du machst um Gottes willen keinen Scheiß.«

»Kannst du beruhigt sein.«

War ich aber nicht. Trotzdem hockte ich zehn Minuten später im Reifenlager vor unseren beiden Gefangenen. Ich nahm ihnen die Augenbinden ab. »Fuck«, murmelte ich, denn der Zustand des Grafen hatte sich noch weiter verschlechtert. Ich gab ihm ein paar sachte Ohrfeigen, aber seine Reaktion war gleich null.

»Bitte, ich kann nicht mehr«, stöhnte Nellies Bruder. »Ich hab Geld! Meine Mutter wird zahlen, auch für uns beide.«

»Halt lieber den Mund und trink was«, sagte ich.

Bevor ich ihm jedoch die Mineralwasserflasche an den Hals setzen konnte, fragte Max nach seiner Freundin. »Wo ist Maja? Geht es ihr gut?«

Während ich überlegte, was ich ihm antworten könnte, sagte Spider: »Hier sind sie also, die Hurensöhne.«

Ich schnellte herum.

Spider kam heran, zog sein Butterfly-Messer aus der Hosentasche und ließ es wirbeln. »Seit wann entscheidest du im Alleingang, Tyler, wie wir unsere Probleme lösen?«

»Seitdem ich die Einzige bin, die nachdenkt.«

Er lachte. »Ach ja? Hast du das alles auch mal bis zum Ende durchdacht?«

»Kannst du dich bitte verpissen?«

Spider schüttelte den Kopf, hockte sich vor den Grafen und pikte ihm die Spitze seines Messers in den Oberschenkel. Wenzel Graf von Werneck zeigte keine Reaktion.

»Ich will das jetzt für uns durchziehen«, verlangte Spider, »jetzt gleich.«

»Und ich will, dass du jetzt gleich abhaust!«

Spider erhob sich, kickte mit dem Fuß gegen Max' linkes Bein und ließ erneut sein Butterfly-Messer rotieren. Dann zeigte er mit der Messerspitze wieder auf den jungen Grafen.

»Bei dem hier muss man sowieso nicht mehr viel machen«, sagte er grinsend.

»Mann, Spider, was ist denn los mit dir? Wir sind keine Mörder. Wieso musst du alles kaputt machen? Das bringt sie auch nicht zurück.«

»Lass Alina da raus, hörst du?« Spiders Stimme überschlug sich. Ich wusste, dass ich zu weit gegangen war. Er warf mir einen letzten Blick zu und trollte sich.

»Spider, es tut mir leid! Ich wollte nicht ... Bitte!«

Er winkte ab, ohne sich nach mir umzudrehen.

»Is schon okay, Tyler, alles gut.«

Falsch. Nichts war gut.

»Kann ich endlich was zu trinken haben?«, fragte Nellies Bruder. Seine Stimme war ein Krächzen.

Ich flößte ihm mehr oder weniger geduldig eine Flasche Mineralwasser ein. Wenzel Graf von Werneck machte dagegen schon nach dem ersten Schluck schlapp.

»Wenzel muss in ein Krankenhaus«, sagte Max und lehnte seinen Kopf erschöpft an den Stapel Altreifen, die irgendjemand vor einer halben Ewigkeit hier illegal entsorgt hatte. »Mensch, ihr braucht doch die Kohle«, versuchte es Max weiter, »oder etwa nicht? Diese Ausländerin, mit der du wohnst, ist völlig fertig. Ich hab euch zugehört und gecheckt, was läuft.«

»Ach ja?«

»Du willst Medikamente für sie kaufen, richtig?«

»Halt dich da raus.«

Er richtete sich mühsam auf. »Habt ihr das Lebenszeichen schon an meine Mutter geschickt? Oder an meine Schwester?«

»Was denn für ein Lebenszeichen?«

Er atmete mühsam ein und aus, dann stieß er hervor: »Vorhin war jemand hier. Er hat uns fotografiert!«

»Ach so?«

Max nickte. »Es hat geblitzt.«

»Na, dann siehst du ja, dass es vorangeht.«

Ich hoffte, ich hatte überzeugend geklungen. Meine Gedanken rasten, denn außer Lilijana, Spider und mir wussten jetzt offenbar noch mehr Leute von dem Schatz, den ich bewachte. Ich war mir sicher, dass die durchgeknallte Salamander dahintersteckte, die schon immer von Waffen für ihren bewaffneten Aufstand gegen das Establishment gefaselt hatte. Jetzt wurde es wirklich gefährlich. Mir blieb wohl nicht mehr viel Zeit. Ich griff nach Knebel und Augenbinde, doch Max sah mich flehend an.

»Bitte nicht. Ich schrei auch nicht. Ich mach keinen Scheiß. Aber bitte, nimm Wenzel auch den Knebel aus dem Mund. Der stirbt mir hier noch weg. Willst du das?«

Nein. Das wollte ich wirklich nicht.

28.
LISA

Lennart von Marsch besaß das unzweifelhafte Talent, sich immer genau dann in Szene zu setzen, wenn es überhaupt nicht passte. Ich war gerade dabei, Ted Greenbaum im Internet zu stalken, den Chairman von *Entrepreneurs for the Future*. Was für eine einfache, was für eine geniale Idee, in den Ghettos und Armenvierteln dieser Welt Kühlschränke für Lebensmittelspenden aufzustellen. Das Projekt nannte sich *Share a Bite*, und was mich wirklich erstaunte war, dass kaum einer der Nutzer mehr aus den Kühlschränken entnahm, als er wirklich brauchte. Doch nicht so falsch, an das Gute im Menschen zu glauben. Und dazu war dieser Ted Greenbaum auch noch ein ziemlich guter Typ. Zumindest auf den Fotos und Videos im Netz.

»Lisa? Stör ich etwa?« Lennart von Marsch lehnte am Türrahmen meines Büros, aber ich bat ihn nicht herein.

»Ich habe nachgedacht«, sagte er, als ich schwieg.

»Oje«, seufzte ich und sah mit Genugtuung, dass ihn dieser Tritt getroffen hatte.

»Lisa, als Geschäftsführer muss ich die Verantwortung für die Firma deines Vaters ernst nehmen, das –«

»Unserer Firma«, korrigierte ich.

»Natürlich«, Lennart von Marsch schenkte mir ein gönnerhaftes Lächeln, »aber zurück zum Punkt. Ich habe mir ein paar Gedanken gemacht. Wie läuft es mit dem Event?«

»Alles gut.«

Er zog einen durchsichtigen Plastikumschlag aus der Innentasche seines Sakkos. Ich erkannte eine Namensliste.

»Darf ich?« Ich streckte die Hand danach aus.

»Darauf stehen ein paar wichtige Leute, die wir als Speaker einladen sollten. Ich habe an fünf achtminütige Impulsvorträge gedacht. Es sind übrigens auch drei Frauen dabei.«

Ich warf einen Blick auf die Namen und musste lachen. Lennart von Marsch verschränkte die Arme vor der Brust.

»Aber das sind doch alles irgendwelche Finanzhaie. Keiner von denen hat was davon, wenn sich die Dinge ändern. Wir brauchen für unser Projekt niemanden, der für die alte Welt spricht.«

»Aber die Lage hat sich geändert!«

»Lass mich einfach arbeiten, Lennart. Ich weiß, was ich tue.«

Er stützte sich mit beiden Händen auf meinem Schreibtisch ab und beugte sich nach vorn. Ich nahm einen schwachen Geruch nach Whisky wahr.

»Wir haben nur noch diese eine Chance, Lisa. Das muss sitzen!«

Ich lächelte ihn an. »Dann halt dich am besten raus.«

Er verzog keine Miene. Die Glocke des Big Ben ertönte. Lennart von Marsch stoppte die Erinnerungsfunktion seines Smartphones.

»Ich muss jetzt zu deinem Vater. Hör mal, Lisa, vom Erfolg dieser Leute könnten wir uns eine Scheibe abschneiden. Wir brauchen jetzt jede Unterstützung. Hör auf mich. Nur dieses eine Mal. Bitte!«

Ich reagierte nicht. Als er verschwunden war, warf ich seine Liste in den Papierkorb. Doch in einem hatte er recht: In Sachen Unverfrorenheit konnte ich noch viel von ihm lernen.

Als ich wenige Augenblicke später, ohne anzuklopfen, das Büro meines Vaters betrat, schenkte Lennart von Marsch gerade zwei vierstöckige Whisky ein. Herrgott, es war nicht einmal siebzehn Uhr durch. Aber das Alkoholthema würde ich jetzt sicher nicht anschneiden. Ich wollte nur dafür sorgen, dass mein Vater nicht wieder einknickte.

Sofort fielen mir die Prospekte auf dem Glastisch ins Auge. Der Wunderknabe Gustav Gross. Ein Name wie aus einem Micky-Maus-Taschenbuch, aber gleichzeitig ein Name, der für zahlreiche erfolgreiche Bauprojekte stand. Und das weltweit.

Lennart von Marsch sah zuerst mich an, dann auf die Präsentationsmappen, dann hinunter auf meinen Vater.

»Was dieser Junge in so kurzer Zeit geschafft hat, ist schon beeindruckend. Er hat Sydney gerettet. Und den One-World-Tower in –«

»Dubai, ich weiß, ja«, sagte mein Vater.

»Er hat Interesse geäußert, für Limberger Living zu arbeiten. Für uns!«

»Gustav Gross?«

Ich versuchte, unbeteiligt auszusehen.

»Wir hatten bereits ein paar sehr interessante Telefonate«, sagte Lennart von Marsch. »Es klang ausgesprochen vielversprechend.« Er deutete auf die Prospekte.

»Gustav Gross?«, wiederholte mein Vater und trank einen Schluck Whisky. Dann schob er die Prospekte über den Tisch. »Bei allem Respekt, Lennart, wir haben gerade keinen Bedarf. Und das wissen Sie!«

Lennart von Marsch schob die Prospekte wieder zurück.

»Bei allem Respekt, Frank, mit so einem Kaliber ließe sich das Vertrauen von Investoren in unsere Firma ganz schnell wiederherstellen, und wir befänden uns nicht mehr im Schwitzkasten –«

Mein Vater stellte sein Highball-Glas so heftig auf dem Tisch ab, dass der Whisky herausschwappte. »Niemand ist hier im Schwitzkasten! Wir machen weiter. Selbstbestimmt. Mit dem geplanten Event können wir einen neuen Weg einschlagen. Ich vertraue darauf, und Sie sollten das auch tun. Mehr habe ich dazu nicht zu sagen.«

»Gut«, sagte Lennart von Marsch und lächelte süßlich. So wie immer, wenn er sich eine Ohrfeige eingefangen hatte.

»Was kann ich für dich tun, Lisa?«, fragte mein Vater.

»Hier ist die finale Liste mit den Speakern«, sagte ich und legte das Papier vor ihn auf den Tisch. Doch Lennart von Marsch war schneller. Je mehr Namen er las, desto schmaler wurden seine Augen, denn er konnte nicht einen seiner Vorschläge entdecken.

29.
MAGDALENA

Diese kleine Schlampe hatte mir tatsächlich den Hals zerkratzt. Aber das hatte auch sein Gutes, denn so war mir plötzlich eingefallen, dass mein Lieblingskunde Christo sich ein ganz bestimmtes Tattoo hatte stechen lassen. Und zwar am Hals. Ich erinnerte mich an die Konturen eines Engels. Nicht mal eine halbe Stunde später stand ich vor Liebknechts Schreibtisch, auf dem die Ermittlungsakte von Maja-Florence Mühlberg aufgeschlagen lag. Ich konnte einen kurzen Blick auf den Obduktionsbefund werfen, dann klappte er die Akte auch schon zu. Keine langen Vorreden, kein Geplänkel. Das hatte ich beschlossen.

»Ich wollte Sie fragen, ob Sie –«

»Mit mir Mittagessen gehen wollen?« Er schaute auf seine Uhr. »Prima Vorschlag. Um die Ecke gibt es einen guten Italiener.«

»Ich will aber nichts essen«, sagte ich.

»Dann bekäme nicht jeder mit, dass Sie mein Dauergast sind. Und der Cappuccino da ist auch besser als meiner.«

»Entspannen Sie sich, Dominik! Und lassen Sie es, bitte! Ich bin dienstlich hier und ganz offiziell.«

Mein hartnäckiger Verehrer lächelte. »Dann setzen Sie sich doch. Trotzdem einen Kaffee?«

Ich widerstand der Versuchung, Platz zu nehmen.

»Ich muss Christo Angelo tatsächlich noch einmal vernehmen.«

»Aber Sie sind eine Zeugin in dem Fall. Das widerspräche allen Vorschriften. Ich komme in Teufels Küche.«

»Hören Sie, Dominik, es geht dabei ausschließlich um diesen anderen Fall, von dem ich Ihnen erzählt habe. Ich vermute, dass Christo da eine gewichtige Rolle spielt.«

»Und wenn es rauskommt?«

»Das bleibt unter uns. Unter Kollegen.« Lächeln, Magdalena.

Der Staatsanwalt schüttelte den Kopf. »Nein, das kann ich nicht verantworten.«

»Und was wäre, wenn ich zu brauchbaren Ergebnissen kommen würde? Wenn ich Ihnen die Namen einiger großer Fische liefern würde? Wenn wir ein paar Mitglieder unserer Drogen-Schickeria hochnehmen würden? Könnten Sie das dann auch nicht verantworten?«

»Und ausgerechnet Christo würde Ihnen die liefern, ja?«

Ein Skeptiker. Da entdeckte ich die Besuchsscheine fürs Untersuchungsgefängnis Stadelheim. Der Abreißblock lag direkt vor mir in einem roten Ablagekörbchen. Gestempelt und unterschrieben, vom Staatsanwalt höchstpersönlich. Jetzt gab es nur noch eine Möglichkeit. Eine Möglichkeit, mit der ich mir meine Polizeikarriere vermutlich endgültig ruinieren würde. Ich trat an seinen Schreibtisch heran und beugte mich genügend weit vor, dass er meinen Ausschnitt auf keinen Fall ignorieren konnte.

»Bitte!«, sagte ich.

»Das ist nicht fair, Magdalena«, sagte er, ohne mir dabei ins Gesicht zu sehen.

»Na gut. Bekomm ich dann trotzdem noch diesen Kaffee, von dem Sie die ganze Zeit sprechen? Einen Crema?«

Niedlich, wie schnell Dominik Liebknecht erröten konnte.

»Ja, natürlich«, sagte er und erhob sich rasch von seinem Chefsessel. »Milch, Zucker?«

»Schwarz.«

»Das merke ich mir, fürs nächste Mal!«, versprach er und huschte aus dem Zimmer.

Ein Besuchsschein würde reichen. Ich riss ihn ab, faltete ihn einmal und steckte ihn ein. Dominik Liebknechts Fleiß in allen Ehren.

30.
TYLER

Während ich in meinem Stammcontainer nach Müll tauchte, nervte Nellie mich mit ihren WhatsApps: ES TUT MIR LEID! ES TUT MIR KRASS LEID!! ICH WAR DAS NICHT!!! / BITTE BITTE BITTE ICH BRAUCHE DEINE HILFE!!! / WILLST DU MEHR GELD???

Ich würde mich später darum kümmern. Jetzt musste ich zur Großhandelsapotheke und zu Xaver. Elion hatte ich an der Bayerischen Staatsoper in der Obhut eines Straßenmusikers gelassen, den ich gut kannte. Aber länger als eine Stunde Zeit verschaffte mir das auch nicht.

Um Xavers Kopf waberte eine fette Qualmwolke, die penetrant nach Vanille roch. Sie stammte aus seinem Vaper.

»Boah«, sagte ich, »hier stinkt's!«

Mein Medikamentendealer fuhr erschrocken herum, kriegte sich aber gleich wieder ein, als er mich erkannte.

»Alter Schwede! Ich krieg noch 'ne Herzattacke. Und wie, das stinkt? Das ist Sweet Vanilla. Endgut! Wie geht's dir, Tyler?«

»Okay.«

»Und deiner Freundin?«

»So lala. Sie war beim Arzt, den du mir gesagt hast.«

»Und?«

»Sie braucht das hier. Ansonsten gibt er ihr nur noch ein paar Wochen.«

»Oh. Das tut mir leid.« Xaver las, was auf meinem Display stand. »Aha. Dann hat sie Nierenkrebs. Kostet etwa viertausend Euro. Pro Dosis, alle zwei Wochen.«

»Wieso Nieren? Sie hustet und spuckt Blut.«

»Dann hat sie Metastasen in der Lunge.«

»Kannst du das Zeug besorgen?«

»Ist schwierig …«

»Sag mir, was du dafür haben willst.« Ich kramte seine Ration MDMA aus meinem Rucksack, aber er schob meine Hand zurück.

»Dieses Medikament ist brandneu. Da ist nichts mit abgelaufen. Ich kann es dir besorgen, aber du musst den vollen Preis bezahlen.«

»Dann besorg es verdammt noch mal, Xaver. Ich komm morgen wieder.«

31.
NELLIE

Zuerst hatte ich gedacht, dass Janosch vielleicht nur für einen kurzen Moment an Gehirnerweichung gelitten hatte. Dass es sich nach ein paar Tagen Sendepause zwischen uns wieder einrenken würde. Aber dann poppte am Abend eine Story von ihm auf meinem Smartphone auf: Janosch lümmelte auf der schmalen Sitzbank in einer Umkleidekabine von Andrés Concept Store unter einem Prestige-Neonsign. Wie immer quatschte er gleich los.

»Leute! Ich habe euch alle megamegalieb. Aber ganz ehrlich, wir müssen reden! Wir gehen alle viel zu leichtfertig mit dem Wort Freundschaft um. Ich pack's einfach nicht, dass alle immer super tight miteinander sind –«

Er stand auf und hielt ein paar glitzernde Blusen hoch.

»Aber wahre Freunde findet man nicht an jeder Ecke. Wahre Freunde sind selten. Gebt gut auf sie acht, wenn ihr sie gefunden habt. Wahre Freunde reden nicht hinter deinem Rücken. Wahre Freunde misstrauen dir nicht. Wahre Freunde spionieren dir nicht hinterher.«

Er zwinkerte in die Kamera. Das galt mir. Mir! Ich war fassungslos.

»Wahre Freunde respektieren deinen Vibe. Wahre Freunde lieben das, was du bist. Nicht das, was sie von dir erwarten. Es gibt Freunde im Leben, und es gibt Freunde fürs Leben. Alles andere ist Fake. Alles andere ist es nicht wert. Vergesst nicht, ich hab euch ganz doll lieb. Byeeee!«

Ich hatte genug gesehen. Und genug gehört. Ein paar Sekunden lang rang ich noch mit mir, aber dann verabschiedete ich mich aus seiner Filterblase. Man muss loslassen können, dachte ich. Außerdem hatte ich Besseres zu tun. Als ich aus meinem Zimmer kam, hörte ich meine Mutter in der Eingangshalle telefonieren.

»Ich hätte einfach ... Weißt du, Peter, wenn ich einfach Nein gesagt hätte. Oder wenn er mal zu Hause geblieben wäre ... Ich meine, man muss doch nicht jedes Wochenende feiern gehen! Mir geht die ganze Zeit durch den Kopf, dass ich diese Katastrophe hätte verhindern können.«

Sie sprach offensichtlich mit meinem Vater, der irgendwo auf der anderen Seite der Welt versuchte, noch bessere Geschäfte zu machen.

»Ja, das weiß ich doch auch. Aber trotzdem. Gut. Versuch bitte, so rasch wie möglich ... Okay. Ja, ich dich auch. Pass auf dich auf!«

So verbindlich und liebevoll hatte ich meine Mutter schon lange nicht mehr mit meinem Vater reden hören. Sie ging ins Wohnzimmer und ließ sich auf unser riesiges italienisches Designersofa fallen. Ich setzte mich zaghaft neben sie. Meine Mutter schaute mich an, aber sie wirkte abwesend.

»War das Papa? Kommt er?«

»Ja. Er ist auf Bali. Und guckt jetzt nach dem nächstmöglichen Flug. Ich soll euch – ich soll dich ganz lieb von ihm grüßen.«

Plötzlich legte sie ihren Kopf an meine Schulter. Es war unheimlich. »Ich bin seine Mutter. Meine Aufgabe ist es, auf ihn aufzupassen. Meinen Sohn zu schützen.«

»Max ist erwachsen«, wandte ich vorsichtig ein. »Außerdem tust du doch, was du kannst. Wir dürfen jetzt die Hoffnung nicht aufgeben.«

»Hoffnung zählt nicht«, erwiderte sie. »Was zählt, sind Ergebnisse.« Sie sah mich verzweifelt an. »Und bis jetzt hat sich niemand gemeldet, Nellie. Nur ein paar Trittbrettfahrer, die Geld wollten.«

Von denen kannte ich mindestens eine. Tyler. Aber das konnte ich meiner Mutter gegenüber auf keinen Fall erwähnen. Überhaupt wusste ich nicht so recht, was ich sagen sollte. Ich fing an, die Hand meiner Mutter zu streicheln.

»Was soll ich denn noch machen? Hast du nicht eine Idee? Kannst du nicht vielleicht –«

Plötzlich schüttelte sie meine Hand ab und setzte sich kerzengerade hin.

»Warum weißt du eigentlich nicht, wo Max geblieben ist? Ihr seid doch zusammen auf dieser Party gewesen!«

Ich begann, an meinem Daumennagel zu knispeln. Meine Mutter zog mir die Hand vom Mund weg.

»Hast du mir irgendwas zu sagen?«

»Verdammt, ich will nicht immer schuld sein, Mama! Das war alles so … Ach, Scheiße, *ich* hatte keine Lust auf diese Party, aber Janosch wollte unbedingt dabei sein. Und außerdem … außerdem waren es Max und Wenzel, die den Rave überhaupt erst organisiert haben.«

Ich fing an zu schluchzen.

»Ich weiß, ich hätte auf ihn aufpassen müssen! Es tut mir so leid!«

Einen Moment schien meine Mutter zu schockiert, um zu sprechen. »Ausgerechnet mein Sohn organisiert eine illegale Party. Und das auch noch bei diesem umstrittenen Bauprojekt!« Dann nahm sie unvermittelt mein Gesicht in ihre Hände. »Schhhhhh«, flüsterte sie, »wir schaffen das schon, wir schaffen das!« Sie streichelte mich wie ein kleines Mädchen, und nach einer Weile beruhigte ich mich.

»Ich muss leider noch mal weg«, sagte meine Mutter, sofort wieder ganz die toughe Geschäftsfrau und Politikerin.

»Wo denn hin?«

Meine Mutter deutete auf eine Einladungskarte auf dem Sofatisch.

»Die Limberger Living versucht, mit irgendeinem Event zu retten, was garantiert nicht mehr zu retten ist. Aber ich muss trotzdem da hin. Und vielleicht wissen die sogar schon mehr als wir.«

»Muss das wirklich sein?«

Ich kannte niemanden, der so ansatzlos die Stimmung wechseln konnte.

»Wie sieht das denn aus, wenn ich da nicht auftauche? Ich bin für dieses Riesenprojekt zuständig.«

Ich nickte. Was sollte ich auch sonst tun.

»Du bist doch nachher sicher noch auf, oder?«

Ich weiß nicht mehr, wie lange ich noch auf unserem beschissenen Designersofa sitzen geblieben bin. Die Eingangstür weckte mich aus einer Art Trance. Eva erschrak, als sie mich sah.

»Ist schon gut«, sagte ich, »alles okay, Eva!«

Ich schleppte mich hoch in mein Badezimmer und beschloss, ausgiebig zu duschen. Heiß und kalt. Kalt und heiß. Dann zog ich mich an und ging in Max' Zimmer. Keine Ahnung, was ich zu finden hoffte, irgendetwas, das diese schreckliche Situation verändern würde.

Tyler hatte sich noch nicht wieder gemeldet, kein Wunder. Die Wut auf Janosch kam zurück, er hatte meine einzige Chance vermasselt. Oder spielte Tyler vielleicht doppelt? Ob sie auch versucht hatte, meine Mutter abzuzocken? Andererseits war Tyler nicht blöd und konnte sich sicher denken, dass meine Mutter schon von Amts wegen einen besonders guten Draht zur Polizei hatte. Würde die Polizei nicht auch mein Handy abhören?

Da fiel mir etwas ein. Max hatte irgendwo noch ein Tablet herumliegen, mit dem er hier zu Hause seine Nachrichten verschickte. Ich fand es unterm Bett. Es war noch geladen, und als ich es hervorzog, rieselte mir ein bisschen Koks vom Touchscreen entgegen. Ich tippte seinen Code ein und landete prompt auf dem Standbild eines Videos.

Ich drückte auf *Play*. Die Aufnahme war verwackelt und unscharf.

»Alter, wie geil ist das denn hier. Mega spooky!«

Das war die Stimme von Max!

»Ich wusste gar nicht, dass es hier weitergeht.«

Er klang aufgeregt und etwas außer Atem. Ich erkannte die Tiefgarage sofort. Und die Feuerschutztür, durch die ich mit Tyler die Katakomben betreten hatte.

»Das weiß fast niemand. Hat ja auch nicht jeder einen Schlüssel«, sagte die Stimme einer jungen Frau, die im nächsten Moment auf dem Bildschirm erschien.

»Filmst du etwa? He, lass das. Lösch das sofort!«

Das Video brach abrupt ab. Aber ich hatte sie erkannt. Lisa. Lisa Limberger, die Businessbraut, mit der mein Bruder mal was hatte. Ich öffnete das Video-Menü und entdeckte ein zweites Filmchen, das Max aufgenommen hatte. Es war nur wenige Sekunden lang, und vielleicht hatte er auch nur versehentlich auf den Aufnahmeknopf gedrückt. Doch die Geräusche und Bewegungen waren eindeutig und die Protagonistin für einen Moment gut erkennbar. Lisa Limberger schien es jedenfalls zu genießen, von meinem Bruder im Stehen gevögelt zu werden.

32.
LISA

Ich hatte mich für das BMW *Group Event Forum* entschieden. Ich wollte eine moderne Location mit aufregender Architektur, die andererseits nicht zu sophisticated rüberkommen sollte. Und die Technik musste perfekt funktionieren, denn es ging um Information auf hohem Niveau und nicht um irgendeine Party der oberen Zehntausend.

Die Zeit für die Vorbereitung war mehr als knapp gewesen, dennoch war es mir gelungen, alle Speaker dahin gehend zu impfen, weniger auf die drohende Finanzierungslücke einzugehen, die dem Unity Tower nach der verheerenden Katakomben-Party drohte, sondern die soziale Bedeutung des Projekts und seiner Infrastruktur für die Münchner City hervorzuheben. Nur Ted Greenbaum, den ich per E-Mail gebrieft hatte, hatte ich noch nicht persönlich kennengelernt.

Das Modell des Towers befand sich in der Mitte des Raumes, daneben ein erhöhtes Rednerpult. Um die Installation herum waren kreisförmig Stehtische angeordnet, sodass ein möglichst enges Miteinander entstand. Auf vier gigantischen Bildschirmen, die auf allen Seiten des Raumes von der Decke hingen, konnten die Gäste von jedem Tisch aus die Multimedia-Präsentationen verfolgen.

Als ich in Begleitung meines Vaters im Forum eintraf, war ich überrascht, dass sich trotz der extrem kurzen Frist bereits gut einhundertfünfzig Gäste eingefunden hatten.

»Donnerwetter«, sagte mein Vater, »dass das Interesse so groß sein würde, hätte ich nicht gedacht.«

»Es kommen bestimmt noch mehr«, sagte ich. »So ist es eben, wenn man eine gläserne Decke durchstoßen will – mit einem Bauwerk, das für eine Gesellschaft mit all ihren Farben steht. Mit all ihren Unterschieden. Ein Bauwerk, das –«

»Ist das etwa deine Rede, Lisa?«

»Ja. Ich bin ein bisschen aufgeregt.«

Er bedeutete mir, ihm zu folgen. Ein paar Meter abseits, in eine Ecke neben der Garderobe. Dort sah er mich durchdringend an.

»Hör mir einmal zu, Lisa. Ich bin stolz, dass du für die Dinge kämpfst, die dir am Herzen liegen.« Er legte seine Hände auf meine Schultern. »Aber es ist wichtig, dass du dabei auch auf dich schaust. Wenn du Unterstützung brauchst –«

»Was denn für Unterstützung?«

»Du musst mir weder was beweisen noch eine Lücke ausfüllen.«

Ich war vollkommen perplex.

»Und du glaubst, das ist es, was ich will?«

Ich trat zwei Schritte zurück. Ich war empört. Was sollte diese nette kleine Ansprache, jetzt, kurz vor dem wichtigsten Event in der Geschichte unserer Firma? Mein Vater war wirklich ein großartiger Motivator.

Er schien seinen Fauxpas bemerkt zu haben.

»Was ist eigentlich mit diesem Ted Greenbaum?«, fragte er übergangslos.

»Er kommt noch. Ganz sicher«, sagte ich mühsam beherrscht, »er gibt schließlich die Keynote.«

In diesem Moment betrat Anna Mahler den Raum.

»Was will die denn hier?«

»Sie ist wichtig für uns. Los, Papa, sag ihr ein paar nette Worte zur Begrüßung!«

Ich gab ihm einen kleinen Schubs und hoffte dabei inständig, dass er es nicht vermasseln würde.

Wir erreichten gerade noch rechtzeitig die Garderobe, damit mein Vater der Stadtbaurätin aus dem Mantel helfen konnte. Sie tat überrascht und gleichzeitig geschmeichelt. Diese Schlange.

»Schön, dass Sie Zeit gefunden haben. Ich möchte Ihnen noch einmal persönlich mein Beileid zu allem, was passiert ist, aussprechen. Ich hätte gerne früher die Gelegenheit gehabt«, sagte mein Vater.

Einmal mehr war ich vorübergehend gestorben.

»Beileid ist da hoffentlich das falsche Wort!«, sagte Anna Mahler kühl.

»Verzeihung, natürlich. Mein Mitgefühl. Auch wir tun alles, um Ihren Sohn – um die Suche nach ihm zu unterstützen.«

»Danke.« Sie nahm die Garderobenmarke aus der Hand meines Vaters entgegen.

Er deutete auf mich. »Das ist Lisa, meine Tochter!«

»Ja, wir kennen uns bereits. Guten Abend!«

»Guten Abend, Frau Mahler. Ich freue mich sehr, dass Sie kommen konnten.«

Die Oberbürgermeisterin rauschte mit ihrer Entourage heran. Gudrun Bär übersah meinen Vater und mich und wandte sich überschwänglich freundlich an Anna Mahler.

»Es ist wirklich beeindruckend, wie du das alles machst.«

Sogar die Stadtbaurätin schien verblüfft zu sein.

»Du bist so stark! In einer solchen Situation hier zu sein …«

»Danke.« Anna Mahler senkte den Blick. »Ich kann mir jetzt nicht erlauben, schwach zu sein. Nicht, bevor ich weiß, was da passiert ist.«

»Sie finden ihn bestimmt bald. Ich hoffe es so sehr!«

Mein Vater und ich tauschten einen konspirativen Blick, bevor Gudrun Bär sich an uns wandte.

»Herr Limberger, Frau Limberger, ich sage es Ihnen im Vertrauen. Ich glaube nach wie vor an Ihr Projekt. Es ist genau das Zeichen der vertikalen Integration, das wir hier so dringend brauchen. Gerade jetzt. Ich bin mir ziemlich sicher, dass die Stadt die eingefrorenen Gelder wieder freigeben wird, sobald die beiden vermissten jungen Männer gefunden sind.«

Gudrun Bär erwartete jetzt offenbar einen Beitrag von ihrer Stadtbaurätin. Doch Anna Mahler war gerade von einem Erdbeben erschüttert worden. Ich hatte es deutlich sehen können. Mein Vater trat unauffällig ein bisschen näher heran, als Anna Mahler sich räusperte.

»Und du, Anna, bist sicher, dass die Öffentlichkeit unsere Entscheidung nach wie vor goutiert? Denn die Medien – Herr Limberger, verzeihen Sie bitte, dass ich es so direkt anspreche – berichten seit der Brandnacht von einer, ich zitiere, ›illegalen Halbwelt, die mit Sozialwohnungen belohnt werden soll‹.«

Ich wollte etwas sagen, doch die Oberbürgermeisterin war schneller.

»Man kann sozial Schwache, Obdachlose und Kriminelle nicht in einen Topf werfen. Und bei allem Respekt, vor allem für deine Situation, aber wir müssen in Zukunft jegliche Alleingänge vermeiden. Ich habe deshalb heute Abend ein Rundschreiben an alle involvierten Abteilungen der Stadtverwaltung versandt. Ab sofort läuft die Kommunikation nur noch über mein Büro und wird im Zweifelsfall mit mir persönlich abgestimmt.«

Mir fiel ein Stein vom Herzen. Nein, ein Felsbrocken. Erstaunlich, dass die Oberbürgermeisterin die Hinrichtung ihrer Stadtbaurätin vor Zeugen vollzogen hatte. Vor uns, vor der Limberger Living, vor meinem Vater und mir. Anna Mahler nickte schwach, doch sie behielt die Fassung. Meinen Vater und mich würdigte sie keines Blickes.

»Na, dann hätten wir das ja geklärt«, sagte Gudrun Bär gut gelaunt. Sie hatte erhebliche Defizite in Diplomatie, Feinfühligkeit und Respekt, aber mir sollte es nur recht sein.

»Vielleicht noch einen Drink, bevor es losgeht?«, schaltete mein Vater sich ein.

»Sehr gern«, sagte die Oberbürgermeisterin.

»Nein, danke«, sagte Anna Mahler tonlos.

Ted Greenbaum rettete mich aus der unangenehmen Situation.

»Verzeihen Sie, Frau Mahler, aber ich müsste einen Gast begrüßen.«

»Natürlich, natürlich«, murmelte sie, »lassen Sie sich von mir nicht aufhalten.«

Sie tat mir fast schon ein bisschen leid, doch andererseits wusste ich inzwischen, dass sie hinter den Kulissen ein falsches Spiel trieb. Es ging jedenfalls das Gerücht, dass Anna Mahler für das Grundstück, auf dem der Unity Tower einmal stehen sollte, mit mindestens einem weiteren Mitbewerber verhandelte – mit der amerikanischen InterConstruct. So, wie ich sie einschätzte, war sie keine Frau, die so leicht aufgab. Ich beschloss, weiterhin vorsichtig zu sein.

Ted Greenbaum hatte meine Einladung tatsächlich angenommen. Er sah noch besser aus als auf den Fotos, die ich im Netz gefunden hatte: groß, schlank, ein gut geschnittenes, etwas längliches Gesicht, halblange Haare und gekleidet mit lässiger Eleganz, fast schon ein wenig zu lässig für dieses Event. Er hatte mich zur selben Zeit entdeckt wie ich ihn, und ich fühlte mich geschmeichelt, dass er sich vor unserem Blinddate ganz offensichtlich auch einen Eindruck von der Gastgeberin verschafft hatte.

»Mr. Greenbaum, wie schön, dass Sie da sind. Ich bin Lisa Limberger.« Ich wusste, dass er Deutsch sprach.

»Hi. Ich bin Ted«, sagte er. Was für schöne Zähne er hatte.

»Also gut, Ted. Ich würde dir gern den Raum zeigen, wo du deine Sachen ablegen kannst, und den Ablauf der Veranstaltung kurz mit dir durchgehen.«

»Wo geht es lang?«, fragte er.

Ich mochte seine Stimme auf Anhieb. Und wie locker er war.

»Mir nach!« Ich lächelte.

»Nichts lieber als das!«

Er lächelte verschmitzt zurück. O verdammt. Doch ihn anzuhimmeln musste ich wohl erst mal verschieben.

Fünfundvierzig Minuten danach stand Ted Greenbaum am Rednerpodest. Er benutzte ein Bügelmikrofon und redete völlig frei, ohne Manuskript, über sein Unternehmen *Share a Bite*. Mein Vater und ich hielten uns im Hintergrund. Das gab mir die Möglichkeit, die Gäste zu beobachten.

»*Nach meinen Jahren als Manager in der Lebensmittelbranche habe ich mich total leer gefühlt. Ich gründete meinen eigenen Hedgefonds, aber als ich wusste, dass ich es geschafft hatte, fühlte ich mich noch immer leer – wie die Kühlschränke der Leute, die ich einst gefeuert hatte, weil ich bei dem ganzen Wachstumswahnsinn mitgemacht habe. Doch dann, in einer rotweinseligen Nacht mit Freunden, wurde die Idee zu* Share a Bite *geboren: Warum nicht an den unterschiedlichsten Orten in einer Stadt öffentliche Kühlschränke aufstellen? Kühlschränke, die jene, die genug haben, befüllen können, und aus denen jene, die was brauchen, etwas rausnehmen können. Nächstenliebe 2.0. Heute, knapp 18 Monate später, stehen bereits 137 öffentliche Kühlschränke in 46 Städten. Das mag keine besonders beeindruckende Zahl sein, aber ihr glaubt nicht, wie schwierig es ist, mit Stadtverwaltungen zu verhandeln.*«

Ein kurzer Applaus brandete auf.

»Kühlschränke haben doch nichts mit sozialem Wohnungsbau zu tun«, flüsterte mein Vater mir ins Ohr. »Warum spricht der die Keynote?«

»Weil er Ted Greenbaum ist. Und weil es mir nicht darum geht, mit der Tür ins Haus zu fallen, sondern das grundsätzliche Interesse für soziale Projekte in Ballungsräumen zu wecken. Die Zukunft liegt in der Stadt, Papa, und die Stadtviertel werden bald von einer bunten Mischung aus Menschen bestimmt werden, wobei es auch für die sozial Schwächeren ein Kontingent geben sollte.«

Mein Vater zuckte mit den Schultern.

Da tippte mich jemand an. Ich drehte mich um und sah in das Gesicht von Nellie Mahler.

»Hast du kurz Zeit?«, fragte sie.

»Jetzt? Auf keinen Fall. Komm später noch mal«, antwortete ich. War die Kleine nicht mehr ganz dicht?

Mein Vater räusperte sich und verschloss seine Lippen mit dem Zeigefinger.

»Ganz kurz, ich will dich nur was fragen«, flüsterte sie. »Es ist sehr wichtig!«

33.

NELLIE

Ich hatte mich ein bisschen zurechtgemacht, not too much, und ein Taxi kommen lassen. Auf der Fahrt zum *Group Center* war ich in Gedanken alle möglichen Situationen durchgegangen: Geschrei, Gekeife und Zickenalarm – vielleicht würden die Limbergers mich sogar von der Security entfernen lassen. Ich hätte gerne gewusst, wie meine Mutter auf so einen Skandal reagiert hätte, aber scharf war ich nicht darauf.

Als ich Lisa ansprach, grinste sie eine Spur zu lang, zu breit und zu gönnerhaft. Sie ließ mich intensiv spüren, dass ich störte. Doch schließlich zog sie mich mit in die hinterste Ecke, in den Gang, wo sich die Toiletten befanden.

»Also, was gibt es denn so Dringendes?«

»Ich muss in die Katakomben. Und zwar über die Tiefgarage.«

»Tut mir leid, da kann man nicht einfach runter. Das ist eine Baustelle, und wie du weißt, ist –«

»Ja, ja, aber ich muss. Und es ist alles zu, abgesperrt. Aber du kennst dich doch aus, deswegen – Moment!« Ich hatte Max' Kurzfilm auf mein Smartphone weitergeleiet, das ich Lisa Limberger jetzt unter die Nase hielt. Sie war alles andere als erfreut.

»Woher hast du das?«, fragte sie, merkwürdig blass.

»Von Max.«

»Ich kann dich da trotzdem nicht runterlassen. Tut mir leid.«

Sie wollte zurück zu ihrem Vater.

»Warte, Lisa. Vielleicht überlegst du es dir noch einmal.«

Ihre Miene wurde binnen weniger Sekunden zu Stein. Ich setzte den unschuldigsten Blick auf, den ich hinbekam.

»Und jetzt?«, fragte Lisa.

Hatte ich sie erwischt? »Ich will nur, dass du mich da runterbringst. Das ist alles.«

Sie zögerte. Dann trat sie dicht an mich heran.

»Okay. Wenn du glaubst, dass du mich mit so einer Kinderkacke erpressen kannst, hast du dich gehörig geschnitten. Ja, ich und dein Bruder hatten was laufen. Aber Türen öffnet dir das noch lange nicht. Und jetzt entschuldige mich, ich hab Erwachsenendinge zu tun.

Lisa Limberger wollte gerade kehrtmachen, als ihr noch etwas einfiel.

»Wenn du dieses Video veröffentlichst, werde ich im Gegenzug die Presse über Max' Drogengeschäfte informieren. Ich weiß ziemlich genau Bescheid. Darüber freuen sich die Journalisten bestimmt genauso sehr wie eure Mutti, oder?«

34.
MAGDALENA

Alina trug eine Tschapka mit dem eingestickten Stern der Roten Armee und quer über der Brust eine Umhängetasche. Sie stand am Rande des Dancefloors und dealte. Ununterbrochen kamen die Partypeople zu ihr, drückten ihr winzig zusammengefaltete Geldscheine in die Hand und erhielten im Austausch kleine Tütchen, die Alina aus ihrer Tasche hervorholte. Sie war sehr dünn geworden, und ich sah sofort, dass es meinem Kind nicht gut ging. Aber das würden wir gemeinsam ändern – und wenn ich dafür ein Sabbatjahr nehmen musste.

Ich bewegte mich langsam durch die Tanzenden auf meine Tochter zu, und es kam mir vor, als liefe die Welt um mich herum in Zeitlupe ab. Richtig begreifen konnte ich es noch immer nicht, dass ich Alina gefunden hatte. Endlich, nach über zwei Jahren. Mir kamen die Tränen, und ihr Bild verschwamm vor meinen Augen.

Sie bemerkte mich nicht. Als ich meine Hand auf ihre knochige Schulter legte, fuhr sie herum, und wir erschraken beide. Ihr Gesicht war eingefallen und grau. Zwei Zähne fehlten.

»Was machst du hier?«, brüllte sie, weil die Musik so entsetzlich laut war.

»Ich suche dich. Und jetzt habe ich dich gefunden!« Ich wischte mir mit dem Handrücken die Tränen aus dem Gesicht und umarmte sie fest. Alina ließ es geschehen. Nicht einmal ihr säuerlicher Geruch störte mich; es gab Dinge, die wichtiger waren als eine Dusche. Ich würde sie nie wieder loslassen. Alles würde wieder gut werden. Ganz bestimmt.

Ein Mädchen tauchte neben uns auf. Es tippte Alina unsanft auf die Schulter, und meine Tochter löste sich von mir. Das Mädchen wedelte mit einem Zwanziger vor Alinas Gesicht herum.

»Ey, was geht? Krieg ich jetzt was oder nicht?«

Alina stopfte das Geld wortlos in ihre Tasche und zog ein weiteres Tütchen heraus. Ich sah, dass es blassblaue Pillen waren, vermutlich MDMA.

»Alina, was soll dieser Scheiß?«

Ich bekam einen sturen Blick zur Antwort. Das Partygirl zog zufrieden ab. Meine Tochter trat einen Schritt zurück. Ich griff nach ihrer Hand und hielt sie fest.

»Können wir reden?«, schrie ich. »Bitte?«

Sie zuckte mit den Schultern und führte mich in einen Seitengang des Doms. Hier war es ruhiger.

»Hast du eine Zigarette?«, fragte Alina.

Ich gab ihr eine und steckte mir ebenfalls eine an. Komisch, dachte ich, wieso habe ich Zigaretten? Ich wollte mir doch das Rauchen abgewöhnen. Aber auch das war jetzt vollkommen egal.

Sie hatte sich stechen lassen. Auf ihrem linken Handrücken schwebte ein kleiner schwarzer Engel. Alina nahm einen tiefen Zug, blies den Rauch durch die Nase aus und fragte: »Okay, was willst du?«

»Du musst das nicht machen. Komm einfach zurück. Komm zurück zu mir.«

»Ich muss das nicht machen? Aha. Und was ist, wenn ich es aber will?« Alinas Ton war schnippisch, und noch bevor ich antworten konnte, legte sie nach: »Vielleicht macht das ja mehr Spaß, als mir ständig deine Vorwürfe anzuhören.«

»Aber wir würden es hinkriegen«, sagte ich.

»Klar. So wie du und Oma das auch immer hingekriegt habt?«

»Das ist doch was ganz anderes. Mit meiner Mutter kann man nicht reden.«

Alina lachte. »Vielleicht kannst du einfach nicht zuhören!«

»Du hast doch überhaupt keine Ahnung!«

Versonnen betrachtete sie die Glut ihrer Zigarette. Sie nahm noch einen Zug und schnippte die Kippe weg.

»Weißt du was? Wir kommen keinen Meter weiter. Und ich hab da drinnen zu tun.«

Sie wollte sich umdrehen, aber ich hielt sie auf.

»Du gehst nicht wieder da rein!« Alina blickte vorwurfsvoll auf meine Hand, die ihr linkes Handgelenk umklammerte. »Ich kann dich auch festnehmen, wenn dir das lieber ist.«

Alina sah mir ungerührt in die Augen, griff nach meiner Hand und bog seelenruhig einen Finger nach dem anderen nach oben.

»Dann mach's doch!«, sagte sie und ließ mich stehen.

»Alina, warte doch!«, rief ich, aber sie lief weiter, bis sie von der Menge der Tanzenden verschluckt wurde. »Alina!«, rief ich noch einmal verzweifelt, schlug die Hände vors Gesicht und fing an zu weinen. Die Musik dröhnte in meinen Ohren. Sie wurde lauter, schwoll an zu einem undefinierbaren Brausen und Grollen, und ein Gedanke peitschte immer wieder durch meinen Kopf: Wieso ist das nur so verkehrt gelaufen?

Plötzlich war Ruhe. Dann ein metallisches Klappern und Rasseln. Ich schlug die Augen auf und sah, wie sich eine schwere Stahltür öffnete. Welcome back to reality, Magdalena. Ein Justizbeamter erschien, und nach ihm betrat Christo Angelo den Besucherraum.

Ich blieb auf meinem Stuhl sitzen und verschränkte die Arme vor der Brust. Christos Miene verfinsterte sich sofort. Hurrageschrei hatte ich von meinem Lieblingskunden auch nicht erwartet. Immerhin nahm er Platz.

»Danke«, sagte ich zu dem Beamten, »Sie können draußen warten. Ich komme klar. Es wird nicht lange dauern.«

Ich wandte mich an Christo. »Herr Angelo, ich bin zu Ihnen gekommen, um Ihnen rechtliches Gehör zu verschaffen.« Gemurmeltes Gerichtsdeutsch, nur fürs Protokoll, und um wichtig zu erscheinen. Der ahnungslose Beamte gab mir ein Zeichen, dass er verstanden hatte, und verließ den Raum. Sofort veränderte sich Christos Haltung.

»Was wollen Sie von mir, verdammt?«

»Fragen stellen: Was hat es mit dem schwarzen Engel auf sich? Wer ist das? Was will der, oder was wollen die? Ist das eine Gang? Bist du Mitglied bei denen?« Ich deutete auf die Kratzwunde an meinem Hals.

»Ich muss nicht mit Ihnen sprechen.«

Ich schlug mit der flachen Hand auf den Tisch, und er zuckte zusammen. Doch ich besann mich schnell wieder.

»Nein. Musst du nicht. Aber du sitzt hier drinnen, nicht ich.«

Er sah mich trotzig an.

»Hör zu, ich darf dir einen Deal anbieten. Du beantwortest meine Fragen und kommst sofort raus. Kriegst dann per Strafbefehl maximal ein paar Sozialstunden aufgebrummt.«

Jetzt verschränkte er abwartend die Arme. Und schüttelte beinahe unmerklich den Kopf. Ich wartete ein paar Sekunden, bevor ich mich von meinem Stuhl erhob und zur Tür ging.

»Okay«, sagte ich, »deine Entscheidung.«

Ich klopfte an die Tür. Der Justizbeamte öffnete.

»Okay, okay, okay!«, rief Christo schnell.

Ich gab dem Beamten ein Zeichen. Er kapierte zum Glück sofort und zog die Tür wieder zu. Ich setzte mich zurück auf meinen Platz.

»Also?«

»Der schwarze Engel, das ist keine feste Gruppe oder so. Er hat viele Gesichter und kennt viele Orte.«

Christo sprach flüsternd, als ob er sich fürchten würde.

»Wo hast du *sie* zuletzt gesehen?«

»Vergessen Sie's!«

»Weißt du, wo Alina sich gerade aufhält?«

»Nein.«

»Sozialstunden, Christo. Oder du fährst ein, für länger.«

Er atmete tief ein. Seufzte.

»Ich will eine Garantie«, sagte er schließlich.

»Die hast du. Denn ich gebe dir mein Wort.« Doch seine Zweifel waren unübersehbar. »Der Staatsanwalt ist involviert. Du kannst noch heute Abend raus. Na?«

»Ist aber schon länger her, dass ich sie gesehen hab.«

»Wie lange?«

»Ein paar Tage. Ob sie mit den Bonzenkids in den Katakomben gefeiert hat, kann ich nicht sagen. Sie haben mir ja fast den Arm gebrochen, da war nichts mit Party.«

»Wird nicht wieder vorkommen.« Christo übertrieb nicht.

»Ich müsste ein paar Leute fragen. Telefonieren«, sagte Christo, »das dauert 'ne Weile.«

»Wie lange ist ›eine Weile‹?«

»Ein, höchstens zwei Tage. Ich ruf Sie an.«

Ich gab ihm meine Visitenkarte. »Dann beweg dich«, sagte ich.

35.
LISA

Das einzig Positive, was ich über Lennart von Marsch zu sagen wusste, war, dass er bei gutem Wetter mit dem Fahrrad zur Arbeit fuhr. Wobei er mit seinem rosafarbenen Skaterhelm und den Klettstreifen am Hosenbund ziemlich lächerlich aussah. Wie ein Berufsjugendlicher. Er schien überrascht zu sein, mich zu sehen, fing sich aber sofort.

»Guten Morgen, Lisa!«, sagte er. »Schon so früh dran? Es soll ja gestern spät geworden sein.«

»Da haben Sie richtig gehört.«

»Und?«

»Ich würde sagen, es war eine ziemlich erfolgreiche Veranstaltung. Sie hätten vielleicht länger bleiben sollen.«

Er lächelte dümmlich. »So?«

»Gudrun Bär hat für den Vormittag eine Sondersitzung in der Baubehörde einberufen. Mit nur einem Tagesordnungspunkt.«

»Ich verstehe.«

Er hatte inzwischen sein Fahrrad abgeschlossen, den Helm abgenommen und wollte an mir vorbei zum Fahrstuhl.

»Moment noch«, sagte ich, »ich bin mir ganz sicher, dass Sie heute Nacht viel nachgedacht haben. Ihnen muss regelrecht der Kopf geraucht haben. Und dann sind Sie draufgekommen: Mein Konzept ist und bleibt the way to go. Und genau deswegen werden Sie ab sofort alles dafür tun, die Welt davon zu überzeugen. Ist das klar?«

Er sah mich an wie ein Auto.

»Drehst du jetzt vollkommen durch?«

Ich fragte mich, ob er die Sache mit dem Du und dem Sie irgendwann einmal klarkriegen würde.

»Nein. Das ist mein voller Ernst. Und wenn Sie nicht spuren, fliegen Sie raus.«

»Ich verbuche das mal unter Nachwirkungen einer Feier.«

Er wollte erneut an mir vorbei, doch ich stellte mich ihm in den Weg.

»Ich habe neulich mal einen Blick in unsere Bücher der vergangenen Jahre geworfen«, sagte ich.

»Welche Bücher?«

Klar, er musste sich doof stellen.

»Alle Bücher seit dem Zeitpunkt, zu dem mein Vater Sie in unser Unternehmen geholt hat. Und wissen Sie was? Da stimmt so einiges nicht.«

»Das sollten wir uns dann aber schnellstens ansehen. Soll ich Karin bitten, einen Termin mit unserer Buchhaltung zu machen?«

Ganz der besorgte Geschäftsführer.

»Nein. Das müssen Sie nicht, Lennart.« Sein gespielt erstaunter Blick rang mir nicht mal mehr ein Lächeln ab. »Für diese Bücher gibt es schließlich einen Verantwortlichen. Wer sorgt denn dafür, dass alles korrekt bei der Finance ankommt? Der muss am Ende wohl auch dafür geradestehen. Oder sehen Sie das anders?«

Langsam schien er zu kapieren, worauf ich hinauswollte. Aber seine Reaktion war nicht unbedingt die, die ich erwartet hatte. Augenblicklich fuhr er die Krallen aus.

»Hör mal gut zu, kleines Fräulein!«

Fräulein. Wow. Und auf der Terrasse werden nur Kännchen serviert.

»Ein Unternehmen aufzubauen ist das eine. Es im Flow, es überhaupt am Laufen zu halten das andere. Und manchmal ist es eben nötig, Dinge zu tun –«

»Dinge?«

»Ja, Dinge. Unbequeme Dinge. Um Erfolg zu haben.«

Ich nahm an, mit Erfolg meinte er vor allem seine privaten Finanzen.

»Darunter fällt also auch der Transfer von Firmengeldern in Millionenhöhe auf Konten in Liechtenstein, auf den Kaimaninseln, nach Panama?«

Statt einer Antwort sah er mich nur wutentbrannt an.

»Dazu kommt, dass wir seit Ihrem Arbeitsantritt ungewöhnlich hohe Mengen an Beton verbaut haben. Überhaupt sind in den Büchern zum Teil exorbitante Materialverluste verzeichnet worden.«

»Limberger Living baut eben sehr solide und zuverlässig. Und erdbebensichere Fundamente.«

»Und was, wenn sich dann jemand die Mühe macht, diese Zahlen mit den ursprünglichen Planungskonzepten und Bauzeichnungen zu vergleichen?«

»Das können Sie vergessen, Lisa.«

»Nein. Denn man kann auch das Richtige tun und damit Erfolg haben. Aber was Sie getan haben, ist in höchstem Maße illegal. Das ist Steuerhinterziehung.«

»Nenn es, wie du willst. Aber es war dein Vater, der das angeordnet hat. Ich habe es lediglich, sagen wir … übersehen.«

»Was allerdings zu beweisen wäre, Lennart. Ich schlage deshalb vor, dass wir heute Nachmittag folgendermaßen vorgehen: Wenn wir die Oberbürgermeisterin treffen, werden Sie während dieses Meetings vor allem eins tun – Sie werden schweigen. Sonst können Sie schon mal anfangen zu packen.«

Wahrscheinlich hätte er mir am liebsten eine reingehauen.

»Ich weiß nicht, welche Drogen du dir reingepfiffen hast, aber du überschätzt dich gewaltig, Mädchen!«

»Das glaube ich nicht, Lennart«, entgegnete ich so ruhig wie möglich. »Wissen Sie, meinem Vater ist diese Firma sehr wichtig. Sehr. Er hat sehr früh seine Frau verloren, meine Mutter. Und alles, was er an Familie noch hat, bin ich.«

36.
TYLER

Im Container meines Stammsupermarktes hatte ich an diesem Tag fette Beute gemacht. Gemüse, Brot, Obst, Milch, Kuchen und sogar zwei Packungen Hühnerbeine, die zwar einen Tag abgelaufen waren, aber überhaupt nicht rochen. Mein Rucksack war schwerer als sonst.

Aber Xaver verspätete sich. Als mein Medikamentendealer endlich auf seinem Fahrrad aufkreuzte, war ich total durchgefroren.

»Und? Weißt du schon was?«, fragte ich, kaum dass er abgestiegen war.

»Alter Falter! Was geht denn bei dir?«

»Das Medikament, Xaver.«

»Ach so, ja«, sagte er. »Aber es sieht verdammt dünn aus.« Er schüttelte den Kopf.

»Was jetzt? Nichts?«

»Doch. Aber nicht bezahlbar.«

»Wie viel?«

Er lächelte.

»Wie viel?«, fragte ich ein zweites Mal. Mit Nachdruck.

»Zweitausend.«

»Zweitausend? Okay.«

»Tyler, das ist die Wochendosis. Und man muss es zwei Wochen lang nehmen und dann zwei Wochen Pause machen. Normalerweise schlägt das Medikament frühestens nach der dritten Behandlung an.«

»Also viertausend pro Monat?«

»In etwa, ja.«

»Warte kurz!«

Ich holte mein Handy aus der Tasche und schickte eine Nachricht an Nellie: ICH WEISS, WER DEINEN BRUDER HAT. 15 000 CASH. KEINE POLIZEI.

Sollte sie doch hyperventilieren. Sie hatte keine andere Chance. Ich war der einzige Link zu Max, und das wusste sie genau. Da blinkte auch schon mein Handy: DEAL.

Ich schrieb zurück: U-BAHN KÖNIGSPLATZ. 24 UHR.

Zu Xaver sagte ich: »Du kannst das Zeug besorgen. Ich bringe dir wahrscheinlich schon morgen das Geld.«

»Also –«

»Ganz sicher, Xaver. Spätestens übermorgen.«

Als ich ins Iglu zurückkehrte, saß Elion allein auf seiner Matratze. Er wusste nicht, wohin seine Mutter gegangen war. Egal, ich würde jetzt erst einmal kochen. Und zwar ein Festmahl.

»Was machst du da?«, fragte Elion und zerrte an meinem Hosenbein. Beinahe hätte ich mich in den Finger geschnitten.

»Ich koche uns was. Zur Feier des Tages«, sagte ich und schnitt eine Tomate in Achtel.

»Und was feiern wir?«

»Wir feiern, dass deine Mama bald wieder gesund ist.«

»Echt? Woher weißt du das, Tyler?«

»Weil ich Geld gefunden habe. Damit kann ich ihr die Medikamente kaufen, die sie braucht.«

»Auch Süßigkeiten für mich!«

»Einen riesigen Berg Süßigkeiten, Kleiner. Dann kannst du Bonbons essen, bis du keine Zähne mehr im Mund hast!«

»Wie Spider!«, sagte Elion.

Er sagte es ganz ernst, und fast hätte ich laut aufgelacht. Aber ich horchte lieber kurz in mich hinein, ob sich mein Gewissen melden würde. Aber es blieb stumm. Gut so. Und überhaupt, meine Forderung war nicht einmal unverschämt gewesen. Außerdem würde es keine armen Leute treffen. Ich hockte mich vor Elion.

»Weißt du was? Wir gehen bald weg von hier. Zusammen!«

37.
JANOSCH

Konnte ich ahnen, dass mein Vater ausgerechnet an dem Nachmittag früher nach Hause kommen würde, an dem ich gerade meine Festplatten aufräumte? Und zwar genau in dem Augenblick, als ich auf dem Klo saß? Drüben flimmerte eine meiner Storys über den Laptop. Der Ton lief über die Boxen, die Tür meines Zimmers stand offen.

Ich erwischte ihn ein paar Minuten später, wie er noch in Arbeitsklamotten vor dem Bildschirm saß und sich durch meinen YouTube-Kanal klickte. Er bemerkte mich nicht, sondern starrte fasziniert auf seinen Sohn, der mit einem Glas Champagner in der Hand auf der Couch in Andrés Concept Store fläzte. Um mich herum hingen ein paar meiner engsten Follower ab. O ja, ich erinnerte mich noch gut an diese kleine Spontanparty.

»Ich werde oft gefragt, wie man Content Creator wird und so viele Follower bekommt. Dann sage ich, sei ehrlich mit dir selbst. Wenn du dich selbst nicht liebst, warum sollte es ein anderer tun?«

Nellie kam ins Bild, drückte mir einen Kuss auf die Wange, blickte provozierend in die Kamera und zog dann ihre berüchtigte Schnute. Ich schob sie lachend weg.

Mein Vater schüttelte ungläubig den Kopf.

»Oft sagen die Leute dann, ich find mich schon okay. Aber okay interessiert keinen. Okay klick ich weg. Okay ist einfach nicht okay.«

Ich hob im Video beschwichtigend die Hände.

»Aber, ihr Lieben, nicht aufgeben. Denn der Punkt ist, wenn ihr wisst, wo ihr hinwollt, und ehrlich vor euch zugebt, wo ihr seid, wisst ihr auch, was zu tun ist. You know, I love you! Bye!«

Noch ein schelmisches Grinsen in die Kamera. Und aus.

Mein Vater griff nach der Maus, um meine nächste Story anzuklicken.

»Spinnst du? Was soll der Scheiß?«, sagte ich. Er fuhr erschrocken herum.

»Ich wollte eigentlich gar nicht – tut mir leid«, sagte er und stand auf.

»Raus!«, sagte ich. Ich ging an ihm vorbei und klappte den Laptop zu. Doch mein Vater machte keine Anstalten, zu gehen. Stattdessen lehnte er sich an den Türrahmen und verschränkte die Arme vor der Brust.

»Was erzählst du da eigentlich für einen Schmarrn?«

Ich zuckte zusammen. Ehrlich. So hatte ich meinen Vater noch nie reden hören.

»Ich frag mich, was mit meinem Sohn passiert ist.«

Zeit zum Konter.

»Hä? Was willst du denn von mir?«

»Es ist nicht alles Gold, was glänzt!«

»Was für ein origineller Spruch. Den kannte ich gar nicht! Ist der aus der Fernsehzeitung?«

Er blieb ruhig.

»Du hast dir die falschen Freunde gesucht. Diese Leute«, er zeigte auf meinen Laptop, »die haben ein Abziehbild aus dir gemacht.«

»Ja nee, schon klar. Und tschüss!«

»Machst du das alles für die? Damit du denen gefällst? Janosch, das musst du nicht. Das Leben ist nicht so, wie es von außen aussieht, sondern wie es sich anfühlt.«

»Eben.«

Mein Vater ließ hilflos die Arme sinken.

»Was habe ich … Was haben wir denn falsch gemacht? Deine Mutter und ich haben dir doch was anderes vorgelebt als bloß die reine Oberfläche, oder?«

»Ja, das habt ihr«, sagte ich. »Bedeutungslosigkeit.«

Bereits als mir dieses Wort über die Lippen kam, wusste ich, ich war zu weit gegangen. Aber jetzt konnte ich nicht mehr zurück, nur noch einen draufsetzen.

»Nur weil du dich mit diesem – keine Ahnung – mit diesem Leben zufriedengibst, muss ich das doch nicht auch tun!«

Er brüllte mich nicht an. Seine Stimme blieb leise, aber sie bebte.

»Gut«, sagte mein Vater, »wenn das alles hier so schrecklich für dich ist, vielleicht solltest du dir dann was anderes suchen.«

»Ist sicher besser«, sagte ich.

Sicher war ich mir jedoch keineswegs. Aber ich hatte gerade eine rote Linie überschritten, und dafür würde ich die Konsequenzen tragen müssen. Ich griff wahllos nach einem Hoodie und einer Jacke und rauschte an meinem fassungslosen Vater vorbei aus der Wohnung. Die Tür ließ ich selbstverständlich extra laut ins Schloss fallen.

38.
DOMINIK

Ich wurde einfach nicht schlau aus Magdalena. Erst im letzten Moment tauchte sie zur Anhörung im Fall der Festnahme von Christo Angelo auf. Im allerletzten Moment. Legte sie es etwa auf eine Suspendierung an? Jedenfalls benahm sie sich so. Ich erwartete sie ungeduldig auf dem Gerichtsflur.

»Sie wissen, dass ich Zeugen, die nicht vor Gericht erscheinen, polizeilich vorführen lassen muss?«

»Soll ich mir jetzt selbst Handschellen anlegen?«

Sie fuhr sich einmal rasch durch die Haare. »Wir können«, sagte sie dann.

Ich öffnete seufzend die schwere Tür zum Richterzimmer.

»Ist die Zeugin nun eingetroffen?«, fragte Dr. Reiner Gernert, der Untersuchungsrichter.

»Ja. Die Zeugin Magdalena Kaltbrunner ist jetzt anwesend.«

Ich wies ihr ihren Platz zu.

»Ich bitte um Entschuldigung, Herr Richter«, sagte Magdalena. Die Überprüfung ihrer Personalien war lediglich Formsache.

»Dann mal los«, sagte Gernert. Er wirkte gehetzt.

»Ich hatte Dienst. Am Hauptbahnhof. Bei einer Routinekontrolle habe ich Christo Angelo wiedererkannt und ihn gestellt. Er war mir aus mehreren Fallakten bekannt. Möglicherweise war ich zu grob. Aber nur, um ihn in jedem Fall der Justiz übergeben zu können.«

»Davon gehe ich aus. Wenn Sie mir sagen, dass Sie lediglich ein wenig überreagiert haben, weil er sich vielleicht gewehrt hat, reicht mir das«, sagte der Richter und blickte Magdalena ermutigend an. Ich kannte Dr. Gernert gut und wusste, dass er zur Law-and-Order-Fraktion gehörte. Aber hier ging es nicht nur um Magdalena Kaltbrunners Kunden Christo, sondern auch um ihren Kopf.

»So war's auch. Ich habe bei seiner Festnahme überreagiert. Ein Fehler, denn inzwischen würde ich sogar zu seiner Entlastung aussagen, wenn es zu einem Prozess kommen sollte. Es wäre sicher klüger, Christo Angelo per Strafbefehl ein paar Sozialstunden zu verpassen. Ich halte ihn tatsächlich für einen aussichtsreichen Kandidaten, der sich relativ problemlos wieder eingliedern lassen würde.«

Der Untersuchungsrichter runzelte die Stirn. Ich schaute Magdalena prüfend an.

»Würden Sie mir das bitte etwas näher erläutern? Im Moment klingt es ganz so, als wollten Sie Herrn Angelo gern für Ihre eigenen Zwecke einsetzen.«

»Und die wären?«, fragte ich.

Magdalena Kaltbrunner kniff die Lippen zusammen. Dann nickte sie.

»Christo Angelo könnte für unsere weiteren Ermittlungen in der Katakomben-Sache nützlich sein. Er kennt dort unten praktisch alle.«

Der Untersuchungsrichter sah nicht überzeugt aus. Ich fühlte mich bemüßigt, Magdalena beizuspringen und über den neuesten Stand der Ermittlungen zu informieren.

»Die Hauptkommissarin hat herausgefunden, dass es sich bei den Katakomben unter dem Hauptbahnhof um ein regelrechtes unterirdisches Wohngebiet handelt. Quasi ein rechtsfreier Raum, in dem weitaus mehr Menschen leben, als wir bisher angenommen haben.«

»Und wer bitte lebt da?«, fragte der Untersuchungsrichter. Er richtete die Frage an Magdalena.

»Nach meinem Erkenntnisstand könnte es sich unter anderem um eine organisierte Gruppe gewaltbereiter Linksautonomer handeln. Sie nennen sich Doomer und propagieren den bewaffneten Aufstand gegen die herrschende Klasse. Wir bereiten gerade eine SoKo vor, unter Führung des LKA. Aber auch der Staatsschutz ist bereits involviert. Ich könnte als Bundespolizistin jedoch allerhöchstens Amtshilfe leisten.«

»Verstehe«, sagte der Untersuchungsrichter. Er suchte meinen Blick.

»Diese Ermittlungen stehen natürlich noch ganz am Anfang«, sagte ich rasch. »Aber die Hauptkommissarin hat mich davon überzeugt, dass Christo Angelo mit seinen Kontakten nützlich für uns sein könnte. Wir fassen sogar eine V-Mann-Tätigkeit ins Auge. Schon deswegen würde ich das entsprechende Verfahren einleiten.«

»Trotzdem sollten Sie Ihre Vorgehensweisen einmal überdenken, Frau Hauptkommissarin«, sagte der Richter.

Magdalena sah schuldbewusst nach unten. Dr. Gernert klappte die Christo-Angelo-Akte zu.

»Also gut. Christo Angelo wird aus der Untersuchungshaft entlassen. Sehen Sie jedoch zu, dass er Ihnen nicht entwischt.«

Magdalena Kaltbrunner schüttelte den Kopf und erhob sich. »Möchten Sie noch etwas hinzufügen, Frau Hauptkommissarin?«

»Nein. Es ist, denke ich, alles gesagt.«

Doch Magdalena sollte sich irren. Als wir ein paar Minuten später gemeinsam zu meinem Büro gingen, wurden wir bereits auf dem Flur von ihrer Dienststellenleiterin Christiane Sommer empfangen.

»Wie schön, Sie endlich einmal wieder zu sehen, Hauptkommissarin Kaltbrunner!«, lautete die Begrüßung, bei der sie mich geflissentlich überging. Ich schob es auf die Wut, die aus ihren Augen sprühte. Mit ausgestrecktem Zeigefinger trat Christiane Sommer auf Magdalena zu. »Sind Sie jetzt vollkommen wahnsinnig geworden? In Ihrem Urlaub eigenmächtig eine Befragung durchzuführen, ohne mich darüber zu informieren? Wie kommen Sie dazu, Christo im UG aufzusuchen? Das ist Amtseinmischung! Sie sind Zeugin in dem Fall!«

Ich hatte kurz das Gefühl des sprichwörtlichen Schlags in die Magengrube.

»Aber –«

»Und *Sie* haben natürlich den Befragungsschein unterschrieben!«

Magdalena und ich sahen uns an. Sie schloss einmal ihre Augen. Und das reichte, damit ich mich wieder im Griff hatte.

»Selbstverständlich. Ich hatte Hauptkommissarin Kaltbrunner gebeten, eine Befragung durchzuführen – aus taktischen Gründen, in einem ganz anderen Fall. Der Staatsschutz ist involviert ...«

Christiane Sommer schien mir diese Geschichte nicht abzukaufen. Deshalb trat ich rasch einen Schritt auf sie zu, um so etwas wie konspirative Nähe zu erzeugen.

»Sehen Sie, Kollegin Sommer«, sagte ich leise, »ich wollte das nicht an die große Glocke hängen. Natürlich weiß ich, dass dies eine, sagen wir mal, unorthodoxe Herangehensweise ist, aber juristisch ist sie vertretbar.«

Noch immer sah Christiane Sommer stumm vor Wut zwischen uns hin und her. Mein Gott, war diese Frau zäh. Und überkorrekt. Ich musste wohl oder übel noch eine Schippe drauflegen.

»Und ob es sich hierbei um Amtseinmischung oder Verfahrensnotwendigkeit gehandelt hat, entscheide immer noch ich. Sind wir uns da einig, Frau Sommer?«

Sie war baff, das konnte ich sehen.

»Sehr schön«, fuhr ich fort, »danke trotzdem, dass Sie sich extra herbemüht haben. Auf Wiedersehen!«

»Wiedersehen, Frau Sommer«, sagte Magdalena Kaltbrunner.

»Ja, Wiedersehen.«

Christiane Sommer glaubte uns beiden vermutlich kein Wort,

aber was hätte sie auch anderes tun können, als die Fassung zu bewahren und einen geordneten Rückzug anzutreten.

Als sie außer Hörweite war, wandte ich mich an Magdalena. »Warum?«, fragte ich.

»Warum was?«

»Ich habe für Sie gelogen. Und jetzt möchte ich gern wissen, warum.«

»Dass Sie für mich lügen, ist Ihre Sache. Was mit mir los ist, ist meine.«

Ihr Mobiltelefon vibrierte. Magdalena nahm den Anruf nicht an, sondern drückte ihn wütend weg, ohne aufs Display zu sehen. Diese rätselhafte Frau, von der ich mich so angezogen fühlte, hatte offenbar viele Geheimnisse. Aber ich fand, sie waren es wert, herausgefunden zu werden.

39.
LISA

Die Oberbürgermeisterin hatte sich verspätet, denn die vorangegangene Sitzung hatte ungewöhnlich lange gedauert. Es war die Sitzung, in der über die Freigabe der öffentlichen Zuschüsse für den Unity Tower entschieden wurde. Ich konnte nicht mit Gewissheit sagen, ob ich dies als gutes oder schlechtes Zeichen deuten sollte. Mein Vater schwenkte die Fahne des Optimismus vor sich her, Lennart von Marsch hielt sich – wie immer eigentlich – bedeckt. Mein Gott, langsam begann ich, ihn wirklich zu hassen.

Die Sonne war schon seit über einer Stunde untergegangen, als Gudrun Bär erschien. Wir hatten dennoch eine üppige Teatime für sie aufgefahren; es ging das Gerücht, dass sie immer ein paar Servietten in ihrer überdimensionalen Handtasche hatte, um das eine oder andere kulinarische Beutestück in ihr Büro oder nach Hause zu transportieren.

Ihrem Gesichtsausdruck konnte ich auch nicht entnehmen, wie das Gremium entschieden hatte. Mein Vater half ihr galant aus dem Wintermantel, Lennart von Marsch kam hinzu, setzte sich an das hinterste Ende unseres Konferenztisches, und dann nahmen wir alle Platz. Nachdem unsere Sekretärin Tee oder Kaffee eingeschenkt hatte und die Aussicht über den dunklen Englischen Garten gebührend gewürdigt worden war, wandte sich Gudrun Bär an mich.

»Glückwunsch, Frau Limberger, das war ein äußerst gelungenes Event. Ich glaube, nein, ich weiß, dass Sie mit Ihrem Ansatz, also sozial und ökologisch, dass Sie da absolut auf dem richtigen Weg sind.«

Ich nickte zufrieden, doch innerlich wartete ich auf das große Aber.

»Nur, es ist so … vielleicht ist das Unity-Tower-Projekt dann doch etwas zu ambitioniert.«

Ich sah, dass sich auf der Stirn meines Vaters bereits die erste Sorgenfalte bildete.

»Sehen Sie, da haben sich einfach eine Menge unglücklicher Ereignisse verkettet, und nicht zuletzt müssen wir auch auf die öffentliche Meinung achten … Also, das Gremium zweifelt nun doch stark an Ihrem konzeptionellen Ansatz.«

Rhetorische Pause.

»Da ist einfach zu viel vorgefallen.«

Gudrun Bär klaubte eine Rispe roter Johannisbeeren aus dem Obstkorb und steckte sich ein paar der kleinen roten Früchte in den Mund. Lennart von Marsch wollte offenbar etwas einwerfen, aber eine Handbewegung der Oberbürgermeisterin stoppte ihn.

»Die jüngsten Ereignisse haben leider ein schlechtes Licht auf Ihr Baumanagement geworfen. Es wurde sich daher gegen die Wiederfreigabe der Zuschüsse ausgesprochen. Mit sechs zu drei Stimmen. Wobei ich hinzufügen möchte, dass ich lediglich die Überbringerin der schlechten Nachricht bin.«

Mein Vater erhob sich ruckartig von seinem Stuhl und trat ans Panoramafenster.

»Ich habe mich bis zum Schluss für Ihr Projekt eingesetzt. Aber bei einem so klaren Ergebnis konnte ich auch nichts mehr ausrichten, so sehr ich die andere Entscheidung begrüßt hätte. Tut mir leid«, sagte Gudrun Bär.

Ich horchte in mich hinein. Aber ich fühlte nichts. Gar nichts.

Mein Vater drehte sich um. »Ich würde sagen, das müssen wir erst einmal verdauen.«

»Was bedeutet das jetzt konkret? Ist unser Projekt gestorben?«, fragte ich.

»Jein«, entgegnete Gudrun Bär. »Ich würde es Glück im Unglück nennen. Diese Entscheidung des Gremiums betrifft nur die Zuschüsse aus dem Sozialtopf. Sie berührt nicht den Auftrag. Die Limberger Living bleibt weiterhin der Bauträger. Aber es ist immens wichtig, dass es keine weiteren Zwischenfälle gibt. Damit sich alles wieder beruhigt.«

Die Stille in unserem Konferenzraum war unüberhörbar laut.

»Wie gesagt, ich glaube wirklich sehr an Ihr Vorhaben. Ich habe es ja auch immer in der Öffentlichkeit verteidigt.«

Die Oberbürgermeisterin setzte ein professionelles Lächeln auf.

»Ich bin mir sicher, Sie werden im Handumdrehen eine andere Lösung finden, um die entstandene Finanzierungslücke zu schließen.«

»Das müssen wir dann wohl«, sagte mein Vater.

»Tja, und ich muss dann leider wieder los. Ein Termin jagt den nächsten. Furchtbar, ganz furchtbar. Aber dürfte ich mir vielleicht –« Sie deutete auf den Obstkorb. »Ich habe den ganzen Tag noch nichts gegessen.«

»Ach so, ja, selbstverständlich«, sagte Lennart von Marsch.

Wir sahen sprachlos dabei zu, wie unsere Oberbürgermeisterin eine Banane, zwei Äpfel und zwei Buttercroissants in Servietten einwickelte und sie dann in ihrer Handtasche verschwinden ließ.

»Nehmen Sie es gelassen«, sagte Gudrun Bär und erhob sich. »Ich bin sicher, Sie schaffen das. Es wäre ja auch zu schade um dieses fortschrittliche Bauprojekt.«

Lennart von Marsch brachte die Oberbürgermeisterin zum Fahrstuhl. Als er in den Konferenzraum zurückkehrte, wartete bereits ein Glas Whisky auf ihn, den mein Vater eingeschenkt hatte. Ich hatte dankend abgelehnt.

»So, Freunde, das war's dann wohl«, sagte er großspurig wie immer. »Das hat man also von sozial und ökologisch. Hätte mich auch gewundert, wenn man sich einmal auf das Wort der Politik hätte verlassen können.«

Mein Vater erhob sein Glas in Richtung von Marsch.

»Lennart, wie schnell schaffen Sie es, mir eine neue Finanzierungsstrategie auszuarbeiten?«

Ich hob eine Hand.

»Halt. Stopp. Wenn wir jetzt auf den alten Weg umschwenken, war alles umsonst. Wir haben doch darin übereingestimmt, dass wir die Limberger Living zukunftssicher machen wollen. Das kann man nicht einfach über Bord werfen, sobald der Wind mal etwas rauer wird. Im Gegenteil!«

Immerhin hörten mir die beiden zu.

»Wo andere noch immer den konservativen, alten Modellen hinterherlaufen, schlagen wir innovative Wege ein. Wir sind die Zukunft.«

Ich kam immer mehr in Fahrt.

»Wir haben doch schon mit Plan B begonnen. Wir nehmen diese Herausforderung an und sehen sie als Motivation, unser soziales Engagement –«

»Lisa! Lisa, bitte!«, rief mein Vater. »Dein Idealismus in allen Ehren. Aber wir sollten jetzt nichts mehr riskieren.«

»Wann denn sonst? Großes und Neues ist doch noch nie ohne Risiko entstanden. Wir können unser Projekt auch ohne öffentliche Zuschüsse umsetzen, davon bin ich überzeugt. Dann sind wir sogar freier in unseren unternehmerischen und planerischen Entscheidungen.«

»Ich fürchte, ein nüchterner Blick auf die Zahlen wird uns den Weg vorgeben. Lennart, wie sehen Sie das?«

Meine Miene gefror zu Eis. Und mein Herz folgte.

»Innovation ist keine Frage von Zahlen, sondern von Mut«, schoss ich einen letzten Pfeil ab.

Mein Vater antwortete nicht. Sein Zögern verriet mir, dass er das Wort Lennart von Marsch überlassen wollte. Und der genoss sichtlich den Moment, bevor er antwortete.

»Es ist ja kein Geheimnis, dass ich diesen sozialen Ansatz von Anfang an kritisch beurteilt habe. Daran hat sich nichts geändert.«

Er sah mich an.

»Lisa, es tut mir wirklich leid. Auch wenn wir grundverschiedene Sichtweisen haben, bitte ich dich, wenigstens zuzuhören. Was ich jetzt sage, sage ich nicht als dein Gegner, sondern als Realist.«

Lennart von Marsch erhob sich. Jeder seiner Schritte schien gewichtig. Jedes seiner Worte ebenfalls.

»Realisten imaginieren auch das Worst-Case-Szenario. Und einen Worst Case haben wir, wir stecken mittendrin. Von dieser Warte aus sieht es jedoch gar nicht so düster aus, wie man meinen könnte. Ich habe mir die Zahlen noch mal angeschaut und kann guten Gewissens sagen: Wir kommen da wieder raus. Und weißt du was, Lisa?«

Ich sah ihn abwartend an.

»Du hast mich am Low Point überzeugt! Der Weg aus der Krise führt nach vorne, nicht zurück.«

Mein Vater konnte seine Überraschung nicht verbergen. Und ich vermutlich auch nicht. Für einen winzigen Moment fühlte es sich an wie ein Etappensieg, bis Lennart von Marsch sein Mobiltelefon herausholte.

»Wenn ihr mich bitte entschuldigen würdet.«

»Du willst jetzt telefonieren, Lennart?«, fragte mein Vater verblüfft.

»Genau das will ich. Und zwar mit Gustav Gross –«

»Der Wunderwutzi von Dubai«, warf ich ein.

Lennart von Marsch lächelte süßlich.

»Wir sollten ihn treffen. Und zwar so schnell wie möglich.«

Mein Vater zuckte mit den Schultern.

»Alles, was hilft, ist hilfreich. Dann mach einen Termin mit ihm aus. Wir stehen ihm jederzeit zur Verfügung. Nicht wahr, Lisa?«

Es fiel mir schwer, mich zu beherrschen. Denn das war alles

nichts weiter als ein abgekartetes Spiel. Lennart von Marsch und mein Vater hatten dieses Worst-Case-Szenario mit Sicherheit gemeinsam geplant. Und hatten mich damit praktisch entmachtet. Doch was sie nicht wussten: Ich hatte noch zwei Trumpfkarten im Ärmel. Eine davon würde ich jetzt ausspielen.

40.
MAGDALENA

Dass es irgendwann passieren würde, war klar. Demenz ist schließlich ein unaufhaltsam fortschreitender Prozess. Dennoch hatte sich meine Mutter in ihren lichten Momenten mit all der ihr angeborenen Boshaftigkeit und mit Zähnen und Klauen dagegen gewehrt, ihre Wohnung zu verlassen. Aber dann war ihr Verfall schneller vorangeschritten als prognostiziert, und so lebte sie seit etwa drei Monaten dauerhaft in einem evangelischen Pflegeheim in Sendling.

Meine Mutter und ich, das war eine einzige Nichtbeziehung gewesen, von Anfang an. Deshalb war ich aus der großen Stadt in die Provinz abgehauen. Geflüchtet war ich. Doch jetzt war ich gezwungenermaßen wieder zurückgekehrt und merkte, dass meine Mutter noch immer die große Baustelle in meinem Leben darstellte, zu der mit Alina eine zweite hinzugekommen war. Tatsächlich wies das Verhältnis zu meiner Tochter sogar erschreckende Parallelen zu meiner eigenen Kindheit und Jugend auf. Nur warum das so war, hatte ich nie verstanden. War ich nicht immer eine liebevolle, besorgte und verständnisvolle Mutter gewesen, die alles, wirklich alles getan hatte, damit es ihrem Kind gut ging? Ich würde mindestens zehn Jahre auf der Couch eines Psychiaters liegen müssen, bevor ich eine befriedigende Antwort auf diese Frage erhalten hätte. Doch so viel Zeit hatte ich nicht – und wollte ich auch nicht investieren.

Immerhin verfügte meine Mutter über eine großartige Altersvorsorge, die sie meinem erfolgreichen Vater verdankte. Ihn hatte sie mit ihrer herrischen Art bereits Anfang sechzig ins Grab getrieben. Doch ich war ihm dankbar, denn so musste ich sie nicht auch noch von meinem schmalen Beamtinnengehalt unterstützen. Aber als ihre einzige Tochter war ich die nächste Verwandte, die in den vergangenen Wochen immer häufiger von der Pflegedienstleitung kontaktiert worden war.

»Hallo, Frau Kaltbrunner. Das ist bereits das ich weiß nicht wievielte Mal, dass wir versuchen, Sie zu erreichen. Ihre Mutter versagt uns mittlerweile jegliche Kooperation. Sie will sich nicht mal mehr beim Waschen helfen lassen. Wenn sich das nicht umgehend ändert, müssen wir ... sehen wir uns leider gezwungen, Ihre Mutter auf die Pflegestation zu verlegen. Bitte melden Sie sich doch mal zurück!«

Auch das noch. Aber ich musste mich jetzt wohl oder übel dort sehen lassen, damit man nicht auch mir mangelnde Kooperationsbereitschaft vorwerfen konnte und auf die Idee kam, den Vertrag zu kündigen. Ich freute mich schon auf die vorwurfsvollen Vorträge des Pflegepersonals.

Der Papierkram war rasch erledigt, und nachdem ich einige Unterschriften geleistet hatte, übergab man mir den Schlüssel zum Zimmer meiner Mutter. Ich hatte versucht, den Leuten klarzumachen, dass sich mein Interesse an ihrem Zustand in Grenzen hielt. Das mag sich unmenschlich anhören, aber niemand ahnte, wie unmenschlich das Leben mit ihr gewesen war.

Ohne anzuklopfen, betrat ich ihr Zimmer. Ich hatte mich breitschlagen lassen, es mit dem Duschen wenigstens zu versuchen. Dass es keinen Sinn hatte, meine Mutter – dement oder nicht – von irgendetwas überzeugen zu wollen, war ungehört verklungen.

Ich kam in eine grüne Hölle. Meine Mutter hatte schon immer lieber mit Zimmerpflanzen kommuniziert als mit Menschen. Orchideen lagen ihr besonders am Herzen, und so lag über dem Zimmer ein undefinierbarer, schwerer, süßlicher Duft. Gesund war das meiner Ansicht nach nicht.

Sie sah grässlich aus. Ihr ergrautes Haar war strähnig und fettig. In ihrem Gesicht unübersehbare Spuren von Grind. Sie trug eine Jogginghose und ein bekleckertes T-Shirt, darüber eine dicke Wolljacke. Sie fing sofort an zu meckern, als sie mich sah. Auch wenn sie mich gar nicht erkannte.

»Seit Tagen lässt man mich nicht mehr baden. Wie in einer Anstalt ist das hier. Und das können Sie gerne auch mal meiner nichtsnutzigen Tochter ausrichten!«, rief sie empört.

»Mutter, was soll der Scheiß. Wenn die dich waschen wollen, lass sie doch bitte!«

Sie kam nahe heran und kniff die Augen zusammen.

»Sie sehen ihr tatsächlich ähnlich. Aber meine Tochter ist viel jünger. Ich habe von solchen Tricks gelesen. Sie werden mich nicht –«

»Tut mir leid, wenn ich dich enttäusche, Mutter. Aber auch ich werde älter.«

Ich öffnete das Fenster, um ein wenig frische Luft hereinzulassen. Meine Mutter blieb stehen, wo sie war, eine kleine Gießkanne aus grünem Plastik in der Hand, und wusste nicht weiter.

»Es zieht«, sagte sie schließlich, »machen Sie das Fenster zu!«

Zwischen zwei Orchideen entdeckte ich ein Foto von Alina. Der Blick meiner Mutter folgte mir.

»Ein reizendes Mädchen. Sie hilft mir mit den Pflanzen.«

Ein Schauer rieselte mir über den Rücken.

»War sie hier?«, rief ich.

Meine Mutter schaute mich mit großen Augen an.

»Natürlich, das ist schließlich meine Enkelin.«

»Alina war hier? Wann?«

Aber sie schüttelte nur den Kopf.

»Das geht Sie wirklich nichts an.«

Ich packte meine Mutter an den Schultern.

»Du hast Alina in deine Wohnung gelassen?«

»Sie soll meine Blumen gießen.« Unvermittelt drückte sie auf den Alarmknopf, das Gerät hing an einer Kordel um ihren faltigen Hals.

»Du verdammte alte Hexe!«, stieß ich hervor und flüchtete aus ihrem Zimmer.

41.
JANOSCH

Ich wusste nicht, wie lange ich durch die Stadt gelaufen war. Irgendwann stand ich vor Andrés Concept Store, als ob mich die Vorsehung hergeführt hätte. Vielleicht war mir aber auch einfach nur kalt, und der Gedanke an meinen Kontostand hatte sein Übriges getan. Mit einem Fünfziger würde ich nicht weit kommen.

Ich enterte Andrés Laden, als er gerade zwei Kundinnen Champagner servierte. Die beiden Schicksen probierten sich durch eine neue Kollektion Designerhüte.

»Darf ich Ihnen etwas anbieten? Mit einem Glas Champagner lassen sich Entscheidungen gleich viel angenehmer treffen«, sagte André.

Als er mich sah, runzelte er missbilligend die Stirn.

»Wenn mich die Damen bitte kurz entschuldigen wollen!«

Ich lehnte am Tresen und wartete auf das obligatorische Begrüßungsküsschen, doch André verhielt sich merkwürdig kühl.

»Hallo, Schatz!«, sagte ich dennoch, und als ich darauf keine Antwort bekam, machte ich gleich weiter. »Du, könnte ich bitte einen Vorschuss bekommen?«

»Einen Vorschuss?« Er sah mich an, also ob er gerade eine Krebsdiagnose erhalten hätte. »Du meinst das ernst, oder?«

Ich nickte, aber langsam dämmerte selbst mir, dass irgendwas nicht stimmte.

»Janosch, du kommst einfach nicht zur Arbeit. Lässt dich überhaupt nicht mehr blicken. Du beantwortest meine Anrufe nicht. Du lässt mich hängen. Und jetzt fragst du mich nach einem Vorschuss?«

»Manchmal gibt es Wichtigeres. Schon mal davon gehört?«

André zuckte gelangweilt die Schultern.

Ich versuchte es auf die Mitleidstour. »Mir geht's vielleicht gerade nicht so gut.«

»So kann man sich trotzdem nicht benehmen, Janosch. Nicht im Job und auch nicht privat.«

»O mein Gott, du hörst dich an wie mein Vater!«, sagte ich, vermutlich eine Spur zu laut. Andrés Kundinnen riskierten einen neugierigen Blick. »Das kann ich jetzt echt nicht brauchen, André.«

Er trat so dicht an mich heran, dass ich sein Parfüm riechen konnte.

»Und ich kann keine Mitarbeiter brauchen, auf die ich mich nicht verlassen kann –«

»Mitarbeiter?«

»Und die mir nur auf der Tasche liegen!«

»What?« Hatte ich mich da eben verhört?

»Ich dachte, du wärst reifer für dein Alter. War wohl ein Irrtum.«

»Okay, verstehe, du willst den happy-peppy Janosch. Wie alle anderen auch. Was ist, wenn es den gar nicht mehr gibt?«

André winkte ab und sah mich mitleidig an.

»Sorry. Bei postpubertärer Sinnkrise bin ich raus.«

»Weißt du was, André? Fuck you.«

André nickte. So gut kannten wir uns doch, dass er wusste, was er jetzt von mir erwarten durfte. Und er bekam es. Ich schlenderte zu den beiden Kundinnen hinüber.

»Darf ich Sie darauf aufmerksam machen, dass diese Hüte wie Vogelnester auf Ihren Köpfen aussehen? Kein Wunder, bei diesem billigen Asiaschrott. Von Kinderhänden genäht. Viel Spaß damit!«

Und dann war ich draußen. Stand im kalten Wind der Maximilianstraße wie festgefroren und wusste nicht, wohin. Eben, während meines kurzen Auftritts, hatte ich mich noch ganz gut gefühlt.

André hatte sich wie das letzte Arschloch verhalten, selbst schuld. Aber kaum, dass die Glastür seines Ladens hinter mir ins Schloss gefallen war, floss das Adrenalin ab, und ich fiel tiefer und tiefer. Ich stand einfach da und starrte vor mich hin, merkte nicht einmal, dass André herauskam und brüllte, ich solle mich schleunigst verpissen.

42.
MAGDALENA

In der Wohnung meiner Mutter war in den Siebzigerjahren die Zeit stehen geblieben. Ich war schon lange nicht mehr hier gewesen. Das letzte Mal zu ihrem sechzigsten Geburtstag, und dieses kurze Aufeinandertreffen war inzwischen gut acht Jahre her. Nach nicht einmal einer halben Stunde hatten wir uns nur noch angebrüllt, und ich war gegangen, bevor ich Gefahr lief, sie zu erwürgen.

Auch hier hatte man das Gefühl, ein Gewächshaus zu betreten. Auf allen Fensterbänken standen Topfpflanzen, nur die Phalaenopsis hatte einen Ehrenplatz – neben dem Röhrenfernseher. Gegossen hatte sie allerdings schon seit einer Weile niemand mehr. Die hängenden Blüten und schlaffen Blätter sprachen für sich. Doch es war geheizt, und in der Küche stapelte sich gebrauchtes Geschirr, vor allem Suppenteller mit angetrockneter Tomatensauce.

»Alina«, rief ich leise, »bist du hier?«

Ich bekam natürlich keine Antwort, doch die Wohnung meiner Mutter hatte auf keinen Fall drei Monate leer gestanden. Auch das Bad war benutzt worden, und wenn es noch eines letzten Beweises bedurft hatte, so waren es ihre Klamotten, die Alina in meinem alten Kinderzimmer verstreut hatte. Ich fand den Rucksack mit dem lustigen Äffchen am Reißverschluss, den ich ihr kurz vor ihrem Verschwinden geschenkt hatte.

Ich versuchte, meine Emotionen zu unterdrücken und mich professionell zu verhalten. Wie eine Ermittlerin, die an einen Tatort gerufen wird. Ich setzte mich aufs ungemachte Bett und begann, Alinas Bekleidung zu durchsuchen. Jede Tasche, jede Naht. Dann kam ihr Rucksack dran. Doch ich fand nichts. Keinen einzigen

Hinweis darauf, wo sie jetzt sein könnte. Und wenn ich mich recht erinnerte, hatte sie keins dieser Kleidungsstücke auf dem Rave in den Katakomben getragen.

Nicht, dass das irgendetwas besser machte.

Mein Jugendzimmer verschwamm vor meinen Augen. Die Tränen, die ich so lange unterdrückt hatte, flossen in Strömen. Minutenlang verharrte ich als heulendes Elend auf dem Bett, in dem Alina noch bis vor Kurzem geschlafen hatte. Doch irgendwann war der Anfall vorbei. Ich wischte mir die Tränen aus dem Gesicht, riss mich zusammen und ging zu meinem alten Schreibtisch hinüber, dessen Oberfläche mit Pferdeabziehbildern und kleinen Klebeherzchen verziert war. Ich öffnete die Schublade und entdeckte unter den abgenagten Stiften, einem Zirkelkasten und einem Rechenschieber, zerkratzten Linealen und einem Geodreieck, Gummibändern, Radiergummis, einem Anspitzer und Stricknadeln ein abgegriffenes Heft, das mir bekannt vorkam. O mein Gott, sie hatte es tatsächlich aufbewahrt. Aber hatte sie es auch gelesen? Es war ein dickes, gebundenes Schulheft mit linierten Seiten. Auf dem blassgrünen Einband stand nichts geschrieben, doch dafür hatte ich damals mit einem dicken roten Filzstift auf der ersten Seite unmissverständlich klargestellt, worum es sich handelte: EIGENTUM VON MAGDALENA KALTBRUNNER. WENN SIE DIESES TAGEBUCH FINDEN, VERBRENNEN SIE ES!

Ich blätterte um und begann zu lesen, was ich damals als Vierzehnjährige aufgeschrieben hatte, mit Füller, in der geschwungenen, runden Handschrift eines Teenagers. Doch schon nach wenigen Seiten kamen mir schon wieder die Tränen, und ich klappte das Heft zu. Die Erinnerungen waren zu schmerzhaft.

Ich kramte nach einem Zettel.

WENN DU DAS HIER LIEST, WIRST DU SEHEN, DASS ICH DICH WIRKLICH VERSTEHE! BITTE, MELDE DICH – MAMA.

Ich platzierte mein Tagebuch auf Alinas Rucksack, klemmte meine Nachricht zwischen den Einband und die erste Seite und verließ dann die Wohnung meiner Mutter – jedoch nicht, ohne rasch noch ihre verdammten Blumen gegossen zu haben.

Als ich hinaus auf die Straße trat, stand Dominik Liebknecht neben meinem Auto.

»Alles okay bei dir, Magdalena?«, fragte er.

»Was soll der Scheiß? Stalkst du mich jetzt etwa?« Jetzt, wo wir mehr oder weniger privat waren, konnten wir das Gesieze eigentlich auch sein lassen.

»Ich hatte das Gefühl, du könntest etwas Unüberlegtes tun. Ich … ach was, keine Ahnung.«

Er rieb seine Handflächen gegeneinander. »Was tust du hier?«

»Echt jetzt?«

»Können wir vielleicht einsteigen? Es ist kalt, wenn man eine Weile draußen herumsteht.«

Ich war nicht begeistert. Vor allem deswegen nicht, weil ich absolut keine Lust hatte, unseren Beziehungsstatus zu diskutieren. Aber schließlich gab ich doch nach.

»Steig schon ein«, sagte ich und drückte die Fernbedienung. Die Verriegelungsknöpfe meiner zerbeulten Karre sprangen hoch. Liebknecht öffnete die Tür, nahm seinen City-Rucksack ab und auf dem Beifahrersitz Platz.

Ich ließ den Motor an und stellte die Heizung auf die höchste Stufe.

»Wenn du es genau wissen willst: Meine Mutter lebte hier.«

Er schwieg, und ich fühlte mich genötigt, weiterzureden.

Ich seufzte.

»Sie kommt nicht mehr allein klar. Braucht Hilfe. Alzheimer. Und mit ihr und mir – es ist einfach nicht gut.«

»Keine gute Beziehung?«

Ich schüttelte den Kopf.

»Wenigstens hast du noch eine Mutter. Meine ist gestorben, als ich ein Baby war.«

»Das habe ich mir mehr als einmal gewünscht.«

»Glaub mir, man fühlt sich damit auch nicht besser«, sagte er.

»Tut mir leid, Dominik.«

Er zögerte. Ich merkte, dass er über etwas sprechen wollte.

»Diese Dealerin, die du suchst, das ist nicht bloß irgendeine Dealerin, oder?«

Ich fühlte mich erleichtert und gleichzeitig ertappt.

»Nein«, gab ich zu.

»Deine Tochter?«

Verdammte Scheiße.

»War auch nicht ganz einfach zwischen uns. Schulprobleme, falsche Freunde, Diebstähle, Drogen – das volle Programm. Und die Mutter Polizistin.«

Liebknecht schwieg geduldig. Was hatte ich schon zu verlieren?

»Weißt du, Dominik, ich habe mit aller Macht versucht, die Fehler meiner Mutter zu vermeiden. Aber Alina – wir haben uns am Ende beinahe täglich gestritten, und eines Abends –«

Ich brach ab. Leicht war das trotzdem nicht.

»Was ist passiert?«

»Eines Abends habe ich gespürt, dass Alina meine Nähe sucht. Kam nicht so oft vor. Wir saßen in der Küche, damals noch in Regensburg, und ich wusste, sie will mich was fragen, aber sie bringt's nicht raus. Ich hätte ihr helfen müssen, ihr eine Brücke bauen, das Gespräch suchen. Aber ich saß nur da und habe abgewartet. Sollte sie doch zusehen. Irgendwann sagte ich: ›Na, da kannst du ja jetzt auch den Müll rausbringen.‹ Und Alina steht auf und geht in ihr Zimmer. Wortlos, wie immer. Am nächsten Tag war sie weg, als ich heimkam. Kein Wort, kein Brief, kein Abschied.«

»Das muss schwer gewesen sein.«

»Über zwei Jahre hatte ich nicht das kleinste Lebenszeichen von ihr. Da stoße ich zufällig auf ein Foto in einem Münchner Partyblog. München. Alina ist in München. Ausgerechnet hier. Ich hasse diese Stadt.«

Ich kramte mein Handy hervor und zeigte ihm den Schnappschuss, auf dem Alina unter fröhlich feiernden Jugendlichen zu sehen war.

»Danach habe ich die sofortige Versetzung beantragt und bin drei Monate später umgezogen. Seitdem suche ich in München nach Alina. Und hatte sie sogar gefunden. Auf diesem scheiß Rave. Und, was mache ich? Wieder alles falsch. Ich schreie sie an, und sie haut ab. Dabei wollte ich mich doch nur bei ihr entschuldigen.«

Ich begann zu schluchzen. Dominik Liebknecht blieb sachlich.

»Warum hast du keine Vermisstenanzeige aufgegeben?«

»Damit sie in den Knast wandert? Ich hatte sie beim Dealen beobachtet!«

In diesem Moment vibrierte mein Handy. Eine Nachricht poppte auf: ALTES REIFENLAGER NEBEN STILLGELEGTER U-BAHN-STATION. NORDSEITE. DA WURDE SIE ZULETZT GESEHEN. DANKE FÜR DEN DEAL. C.

Plötzlich hatte ich es verdammt eilig.

»So, nun weißt du es. Und jetzt raus aus meinem Auto!« Dominik Liebknecht zögerte. »Und hören *Sie* bitte auf, mich zu stalken.« Schluss mit der privaten Session.

43.
LISA

Das *Cuba* war eine Bar in Schwabing, die ich noch nicht kannte. Sie musste ziemlich neu sein, die Einrichtung jedoch war stylish abgeranzt. Küchentische aus den Fünfzigern, drum herum standen die passenden Stühle, bunt lasiert. Die Salsamusik war höllisch laut, obwohl die Bar nur spärlich besucht war. Ich entdeckte Ted Greenbaum am Ende des Tresens. Er war in sein Mobiltelefon vertieft. Über ihm an der Wand prangte ein überlebensgroßes Pop-Art-Poster von Che Guevara. Ich schälte mich aus meinem Oversize-Pulli und holte ihn mit einem Klopfen aus dem digitalen Tunnel.

»Bitte entschuldige, ich bin ein bisschen spät dran.«

»Schön, dass du da bist«, entgegnete er. »Was willst du trinken?«

Ich deutete auf sein halb volles Cocktailglas. »Was ist das?«

»Michelada!«, sagte er und ließ mich probieren.

»Oha! Ein Bloody-Mary-Radler«, sagte ich, »das ist gut!«

Ted Greenbaum bestellte zwei Micheladas. Ich kletterte auf den Barhocker und war nun endlich angekommen.

»Deine Präsentation war total inspirierend. Und du hast die Leute damit echt gekriegt. Kein Wunder, dass *Share a Bite* so durch die Decke geht. Ich bin dir jedenfalls sehr dankbar, dass du uns in deinen *busy schedule* gepackt hast.«

»Ich hatte sowieso ein paar Tage München eingeplant. Passte also gut. Mein Loft ist gleich hier um die Ecke.«

»Ach ja?«

Er sah mich nur lächelnd an und sagte: »Wenn man das Richtige tut, ist der innere Stress plötzlich weg.«

»Mir kommt es vor, als bekäme ich dadurch noch mehr Stress von außen.«

»Vielleicht stimmt dann mit deinem Außen etwas nicht.«

»Kann sein. Aber jetzt ist mir das gerade egal«, sagte ich und erhob mein Glas Michelada, um mit Ted Greenbaum anzustoßen.

»Ich kann mich noch genau erinnern, wie ich zum ersten Mal etwas in einen deiner Spendenkühlschränke gestellt habe.«

»Echt? Hast du?«

Und schon waren wir mitten im Gespräch, und ich genoss es.

»Ja, als ich einmal spontan für unsere Firma verreisen musste. Unser erstes japanisches Projekt. Einen Tag vorher hatte ich meinen eigenen Kühlschrank gefüllt. Die Lebensmittel wären verdorben. Also hab ich sie zu *Share a Bite* gebracht.«

»Man muss es den Leuten eben leicht machen zu helfen. Dann geht das auch in unserer schnelllebigen Gesellschaft. Nächstenliebe 2.0 ist mein Credo. Und wie war Japan?«

»Vergiss es. Eine Schnapsidee unseres Geschäftsführers. Hat nur Geld gekostet.«

»Du musst mir mal erklären, was euer 50/50-Konzept bedeutet.«

Das brauchte er nicht zweimal fragen, schließlich stammte diese Idee von mir.

»Ganz einfach, vermögende Käufer zahlen mehr für ihre Quadratmeter, und der Überschuss geht in einen Fonds, der Geringerverdienern den Einstieg in den Immobilienmarkt respektive bezahlbare Mieten ermöglicht. Soziales Bauen 2.0, das ist mein Credo. Aber dazu brauchen wir sozial tickende Investoren!«

»Warst du mal in Südamerika, Lisa?«

Ich schüttelte den Kopf.

»Dort frage ich mich immer, was den Reichen ihre Kohle eigentlich bringt, wenn sie sich in einer Gated Community verbarrikadieren müssen.«

In diesem Punkt waren wir uns schon mal einig.

»Ursprünglich wollte ich mit dem Unity Tower noch viel konkretere Integration schaffen. Eine echte Begegnung von Unten und

Oben. Konsumräume neben Luxusappartements sozusagen. So hätte man direkte Verantwortung erreicht, wegschauen ausgeschlossen.«

Ted Greenbaum nickte anerkennend, aber da lag noch mehr in seinem Blick.

»Das musste ich natürlich streichen. Denn die Stadt München verbietet Heroin, also gibt es auch keine Heroinabhängigen. Nennen wir es bayerische Logik. Nur kriminalisiert man damit kranke Menschen und drängt sie in die Unsichtbarkeit. Aber für richtige Anarchie ist unsere Firma wohl einfach zu brav. Noch!«

»Für seine Ideale zu kämpfen ist wichtig. Ohne Revolution keine Veränderung. Und ohne Widerstand keine Revolution!«, sagte er. »Und ohne Revolution kein Gemeinwohl.« Er wandte seine dunkelbraunen Augen ab und ließ den Blick hoch zu Che Guevara wandern. Plötzlich hob er die rechte Faust.

»Weißt du was, Lisa, Projekte wie euer 50/50 und *Share a Bite* könnten eine Zukunft erschaffen, in der man gern leben möchte. Und wenn du willst, lass uns zusammen was starten. Viva la revolución! Los, du musst deinen rechten Arm heben und eine Faust machen! Und jetzt sag es!«

»Viva la revolución!«, flüsterte ich.

»Lauter!«

»Viva la revolución!«, rief ich.

»Und jetzt zusammen!«

»Viva la revolución!«

»Sehr gut«, sagte Ted Greenbaum und winkte den Barkeeper heran. »Machst du uns bitte noch zwei Michelada?«

44.
MAX

Inzwischen war ich überzeugt davon, dass wir aus diesem Drecksloch nicht mehr lebend herauskommen würden. Die Leute, die uns hier gefangen hielten, hatten vermutlich zu viele Kriegsfilme gesehen und sich aus jedem die mieseste Methode abgeguckt. Zu enge Fesseln, Knebel, Kälte, Schlafentzug, kaum Essen, kaum Wasser, kaum Kontakt zu unseren Entführern. Immerhin wurden wir nicht gefoltert. Wobei die elende Ungewissheit sicher schon unter Psychoterror fiel. Ich hatte inzwischen aufgehört zu überlegen, warum und wieso wir festgehalten wurden. Ich hatte inzwischen auch aufgehört, mir großartig Gedanken über Wenzel zu machen, dem es entschieden beschissener ging als mir. Dafür dachte ich ganz egoistisch an mein eigenes Überleben. Nicht schön, schon klar, andererseits rechtfertigt eine ausweglose Situation so einiges.

Mir tat alles weh. Besonders schmerzhaft war die Entzündung um meine Mundwinkel herum, die der Knebel wund gerieben hatte. Außerdem hatte ich das Zeitgefühl verloren. War es Tag oder Nacht? Ich wusste es nicht mehr.

Doch dann spürte ich im Halbschlaf auf einmal eine knochige Hand auf der Schulter. Und ich hörte ein angestrengtes Keuchen. Jemand nahm mir die Augenbinde ab. Es dauerte ein paar Sekunden, bis sich meine Augen daran gewöhnten. Eine weibliche Stimme mit starkem Akzent flüsterte mir etwas zu.

»Du bleiben ganz ruhig, ja? Bis ich sagen, du kannst gehen.«

Ich erkannte die Frau, die in unserem ersten Gefängnis Blut gehustet hatte. Ich wusste, dass sie Lilijana hieß und einen Sohn namens Elion hatte, aber ich verzichtete auf jedes Wort, sondern nickte nur ergeben. Sie hatte eine Petroleumlampe dabei. Im funzligen Licht erkannte ich ein großes Lager mit Hunderten gestapelter Autoreifen.

»Ich schneiden dich jetzt los. Du ganz leise sein!«

Sie durchtrennte das Gaffa-Tape um meine Fußknöchel mit einem Cuttermesser. Ich streckte reflexartig die Beine aus. Meine Knie knackten.

Sekunden später waren auch meine Hände frei.

»Steh auf jetzt!«

Aber das war leichter gesagt als getan. Ich benötigte mehrere Anläufe, fiel ein paarmal hin, und als ich mich dann endlich in der Senkrechten befand, drehte sich alles.

»Du dich beeilen. Komm mit!«

Lilijana hob die Petroleumlampe auf und bedeutete mir mit einer Handbewegung, ihr zu folgen.

Ich stützte mich an einem Reifenstapel ab und zeigte auf Wenzel. Ganz egal war mir doch nicht, was mit ihm geschah.

»Er kommt mit«, sagte ich.

Sie schüttelte den Kopf.

»Doch. Ich kann ihn hier nicht alleine lassen.«

»Deine Entscheidung. Du gehst allein oder du gehst nicht.«

Ich zögerte. Die Erinnerung daran, wie Alina leblos auf dem Boden gelegen hatte, war noch frisch.

»Was ist? Wir uns um deinen Freund kümmern«, sagte sie. »Aber du musst jetzt gehen, sonst kommst du nie mehr raus.«

»Wieso helfen Sie mir?«

Sie zuckte mit den Schultern.

»Bitte …«

»Weil ich so entschieden habe.«

Ob sie Lösegeld bekommen hatten? Aber wenn, warum dann nicht auch für Wenzel?

Lilijana schwieg und öffnete unter größten Mühen und schließlich nur mit meiner Hilfe eine schwere Stahltür, die hinaus auf einen Gang führte. Ich nahm an, dass ich mich noch immer in den Katakomben befand. Wenzel rührte sich nicht. Sobald ich hier raus wäre, würde ich sofort die Polizei benachrichtigen. Er musste dann nur ein bisschen durchhalten. Also folgte ich meiner Befreierin hinaus auf den Gang.

Lilijana zupfte an meinem Ärmel und zeigte in eine Richtung.

»Du gehst geradeaus, bis nicht mehr weitergeht. Dort Tür auf linke Seite, dann Raum mit Fenster. Das ist alles. Und jetzt schnell!«

Sie blies den Docht der Petroleumlampe aus. Als ich mich umdrehte, hatte die Dunkelheit sie bereits verschluckt. Einen Moment lang überlegte ich, zurück ins Lager zu schleichen und Wenzel zu holen, aber dann hörte ich Stimmen aus der Richtung, in die meiner Retterin verschwunden war. Ob das ein Fake war? Hatte Lilijana mir eine Falle gestellt? Scheiß drauf, ich hatte nichts zu verlieren und sollte mich besser beeilen, wenn ich Wenzel noch lebend da rausholen wollte. Ich setzte vorsichtig einen Fuß vor den anderen und hielt meine Arme ausgestreckt, damit ich nicht irgendwo dagegenlief. Die Stimmen hinter mir wurden lauter. Ich konnte hören, wie die Stahltür geöffnet wurde, und plötzlich lautes Schreien. Ich versuchte, schneller voranzukommen. Doch der verdammte Gang schien kein Ende zu nehmen, jedes Mal nur eine weitere Biegung. Die Stimmen kamen immer näher, man verfolgte mich.

Dann prallte ich doch gegen eine Wand. Ich tastete nach links und spürte Stahl, das rostige Türblatt, und schließlich umklammerten meine Finger eine Klinke. Ich drückte sie herunter und öffnete die Tür. Mein Herz raste, doch Lilijana hatte nicht gelogen: Ich war in einem kleinen, vollkommen leeren Raum gelandet, an dessen Stirnseite sich ein Fenster befand. Durch die verdreckte Scheibe fiel Tageslicht, und ich erkannte, dass der Raum ebenerdig lag. Das Fenster ließ sich nicht öffnen, nur quer in der Mitte ankippen, und so stemmte ich mich mit allerletzter Kraft in den Stütz, schaffte es irgendwie, mich hinauszuwinden, und landete unsanft auf dem Boden. Als ich mich aufrappelte, stand ich vor einer steilen Böschung; links und rechts führte ein holperiger, gepflasterter Weg an einer Industriebrache entlang. Ich entschied, die Böschung hochzukriechen.

Und dann wurde es schlagartig dunkel.

45.
JANOSCH

Sich einsam zu fühlen ist immer scheiße. Aber sich in einem Münchner U-Bahnhof frierend einsam zu fühlen, ist richtig scheiße. Und wenn dich dann noch die U-Bahn-Wache mit ihrem Hund belästigt, wird es kriminell.

»Hey! Du! Du kannst hier nicht schlafen!«, sagte der Hundeführer und stupste mich mit seinem Stiefel.

Ich machte keine Anstalten. Meine Ruhe war alles, was ich wollte.

»Pass auf, Freundchen, du krepierst mir nicht in meiner Schicht. Schleich dich jetzt!«

Die beiden Deppen dachten wohl, ich wäre ein Junkie.

»Ernsthaft? Seid ihr bescheuert? Schau ich vielleicht aus wie –?«

Aber es hatte ja überhaupt keinen Sinn. Außerdem knurrte der Köter.

»Okay!«, sagte ich, hob entschuldigend die Hand und trollte mich.

»So ist's recht«, sagte der Hundeführer.

Als ich in Richtung Ausgang schlenderte, traute ich meinen Augen nicht. Denn dort stand der alte Katazombie, dem ich nun schon zweimal begegnet war.

»Hey!«, rief ich, doch er ging einfach weiter, an den Rolltreppen vorbei und in den U-Bahn-Tunnel hinein. Ich drehte mich um. Von den Ordnungshütern war nichts mehr zu sehen.

»Hey, bleib doch mal stehen!«

Dann gab ich Gas. Nach einem kurzen Sprint hatte ich ihn eingeholt. Ich hielt ihn am Ärmel seines verdreckten Mantels fest und riss ihn herum.

»Ich bin nicht Meral, verdammte Scheiße!«

Er sah mich schweigend an. Ein sanftes, wissendes Lächeln umspielte seine Lippen. Meine Wut zerstob in Millionen Atome.

»Wer ist Meral?«

Aber der Alte lächelte nur.

Das Geräusch einer herankommenden U-Bahn schreckte mich auf. Daran hatte ich nicht gedacht. Passte ein Mensch zwischen Tunnel und Zug? Bevor ich in Panik geraten konnte, deutete der Alte auf einen Durchgang in der Tunnelwand ein paar Meter weiter.

»Da lang?«, fragte ich. Ich hörte, wie sich die Türen der U-Bahn schlossen. Die Stromschiene neben meinen Füßen begann zu summen. Der Alte nickte. Und ich folgte ihm.

Schon nach wenigen Metern hatte ich die Orientierung verloren. Ich war in den Katakomben, klar, aber wo und wie würde ich hier wieder rauskommen? Nach ein paar Minuten betraten wir ein kleines Gewölbe, in dem Dutzende Kerzen brannten. An den gemauerten Wänden hingen Fotos, daneben kleine Gegenstände, die vermutlich den Menschen auf den Bildern gehört hatten.

»Das sind die Verschwundenen«, raunte der Alte.

»Wer?«

»Schau sie dir ganz genau an. Lass dir Zeit. Dies hier ist die Kammer der Erinnerungen. Erst wenn die Verschwundenen vergessen werden, verschwinden sie für immer.«

Ich betrachtete Foto um Foto. So viele junge Leute waren darunter, jüngere Menschen als ich, und ich fragte mich im Stillen, ob sie tot waren.

Der Alte summte vor sich hin.

Plötzlich entdeckte ich ein Porträt, das mir das Blut in den Adern gefrieren ließ. Es zeigte einen Jungen, der mir wie aus dem Gesicht geschnitten war. Der alte Mann deutete lächelnd auf das Foto und dann auf mich.

»Meral«, sagte er.

Ich stand da wie paralysiert. Dann zückte ich mein Handy und fotografierte meinen Doppelgänger.

»Sind alle hier gestorben?«

»Nein. Sie sind verschwunden«, entgegnete er.

»Könnten sie zurückkommen?«

»Eher unwahrscheinlich.«

Ich machte noch mehrere Aufnahmen, doch als ich mich nach dem Alten umdrehte, war er verschwunden.

46.
NELLIE

Tyler erwartete mich in der Mitte des Bahnsteigs. »Du bist zu spät«, sagte sie zur Begrüßung.

»Beschwer dich bei den Verkehrsbetrieben. Außerdem musste ich noch schnell fünfzehntausend Euro besorgen, erinnerst du dich?« Ich deutete auf meine Gürteltasche.

»Das war sicher hart«, sagte sie und streckte die Hand nach meiner Tasche aus.

Wie witzig, dachte ich. »Ich will erst ein Lebenszeichen von Max.«

Sie lachte laut auf.

»Ich mein es ernst!«

Sie packte mein Handgelenk. »Die Leute, die deinen Bruder haben, meinen es auch ernst.«

Dann drehte sie sich um und ging los. Ich umklammerte die Tasche mit dem Geld und folgte ihr. Hinein in den U-Bahn-Tunnel und von dort in die Katakomben.

»Was, wenn ich die Polizei eingeschaltet hätte?«, fragte ich, während ich hinter ihr herstolperte.

»Dann wäre dein Bruder jetzt tot.«

»Und was hast du mit denen zu tun?«

»Nichts. Ich habe dich bloß rumgeführt. So was bleibt hier unten nicht unbemerkt.«

Wir liefen schweigend weiter, bis Tyler unvermittelt vor einer schweren Stahltür stehen blieb. Wieder streckte sie die Hand aus.

»Das Geld!«

»Nee. Erst will ich meinen Bruder sehen.«

Sie hatte sich inzwischen am Schloss zu schaffen gemacht und rief plötzlich laut Fuck, dann stieß sie hektisch die Tür auf.

»Wow. Sammelt ihr Autoreifen?«

»Halt die Klappe.«

»Was ist denn los?«

Sie betrat das Lager. Schaute sich entsetzt um, bückte sich und hob mehrere zerschnittene Kabelbinder und einen Knebel vom Boden auf.

»Fuck! Das ist fuck!«, rief sie. »Verdammt, wir müssen Spider finden!«

»Wo ist Max?«, fragte ich. Sie schubste mich zurück in den Gang.

»Hier lang«, sagte sie und rannte los. Ich versuchte, ihr zu folgen, doch schon an der nächsten Ecke sackte Tyler zusammen. Aus der Dunkelheit tauchten mehrere Gestalten auf. Eine korpulente Frau in Militärklamotten stellte sich in Positur und schwang einen Gummiknüppel. Tyler rappelte sich stöhnend vom Boden auf und hielt sich den Magen.

»Scheiße, Salamander! Wozu das denn?«

»Sie gehört hier nicht her!«, sagte die Frau. Sie zeigte mit ihrem Gummiknüppel auf mich.

»Hör damit auf. Weg da, lasst uns durch!«, schrie Tyler.

»Du kannst auch gleich verschwinden, Tyler. Wegen dir ist alles in Gefahr!«

»Wo ist Spider?«, fragte Tyler

»Nimm deine kleine reiche Freundin und verpiss dich!«, lautete die Antwort.

Tyler schlug zu. Salamander war sichtlich überrascht, aber nach einer Schrecksekunde gingen sie und die anderen sofort zum Gegenangriff über. Gegen diese Übermacht hatte Tyler keine Chance. Sie ging erneut zu Boden. Ein Stiefel traf sie am Kopf.

»Stopp!«, schrie ich. »Stopp! Sofort aufhören! Ich will jetzt wissen, was hier los ist. Wo ist mein Bruder?«

Ich zog ein paar Scheine aus meinem Geldtäschchen und hielt sie den Schlägern vor die Nase.

»Salamander, ihr Bruder war im Reifenlager. Spider hat irgendwas mit den beiden Jungs vor, keine Ahnung, aber wenn wir sie nicht so schnell wie möglich finden, gibt es eine Katastrophe hier unten. Ihr müsst uns helfen, bitte!«

Salamander starrte wie gebannt auf die Euroscheine, die ich in der Hand hielt. Ein Fingerschnipp von ihr, und knapp tausend Euro wechselten die Besitzerin.

»Ich habe ihn am Bahnhof gesehen. Das war vor ein paar Stunden. Wenn dir das hilft.«

Die Unsichtbaren zogen sich zurück in die Dunkelheit. Tyler blutete leicht aus ihrer aufgeplatzten Oberlippe.

»Wer ist Spider?«, wollte ich wissen.

»Hilf mir mal hoch«, sagte Tyler. Ich nahm ihre Hand, und als sie wieder stand, legte sie den Arm um mich.

»Hör mal, wir finden deinen Bruder. Okay?«

Ich ließ ihre Nähe zu. Es war nur ein Moment, aber er würde uns in den kommenden Stunden und Tagen zusammenschweißen. Nur wusste ich das zu diesem Zeitpunkt noch nicht.

»Und jetzt?«, fragte ich, als wir zehn Minuten später wieder auf dem U-Bahnsteig standen.

»Du gehst nach Hause, und ich werde versuchen, Spider zu finden«, sagte sie. »Du kannst dich darauf verlassen.«

Doch ich hörte sie schon nicht mehr. Hinter ihr auf einem LED-Bildschirm leuchtete eine Eilmeldung auf.

TRAURIGE GEWISSHEIT IM FALL DER BEIDEN VERMISSTEN JUGENDLICHEN +++ WENZEL GRAF VON WERNECK TOT AUFGEFUNDEN +++ POLIZEISPRECHERIN BESTÄTIGT LEICHENFUND AM SPÄTEN NACHMITTAG AUF DER BAUSTELLE DES UNITY TOWER +++ VON MAXIMILIAN MAHLER FEHLT NOCH IMMER JEDE SPUR +++ WEITERE EINZELHEITEN FOLGEN IN KÜRZE.

»Wenzel ist tot?« Ich schluchzte auf, und die Tränen schossen mir in die Augen.

Tyler sagte nichts.

»Was seid ihr da unten eigentlich für Tiere?«, schrie ich sie an. Einige Passanten verdrehten die Köpfe. »Man kann doch nicht jemanden umbringen, bloß weil er Party machen wollte!«

Tyler hielt den Kopf gesenkt. Dabei brauchte ich so dringend eine Antwort, eine Erklärung. Irgendetwas. Aber Tyler schwieg.

»Herrgott noch mal, Tyler, sag doch was!«

Sie hob den Blick, aber nicht den Kopf.

»Ich werde deinen Bruder finden«, sagte sie leise. »Max lebt. Du musst mir vertrauen, Nellie. Bitte! Und kein Wort zu den Bullen.«

»Gut«, sagte ich und schluckte gegen meine Tränen an. »Du kennst diesen Spider besser. Wo könnte er Max hingebracht haben? Und warum?«

»Wahrscheinlich will er Geld.«

»So wie du?«

Wieder Schweigen.

»Was haben diese Freaks eigentlich damit gemeint, dass wegen dir alles in Gefahr sei?«

»Hör endlich auf, uns *Freaks* zu nennen. Ich sag doch auch nicht Tussi zu dir.«

»Ich –«

»Auch wenn du es vielleicht nicht glauben willst, aber man kann in Deutschland sehr wohl durchs Raster fallen. Du musst nur aus einem Land kommen, das wieder als sicher erklärt wird, weil man die Flüchtlinge von damals loswerden will. Dann sollst du abgeschoben werden, aber da gibt es blöderweise noch diesen Arschlochmann, der zufällig dein Ehemann ist und dich in deinem Heimatland endlich wieder grün und blau prügeln darf. Also musst du untertauchen.« Tyler hatte sich jetzt auch in Rage geredet. Und sie war noch nicht fertig. »Oder du bist drogenabhängig. Die wenigsten wissen, wie das ist. Ich kann dir sagen, dass es furchtbar ist!

Und zur Krönung fliegst du aus allen Notschlafstellen. Was bleibt dir denn dann anderes übrig, als illegal im Untergrund zu leben?« Ich sah Tränen in ihren Augen glitzern. »Ach, egal! Um deine Frage zu beantworten, seit der scheiß Party ist die Stimmung unter den Leuten nicht gut.«

»Damit hast du doch nichts zu tun?«, sagte ich.

Tyler lächelte mich müde an. »Aber du bist eine von oben. Und ich helfe dir. Das reicht denen, um aggro zu sein.«

Sie drehte sich um und lief los.

»Wohin gehst du jetzt?«

»Spider finden!«

»Dann warte verdammt noch mal auf mich!«

47.
DOMINIK

Der Tod des jungen Grafen von Werneck war eine fürchterliche Tragödie. Für die Ermittlungsbehörden und damit für die Stadt bedeutete es ebenfalls eine Katastrophe. Kurz nach der offiziellen Bestätigung des Leichenfundes hatte ich mir einen kurzen, aber heftigen Einlauf bei der Generalstaatsanwaltschaft abgeholt. Sie brauchten einen Blitzableiter, schließlich war die Leiche der Sohn einer amtierenden Ministerin, der nach mehreren Tagen der Ungewissheit mitten in der Baugrube des Unity Towers auftauchte, Arme und Beine als Hakenkreuz drapiert. Dabei hatte es keine Hinweise auf eine Entführung gegeben: Weder bei den von Wernecks noch bei den Mahlers waren Erpresserschreiben oder -anrufe eingegangen. Die Mahlers bangten nun um das Leben ihres Sohnes.

Um ehrlich zu sein: Wir tappten vollkommen im Dunkeln.

Jetzt war ich auf dem Weg in die Rechtsmedizin. Susanne Behnke hatte Wenzel Graf von Werneck bereits obduziert und mich am Telefon beauftragt, den zuständigen Ermittler und bitte auch jemanden vom Staatsschutz mitzubringen.

So standen wir jetzt zu fünft um den Leichnam des jungen Mannes herum.

»Was können Sie uns über die Todesursache sagen, Frau Dr. Behnke?«, fragte der Leitende Oberkommissar Spranger, ein fähiger Mann, mit dem ich schon öfter zu tun gehabt hatte.

»Der junge Mann ist erwürgt worden. Sehen Sie die Male da am Hals? Außerdem ist das Zungenbein gebrochen.«

»Fingerabdrücke?«

»Wir haben tatsächlich einige Fingerabdrücke sicherstellen können. Soweit ich es beurteilen kann, hatte der Täter ziemlich kleine Hände. Es könnte sich sogar um eine Frau gehandelt haben.«

»Eine Frau?«, wunderte sich Sprangers Assistent.

»Bedenken Sie bitte den Allgemeinzustand, Arme und Beine weisen deutliche Spuren von Fesseln auf. Er war mit Sicherheit geknebelt, und man hatte ihm die Augen verbunden. Darüber hinaus war er stark dehydriert. Wir haben außerdem Spuren verschiedenster Substanzen in seinem Blut gefunden. Die Konzentration des Cocktails war zwar ziemlich schwach, aber wenn wir davon ausgehen, dass er sich mehrere Tage in einer Art Gefangenschaft befunden hat, dann muss der junge Mann zum Zeitpunkt seines Verschwindens ziemlich high gewesen sein.«

»Letzteres bleibt dann vorläufig unter uns, meine Herren. Mit Rücksicht auf die Frau Ministerin«, sagte der Leitende Oberkommissar.

Susanne Behnke bedachte ihn mit einem langen Blick, dann fuhr sie fort.

»Der Grund, weshalb ich Sie alle hierhergebeten habe, ist folgender.«

Sie deutete auf ein bedrucktes Blatt Papier im DIN-A4-Format, das sie auf dem benachbarten Sektionstisch platziert hatte. Es wies zahlreiche Knicke auf, aber die Botschaft war deutlich zu lesen.

HIER ENTSTEHT DER UNITY TOWER. EIN BAU FÜR DIE ZUKUNFT UNSERER STADT. HABEN SIE FRAGEN ZU DIESEM PROJEKT? RUFEN SIE BITTE UNSERE HOTLINE AN – 0800 89898900.

»Solche Zettel hängen doch am Bauzaun«, stellte Spranger überflüssigerweise fest.

»Genau«, sagte Susanne Behnke, »und diesen Zettel hat irgendjemand fein säuberlich zusammengefaltet und dem jungen Herrn post mortem in den Rachen gestopft. Vielleicht spielt da unten jemand Robin Hood.«

»Ganz wunderbar«, sagte Spranger.

»Danke, dass Sie uns gleich informiert haben«, schaltete sich Gerd Martini vom Staatsschutz ein. »Dann ermitteln wir ab jetzt wohl auch in eine politische Richtung.«

»Sieht ganz danach aus, Herr Martini.« Nach einer kurzen Schrecksekunde hatte ich meine Sprache wiedergefunden.

»Könnten Sie bitte noch einen Moment bleiben, Herr Staatsanwalt? In einer anderen Sache?«

»Natürlich«, sagte ich und wandte mich an die übrigen Herren, »wollen Sie vielleicht schon einmal vorgehen in mein Büro?«

Als die Ermittler den Sektionssaal verlassen hatten, zündete sich Susanne Behnke eine Zigarette an und nahm zwei tiefe Züge.

»Prioritäten hin oder her, Liebknecht, ich sollte mich jetzt schleunigst der Junkie-Leiche zuwenden, sonst finde ich da gar nichts mehr.« Noch ein Zug von der Zigarette. »Wisst ihr denn inzwischen schon, wer sie ist?«

Die zweite Leiche! Ich hatte in all der Aufregung ganz vergessen, dass Maya-Florence Mühlberg nicht die einzige Tote des Raves gewesen war. Ich hatte plötzlich eine düstere Ahnung.

»Moment mal: *Der* Junkie ist eine Frau?«

»Junkies sind Junkies«, sagte Susanne Behnke, während sie ihre Kippe unter einem Wasserhahn löschte.

»Zeigen Sie mir bitte das Mädchen!«

Susanne Behnke sah mich irritiert an.

»Wie? Jetzt plötzlich doch?«

48.

MAGDALENA

HALLO, MAGDALENA, ES GEHT UM – ICH MUSS UNBEDINGT MIT DIR SPRECHEN. ALSO, DU HAST JA SICHER MEINE NUMMER. WIR SOLLTEN UNS DRINGEND HÖREN. ICH MEINE – ICH BIN JEDENFALLS DA. HIER. ES WÄRE SOGAR BESSER, WENN WIR UNS TREFFEN KÖNNTEN, ICH MEINE PERSÖNLICH. DAS HAT SICH JETZT VIELLEICHT KOMISCH ANGEHÖRT. OKAY. CIAO. TSCHÜSS.

Drehte der jetzt etwa durch? Ich hatte wirklich andere Sorgen, als mich mit einem Staatsanwalt im Testosteronrausch abzugeben. Ich löschte das Gestammel, nahm das Tablett mit den Fritten und der Currywurst und ging aus der Küche hinüber ins Wohnzimmer, wo ich meinen Gast in den Lieblingssessel meiner Mutter gesetzt und sorgfältig zu einem Paket verschnürt hatte. Er kam gerade wieder zu sich. Und dann würde er Kopfschmerzen haben. Ein kleiner Schlag mit der Taschenlampe auf seinen Hinterkopf hatte genügt. Weitaus anstrengender war es gewesen, den hochgewachsenen Kerl mit dem Rettungsgriff auf die Rückbank meines Autos zu verfrachten und von dort in die Wohnung meiner Mutter.

Ich hatte natürlich auch unverschämtes Glück gehabt, niemand hatte uns gesehen. Und jetzt blieb mir alle Zeit der Welt, um endlich die Wahrheit zu erfahren. Gern auf die nette Tour, aber wenn nötig würde ich sie aus dem jungen Mahler auch herausprügeln.

Ich setzte mich auf einen Hocker vor ihn hin, den Pappteller mit den Fritten und der Currywurst auf dem Schoß und fing an zu essen.

Er schlug die Augen auf. Schnupperte.

»Hunger? Tja. Fritten und Currywurst. Was anderes gibt's nicht. Tut mir leid, aber Feinkost Käfer hatte zu. Willst du welche?«

Er nickte schwach und sah sich um.

Ich stellte die Fettpralinen auf den Boden und holte mein Handy hervor. Dann hielt ich ihm das Foto unter die Nase, das ich auf dem Rave gemacht hatte. Das Foto, das ihn im Gespräch mit Alina zeigte.

»Ich werde dir nichts tun, wenn du mir sagst, wo sie ist. Dann kannst du sofort gehen.«

»Ich weiß nicht, von wem Sie sprechen«, sagte er mit schwerer Zunge.

»Sieh dir das Foto an und denk noch mal ganz scharf nach.«

»Ich muss auf die Toilette. Und ich habe Durst.«

»Das kann warten. Du stinkst eh schon wie ein Iltis. Erst beantwortest du meine Frage.«

Ich tunkte zwei Fritten in die Currysauce und steckte sie mir übertrieben genussvoll in den Mund.

»Ich hab jede Menge Zeit.«

Er verzog sein Gesicht zu einem kläglichen Lächeln.

»Haben Sie das Lösegeld für mich bezahlt?«

»Was?«

»Wieso bezahlen Sie Lösegeld, um mich dann genauso zu behandeln wie die Wichser in den Katakomben. Binden Sie mich scheiße noch mal los.«

»Du bist 'n ganz besonders Tougher, was?«

»Nein. Ich kann bloß nicht mehr. Echt nicht.«

Das glaubte ich ihm unbesehen.

»Dann sag mir, ob du dich an sie erinnerst!« Ich hielt ihm erneut das Handy vors Gesicht.

»Ach so, die meinen Sie … ja, okay.«

»Okay und weiter? Weißt du, wie sie heißt?«

»Vanessa«, sagte er stirnrunzelnd.

»Nein, sie heißt Alina. Was hast du mit ihr gemacht?«

»Was soll ich denn mit ihr gemacht haben? Nix! Ich hab nix mit ihr gemacht. *Sie* wollte Drogen haben. Tauschen, aber so was läuft bei mir nicht. Außerdem wollt ich mich nicht mit irgendwas anstecken, bei so 'ner Junkiebraut.«

Ich scheuerte ihm eine. Nicht sehr fest, nur so, dass er aufjaulen konnte.

»Ihr kleinen reichen Scheißer«, sagte ich, »ihr glaubt, ihr könnt euch alles erlauben, ohne Konsequenzen. Da kümmert sich dann Mami drum und ihre Anwälte.«

»Sie sind ja total irre«, sagte er.

Vermutlich lag er mit dieser Einschätzung gar nicht so falsch. Aber die rote Linie hatte ich schon vor längerer Zeit überschritten, und jetzt musste ich den Druck erhöhen. Ich zog meine SIG Sauer aus dem Holster und presste die Mündung der Neunmillimeter auf seinen Oberschenkel. Kurz oberhalb des Knies.

»Weißt du, was ein Sixpack ist? Erst schieße ich dir durch die Kniescheiben, dann in die Ellbogen und zum Schluss in die Knöchel. Danach wirst du um den Gnadenschuss betteln.«

Seinem panischen Gesichtsausdruck nach zu urteilen, begriff er langsam den Ernst der Lage. Endlich.

»Na gut«, sagte ich in versöhnlichem Ton, »also noch mal von vorn. Was hast du mit ihr gemacht?«

»Sie hat sich mein GHB geschnappt und ist abgehauen. Ich bin ihr sofort hinterher. Aber – da waren Massen an Menschen. Und als ich sie in einem der Gänge gefunden hab, lag sie völlig zugedröhnt auf dem Boden – aber das war vor dem Feuer. Und sie war okay. Ich schwör's Ihnen, sie war okay, total okay –«

49.

JANOSCH

Wenn euer ganzes Dasein aus Geheimnissen besteht. Wenn wir nichts weiter sind als unsere Erinnerungen. Was ist dann noch übrig? Wer bin ich dann? Habt ihr schon mal über die Millisekunde nachgedacht, in der sich alles entscheidet? Wer du bist, wohin du gehst. Und wie du dahin gehst. Habt ihr euch schon mal vorgestellt, in einem anderen Leben aufzuwachen?«

Ich saß auf dem Fensterbrett in meinem Zimmer. Das Fenster stand offen, meine Beine baumelten draußen, ich rauchte eine Zigarette und checkte dabei die Likes und Kommentare auf meine erste Story, in der ich nicht Janosch war. Sondern Meral. Ohne Make-up, ohne Glitzer und Heiteitei. Mit hohlen Wangen und Augenringen in einem schwarzen Hoodie, die Kapuze über dem Kopf. Genau so, wie Meral auf dem Bild aussah, das ich in der Kammer der Erinnerungen abfotografiert hatte.

Die Kommentare waren eindeutig. KENN ICH. / GANZ GENAU SO, ALTER! / WOHER WEISST DU, WIE ICH MICH SCHON MEIN GANZES LEBEN LANG FÜHLE?

Es klopfte an der Tür. »Was ist denn?«, rief ich.

Mein Vater steckte den Kopf ins Zimmer.

»Ich hätte ja nicht gedacht, dass du noch mal kommst. Dein Zimmer is' schon bei Airbnb drin!« Ich starrte ihn an. »Das war ein Scherz. Ich hab nix angerührt.«

»Zur Abwechslung war das sogar ein richtig guter, Papa.« Ich schwang die Beine ins Zimmer, rutschte von der Fensterbank hinunter und schloss das Fenster.

Er räusperte sich verlegen und wollte etwas sagen, als es an unsere Wohnungstür klopfte.

»Um diese Zeit?«, fragte mein Vater verwundert.

»Mach doch auf!«

Er schlurfte zur Wohnungstür

»Tatjana!«, hörte ich ihn sagen. »Das ist aber eine Überraschung. Hattest du angerufen?«

»Nein«, rief ich, »ich habe sie angerufen!« Ich trat hinaus auf den Flur. »Hallo, Mama!«

Sie stutzte, als sie mich sah. »Janosch! So kenne ich dich ja gar nicht«, sagte sie.

Wie sie da in der Tür stand, müde und abgearbeitet, zwei schwere Einkaufstaschen in der Hand, kannte ich meine Mutter auch nicht. Aber das war im Moment nebensächlich.

»Können wir ins Wohnzimmer gehen? Ich muss mit euch reden«, sagte ich.

Meine Eltern schauten sich verwundert an. Mein Vater blies die Wangen auf. Aber sie kamen. Wenig später saßen sie wie ein altes Ehepaar nebeneinander auf dem Sofa, während ich im Fernsehsessel meines Vaters Platz genommen hatte. Der grausame König, der über seine Untertanen zu richten hatte. Und wie ein grausamer König schwieg ich, bis meine Eltern nervös wurden.

»Janosch, kannst du bitte mal was sagen? Ich bekomme langsam Angst!« Das war meine Mutter.

Mein Vater schluckte. »Bis du vielleicht … krank?«

»Nein, Papa, ich hab kein Aids –«

»So war das doch gar nicht gemeint!«

»Sondern ich hab eine Frage. Wer ist das?«

Ich ließ mein Handy über den Kacheltisch schlittern. Meine Eltern beugten sich vor, um sich das Foto von Meral anzusehen. Im nächsten Moment presste meine Mutter eine Hand auf den Mund, und mein Vater seufzte gequält.

»Ihr kennt ihn also. Aber warum kenn ich ihn dann nicht?«

Schon wieder nervöse Blicke.

»Was ist denn? Ich bin kein Baby mehr!«, rief ich. »Ihr wolltet doch, dass wir weiterhin eine Familie sind. Und ich will jetzt wissen, wer das ist.«

»Du, Janosch«, sagte meine Mutter vorsichtig, »könnte ich vielleicht meine Einkäufe in euren Kühlschrank packen?«

»Nein!«, rief ich. Wie konnte sie jetzt an ihre verdammten Einkäufe denken?

»Aber es ist Tiefkühlware!«, sagte meine Mutter mit sorgenvoller Miene.

»I don't care!«

Sie erhob sich trotzdem vom Sofa und ging in die Küche. Mein Vater zuckte die Schultern.

Das war zu viel für mich. Hier brannte gerade alles ab, und meine Mutter sorgte sich um ihre Tiefkühlpizza. Erst mal eine rauchen. Ich ging ins Bad, drehte hinter mir den Schlüssel herum und setzte mich in die Duschwanne.

Es klopfte an der Tür. »Janosch? Was machst du denn?«

»Allein sein. In einem Zimmer, das man abschließen kann.«

»Lass mich mal rein.«

»Wozu? Nichts sagen könnt ihr auch von draußen.«

Er schwieg. Er seufzte. Irgendwas rutschte dann an der Wand hinunter. Vermutlich hatte sich mein Vater auf den Boden gesetzt.

»Ich war damals noch recht neu bei der Stadt. An dem Tag war ich in der Kanalisation unterwegs, auf Kontrollgang. Eigentlich hätte ich freigehabt, aber ein Kollege hatte Hochzeitstag. Und dann hab ich diese Frau gefunden. Ich werd das nie vergessen. Zuerst dachte ich, da liegt eine Schaufensterpuppe, aber das war ein Mensch. Und sie war tot. Wahrscheinlich eine Überdosis. Und neben ihr lag dieses kleine Ding. Es war wie ein Zeichen des Himmels. Wir wollten eigentlich keine Kinder. Na ja, ich hab natürlich gleich die Polizei gerufen, aber das Jugendamt kam erst zwei Tage später. Die wollten dich mitnehmen, aber –«

»… da wollten wir dich nicht mehr hergeben. Ich weiß noch genau, wie du mich angeschaut hast, mit deinen großen Augen. Ich konnte es nicht. Ich wollte es nicht«, hörte ich meine Mutter sagen, »denn es war, als hättest du uns ausgesucht. Nicht umgekehrt.«

Während sie gesprochen hatte, war ich aufgestanden. Ich drehte den Schlüssel im Schloss herum und öffnete die Badezimmertür. Meine Mutter lehnte an der Wand des Flurs, mein Vater rappelte sich gerade hoch.

»Und das andere Kind?«, fragte ich.

»Davon haben wir erst viel später erfahren«, sagte mein Vater.

»Sie haben deinen Bruder nicht gefunden.«

Aber ich. Ich hatte ihn gesehen. Er musste also überlebt haben.

»Warum habt ihr nie was gesagt?«

»Weil wir dir nicht wehtun wollten. Es war ja sowieso nicht mehr zu ändern.«

»Aber vielleicht hätte ich es gern gewusst«, sagte ich. »Er heißt übrigens Meral.«

Ich ging an meinen Eltern vorbei in mein Zimmer.

50.
LISA

Spätestens nach der dritten Michelada war mir klar gewesen, dass wir in Teds Loft und dort in seinem Bett landen würden. Ich hatte vom ersten Augenblick an gewusst, dass dieser Mann mich begehrte, was schon bald auf Gegenseitigkeit beruhte. In der Bar hatten wir geredet, Visionen entwickelt, wilde Pläne geschmiedet und gelacht, geflirtet und uns einmal vorsichtig geküsst. Als man uns dann höflich hinauskomplimentierte, wollte keiner von uns den Abend schon beenden.

Und jetzt war es bereits zwölf Uhr mittags durch, und ich musste dringend ins Büro, wo ich mit meinem Vater verabredet war.

Durch die Bambusjalousien fielen ein paar Sonnenstrahlen ins Loft, das sich in der fünften Etage eines Altbaus befand. Das Dachgeschoss war mindestens dreihundert Quadratmeter groß, ausgebaut und spärlich möbliert worden. Aber das erlesen und mit Geschmack. Viel Holz und Stahl, klare Formen. Am meisten beeindruckte mich die offene Wohnküche mit dem überdimensionalen Esstisch im Zentrum.

Als ich mich leise aus dem Bett schälte, um meine Klamotten zusammenzusuchen, wachte Ted auf.

»Morning.« Verschlafen rieb er sich die Augen. »Hey, you want to go without having breakfast?«

»Es ist fast Mittag!« Ich band meine Haare zu einem Pferdeschwanz.

»In Havanna ist es noch mitten in der Nacht«, sagte er und gähnte.

»Dann lass uns nach Havanna abhauen!«

»Wow«, rief er und versuchte, mich zu umarmen. »Viva la revolución?«

Ich beugte mich zu ihm hinunter und gab ihm einen Kuss.

»Aber zuerst muss ich arbeiten. Kann ich kurz duschen?«

»Aber ja«, sagte er. »Ich mache uns inzwischen Kaffee.«

Ich befreite mich aus seiner Umarmung und ging ins Bad.

»Lisa!«, rief er.

»Ja?« Ich drehte mich um.

»Ich hab das gestern ernst gemeint. Wenn du keinen Bock mehr hast auf deine old white men, dann lass uns zusammen was starten.«

»Ich denk drüber nach«, antwortete ich. Und lächelte.

51.
NELLIE

Wir waren stundenlang am Bahnhof herumgestreunt, doch keine Spur von Max.

»Lass uns zurückgehen. Spider wird auch irgendwann wieder in den Katakomben auftauchen«, sagte Tyler schließlich.

»Danke, dass du mir hilfst.«

»Ist ja nicht umsonst.«

Wenig später standen wir vor einer Luke, durch die ein Erwachsener knapp hindurchpasste.

»Was ist Tyler eigentlich für ein Name?«

»Ein Typ aus dem *Fight Club*«, antwortete sie. »Nie gesehen?«

»Nee. Aber Max feiert den Film. Ich könnte wahrscheinlich die Dialoge mitsprechen, weil er ihn so laut guckt. Max hasst es, wenn es um ihn herum still ist.« Ich brach ab, weil mir schon wieder die Tränen kamen beim Gedanken an meinen Bruder.

Tyler öffnete die Luke und schwang sich in den dahinterliegenden Raum hinein. Ich kletterte hinterher, aber längst nicht so geschickt, und stieß mir prompt den Kopf an.

»Irgendwann gewöhnt man sich dran«, sagte Tyler. »Willkommen in unserem Iglu.«

Ich ließ meinen Blick umherschweifen. Neben einigen Matratzen standen leere Holzkisten als Nachtschränke, mit den Büchern darauf wirkte es fast wohnlich, und der Anblick berührte mich. Der Raum war warm, was an den gewaltigen Rohren der Fernheizung lag, die an der Decke entlangliefen. Sie wurden von den Bewohnern als Wäschetrockner benutzt.

Auf einmal fiel mir Tylers Gesichtsausdruck auf, sie wirkte besorgt.

»Ich sehe hier niemanden. Weder Spider noch meinen Bruder«, begann ich vorsichtig.

»Das sehe ich auch«, entgegnete Tyler.

»Was soll die ganze Scheiße? Was verbirgst du vor mir?«

»Gar nichts, verdammt!«

In diesem Moment huschte ein Schatten vor der Zeltbahn vorbei, die das Iglu von einem Versorgungsschacht trennte.

»He!«, schrie Tyler und rannte los. »Spider? Bist du das?«

Ich stürzte hinterher. Tyler rannte den Schacht entlang, bis ihr ein Geröllhaufen den Weg versperrte.

»Spider, was soll der Scheiß?«, rief Tyler. »Komm da raus!«

Ich hatte sie inzwischen eingeholt, und wir näherten uns vorsichtig dem Geröllhaufen. Ich hörte ein Knirschen, dann kam jemand hinter dem Haufen hervor und stürzte sich auf Tyler. Ich schrie auf, doch es war nur Elion. Der Kleine heulte, zappelte und wehrte sich gegen Tylers Griff. Sie leuchtete ihm direkt ins Gesicht. Eine gigantische Rotzglocke quoll aus seiner Nase.

»Scheiße, Mann«, sagte Tyler, »was soll das? Warum schleichst du hier so rum? Wo ist deine Mama? Und wieso hast du nur einen Schuh an?«

Elion beruhigte sich ein wenig und rieb seinen Sockenfuß verlegen an Tylers Bein.

»Wo ist Lilijana?«

Elion schüttelte trotzig den Kopf.

»Sie liegt auf dem Boden und bewegt sich nicht mehr«, stieß er stockend hervor.

»Was? Wo ist sie?«

»Ich darf das nicht sagen. Mama hat es mir verboten!«

»Ist sie bei Spider?«

Elion schwieg.

Ich merkte, wie Tyler panisch wurde. Plötzlich schrie sie den Jungen an.

»Elion! Verdammt, ich meine es ernst, hörst du? Wo ist deine Mama?«

Elion fing an zu heulen.

Entschlossen schob ich Tyler zur Seite.

»Lass ihn mal los. So funktioniert das nicht.«

Tyler setzte Elion ab. Ich nahm seine Hand, ging vor ihm in die Hocke und lächelte ihn an. Er blieb skeptisch.

»Du musst es auch nicht sagen, okay?« Elion nickte. Tyler schaute mich empört an. »Aber du kannst es uns zeigen! Zeigen ist nicht sagen. Oder?«

Elion dachte kurz nach. Dann schaute er Tyler fragend an. Sie nickte ihm aufmunternd zu. Lilijanas Sohn zeigte in die Richtung, aus der wir gerade gekommen waren. Dann humpelte er los, führte uns wie ein Pfadfinder aus den Katakomben heraus über den Bahnhofsvorplatz und dann über die Arnulfstraße bis zur Landshuter Allee. Keine schlechte Gegend, doch was wollte er hier? Der Schrittzähler auf meinem Handy zeigte bereits knapp vier Kilometer an, als Elion vor einem fünfstöckigen Mietshaus stehen blieb. Der Eingang von Nummer 97 war von zwei dunkelbraunen Säulen eingerahmt. Elion zeigte erst auf die Haustür, dann nach oben, auf ein Fenster in der dritten Etage.

Tyler wollte sich schon am Schloss zu schaffen machen, doch ich drückte einfach auf ein paar Klingelknöpfe. Sekunden später ertönte der Summer.

»Man sollte den Paketzustellern ab und zu dankbar sein«, sagte Tyler.

In der dritten Etage klemmte ein Schuh zwischen Türrahmen und Türblatt. Es war Elions Schuh. Die Pfiffigkeit des Kleinen brachte mich wirklich zum Staunen. Ein Namensschild gab es nicht. Die Wohnung war bis auf ein paar ältere Möbel leer, sauber, aber nicht renoviert. Ich berührte einen Heizkörper, der im Flur hing – kalt.

»Lilijana!«, rief Tyler leise.

Elion rannte zu einem Zimmer am Ende des schummrigen Flurs.

»Sie ist da drin!«

Tyler folgte ihm, und im nächsten Moment hörte ich ein lautes »Fuck!« von hinten.

Lilijana lag der Länge nach ausgestreckt auf den Fliesen des Badezimmers, neben ihr ein zusammengeknülltes Badelaken. Die Wanne war voll, aber das Wasser war lauwarm und klar.

»Sie wollte baden und muss ausgerutscht sein!«, sagte Tyler, während sie nach Lilijanas Puls suchte.

»Ist sie …?«

»Sie scheint nur bewusstlos zu sein.« Sie wandte sich an Elion. »Was habt ihr denn hier gemacht?«

»Ich weiß nicht. Ich sollte nur warten.«

»Ist doch auch scheißegal jetzt, Tyler! Wir müssen sie ins Krankenhaus bringen!«

Ich wartete ihre Antwort nicht ab, sondern wählte den Notruf, gab die Adresse durch und beschrieb die Situation.

»Ich geh runter und nehme den Notarzt in Empfang«, sagte ich.

»Und wenn die blöde Fragen stellen?«, sagte Tyler und hielt einen Wohnungsschlüssel hoch. »Der lag im Bad. Woher hat sie den?«

»Dann bin ich gerade hier eingezogen und zeige Freunden meine neue Wohnung. Mir wird schon was einfallen.«

Als ich aus der Wohnung eilte, hörte ich Tyler zu Elion sagen: »Deine Mama wird schon wieder, wir kriegen das hin!«

So sieht's aus, dachte ich, allen wird geholfen, nur mein Bruder steht am absolut hintersten Ende der Nahrungskette. Doch auch die Frage, wieso Lilijana plötzlich einen Schlüssel zu einer Wohnung besaß, wirkte auf mich verstörend.

52.
LISA

»Die Herren sind zum Mittagessen gefahren«, hatte mir unsere Sekretärin mitgeteilt, als ich atemlos und zwanzig Minuten nach der vereinbarten Zeit im Büro erschienen war. Der Tadel in ihrem Ton war nicht zu überhören gewesen.

Und so stand ich weitere zwanzig Minuten später vor dem Lieblingsitaliener meines Vaters und beobachtete aus dem Auto heraus, wie er sich vom Wunderwutzel Gustav Gross mithilfe mehrerer Salz- und Pfefferstreuer offenbar die internationale Immobilienwelt erklären ließ. Mein Vater lachte, nickte, redete mit Händen und Füßen; auf den ersten Blick bereits ein eingespieltes Team, gute Geschäftspartner, zwischen die kein Blatt Papier passte.

Entgegen seiner Vorliebe für Understatement hatte mein Vater sich dieses Mal für einen Platz in der ersten Reihe entschieden. Glück für mich, Pech für ihn. Ich stieg aus, betrat das Restaurant und ließ mich auch durch Salvatores schleimige Freundlichkeit nicht von meinem Kurs abbringen.

»Was soll das hier werden?« Charme und Höflichkeit waren gestern, und ich sah mit Genugtuung, wie mein Vater irritiert die Hand hob und Gustav Gross mich sprachlos anstarrte.

»Geht es vielleicht auch in bisschen leiser?« Mein Vater hatte sich schnell wieder gefangen.

»Nicht, solange du mich wie ein Kleinkind behandelst!« Es war mir absolut scheißegal, was die anderen Gäste dachten. Und Gustav Gross konnte mich sowieso mal.

»Lisa, bitte. Das muss doch nicht jeder mitkriegen!«

»Aber ich als deine Tochter und Mitinhaberin sollte schon mitkriegen, was hier besprochen wird!«

Gustav Gross wäre sicher gern ganz woanders gewesen. Also wandte ich mich direkt an ihn.

»Wollen Sie mir vielleicht erklären, was Sie vorhaben?«

»Ich finde Gustavs Ideen sehr interessant«, schaltete sich mein Vater ein und rettete damit seinen Gast, der es nicht länger aushielt.

»Wenn Sie mich bitte kurz entschuldigen möchten?«, sagte er, erhob sich von seinem Stuhl und suchte das Weite.

»Ihr könntet ein Spitzenteam werden, gemeinsam, als Projektentwickler.«

»Und Gustav als mein Chef? Oder soll er mich gleich ganz ersetzen?«

»Lisa, das ist nicht fair!«, protestierte mein Vater. »Ich weiß gar nicht, was diese unsägliche Szene soll! Niemand sagt, dass du raus bist.«

»Wo du's gerade ansprichst …«

Mein Vater stutzte.

»Man kann nicht alles haben, Papa. Du solltest mal die Augen aufmachen, wem du dein Vertrauen schenkst. Dann fällt dir die Entscheidung leichter.«

Ich trat an ihn heran und beugte mich hinunter. Denn das, was ich jetzt zu sagen hatte, war ganz sicher nicht für die Öffentlichkeit bestimmt.

»Hast du dir in den letzten Jahren eigentlich mal die Bücher angeschaut? Was dein feiner Geschäftsführer da treibt, ist illegal. Dafür wandern Leute in den Knast!«

Die Gesichtszüge meines Vaters verhärteten sich. Zwischen seinen Augen war eine Zornesfalte zu sehen. Doch ich war noch nicht fertig.

»Ich nehme dein Verhalten jedenfalls nicht einfach so hin. Ich warne dich hiermit ausdrücklich: Unterschätz mich nicht!«

Einen Moment lang wirkte mein Vater hilflos. Dann richtete er sich auf.

»Du missinterpretierst das, Lisa. Aber wenn du wirklich hinwerfen willst, nur weil wir uns über Optimierungsvorschläge unterhalten, dann kann und werde ich dich nicht aufhalten.«

Mir blieb der Mund offen stehen. Meine Wut, die mich eben noch vollkommen ausgefüllt hatte, war wie weggeblasen, und mit ihr meine Selbstsicherheit. Niemals hätte ich so etwas aus dem Mund meines Vaters hören wollen. Ich drehte mich wortlos um und verließ gemessenen Schrittes das Restaurant. Die anderen Gäste schienen erleichtert aufzuatmen.

Vor der Tür trat Gustav Gross plötzlich auf mich zu.

»Moment noch, bitte, Lisa. Ich verstehe deinen Ärger, wirklich. Aber du sollst wissen, dass ich mir all deine Projekte angesehen habe. Und ich finde es genial, was du tust. Das ist der richtige Weg, das ist die Zukunft. Wenn wir beide unser Know-how zusammenwerfen und uns die Bälle zuspielen –«

Ich hob eine Hand.

»Sorry, Gustav, Mannschaftssport war noch nie mein Ding!«

Und weg war ich.

Eine Viertelstunde später öffnete mir Ted die Tür zu seinem Loft. Ich zitterte am ganzen Körper; vor Wut oder vor Kälte hätte ich nicht sagen können.

»Uh, ich dachte, da kommt mein Pizza Delivery, aber dieses Delivery ist viel besser.«

Sein Lächeln. Sein Body. Sein Geist.

Ich küsste ihn rasch auf den Mund.

»Steht dein Angebot noch?«

»Viva la revolución?«

»Si, señor. Viva la revolución.«

53.
NELLIE

Die Schwestern hatten uns rasch aus Lilijanas Zimmer hinauskomplimentiert. Was hätten wir auch tun können, Tyler, Elion und ich? Rumsitzen und der verkabelten Lilijana beim Schlafen zusehen? Sie war vollkommen weggebeamt. So wie ich Elions Mutter erlebt hatte, würde es nicht mehr lang dauern, bis sie künstliche Beatmung brauchte. Der Blick des Arztes hatte mir da recht gegeben.

Auch Tyler schien nichts dagegen zu haben, von hier wegzukommen. Aber wir machten noch einen kurzen Schlenker zu den Katakomben. »Warte hier und pass auf Elion auf«, sagte Tyler. Zehn Minuten später kam sie vollbepackt zurück, mit drei Schlafsäcken, Isomatten und Plastiktüten. »Hilf mir mal«, sagte sie.

»Das sind meine Sache«, sagte Elion und deutete auf eine der Tüten. »Gehen wir weg von hier?«

Tyler nickte. »Deine Mama muss jetzt ganz viel schlafen, damit es ihr bald wieder gut geht«, sagte sie zu Elion. »Dann besuchen wir sie, ja? Und du musst jetzt auch schlafen, kleiner Mann!«

Ich war mir allerdings sicher, dass auch Tyler nicht an Wunder glaubte. »Ist das alles?«, fragte ich sie.

»Nur das, was irgendwie brauchbar ist«, sagte Tyler.

Schon allein wegen des Gepäcks spendierte ich uns ein Taxi vom Bahnhof in die Landshuter Allee. Tyler öffnete die Wohnungstür vorsichtig.

»Ist was?«, fragte ich.

»Nö«, sagte sie, aber ihre Stimme klang belegt, und sie nahm als Erstes jedes einzelne Zimmer der Wohnung in Augenschein. Sie hatte Angst.

»Du hast vorhin gefragt, woher Lilijana den Schlüssel hat«, sagte ich. »Und wem gehört die Wohnung überhaupt?

»Ich hab echt keine Ahnung«, sagte Tyler, »das klären wir noch. Aber heute Nacht ist es hier allemal sicherer als im Iglu.«

Tyler begann, aus den vorhandenen Kissen und Polstern zwei Lager zu bauen, eins für uns und ein Bett für Elion. Zum Schluss legte sie die Isomatten und Schlafsäcke darauf. Lilijanas war mit Blutflecken gesprenkelt, also öffnete Tyler den Reißverschluss ihres Schlafsacks ganz und verwandelte ihn in eine Decke. Ein paar Kerzen sorgten für schwaches Licht. Elion spielte mit seiner Leuchtpalme.

»Du sollst schlafen, Elion, hörst du?«, sagte Tyler.

»Ich kann aber nicht.«

»Denk einfach nicht dran, dann geht es schon.«

»Nein!«, rief Elion.

»Magst du vielleicht ein Schlaflied hören?«, schlug ich vor.

Tyler verzog genervt das Gesicht. »Bist ja 'ne richtige Übermutter!«

»Nee, eher Hausbesetzerin.«

»O ja!«, jauchzte Elion. »Mamas Lied! Tyler, singst du Mamas Lied?«

Tyler verdrehte die Augen. »Vielen Dank auch, Nellie.«

Elion krabbelte flink zwischen uns und Tyler gab sich einen Ruck.

Wacht auf, Verdammte dieser Erde,
die stets man noch zum Hungern zwingt!
Das Recht wie Glut im Kraterherde
nun mit Macht zum Durchbruch dringt.

Elion schloss brav die Augen. Ich legte den Arm um ihn, als wäre er mein kleiner Bruder.

Reinen Tisch macht mit dem Bedränger!
Heer der Sklaven, wache auf!
Ein Nichts zu sein, tragt es nicht länger.
Alles zu werden, strömt zuhauf!
Menschen, hört die Signale!
Auf zum letzten Gefecht!

Tyler sang die Internationale noch dreimal. Dann war Elion tatsächlich eingeschlafen. Wir hoben ihn vorsichtig hoch, legten ihn in sein Bett und deckten ihn zu.

»Jetzt bin ich natürlich wieder wach!«, sagte Tyler sauer und schälte sich unter der improvisierten Decke hervor. Elion schnarchte leise. Sie trat ans Wohnzimmerfenster und sah in die Nacht hinaus.

»Tyler?«

»Was?«

»Wieso bist du eigentlich immer so wütend auf alles und jeden?« Sie blickte mich durchdringend an.

»Das willst du nicht hören. Lass uns lieber an der Tanke Wodka kaufen. Dann wird's uns wärmer.«

Ich ging zu ihr ans Fenster. »Ich mein's ernst!«

Sie schien zu überlegen. »Okay. Gib mir mal mein Handy aus meiner Tasche.«

Einen Moment später zeigte sie mir ein Foto, das sie von einer Wand abfotografiert hatte. Um das gerahmte Foto herum konnte ich eine grauenvoll gemusterte Tapete erkennen.

»Das ist Mona. Meine Mutter.«

Tyler berührte das Gesicht ihrer Mutter vorsichtig mit der Spitze ihres Zeigefingers. Sie sah sympathisch aus, und das kleine Lächeln um ihre Lippen gab ihr einen Ausdruck voller Wärme.

»Sie war die gute Seele unseres Zuhauses und nicht ganz so verstrahlt wie die anderen Zeugen Jehovas«, fuhr Tyler fort.

»Meinem Vater war seine rebellische Tochter dagegen immer ein Dorn im Auge. Seine Antworten waren meistens Prügel und Beten bis zur Bewusstlosigkeit. Meine Mutter hat versucht, meine Geschwister und mich vor dem Arsch zu beschützen. Und sie hat sogar gearbeitet, als Haushaltshilfe, was in der Gemeinschaft total unüblich war. Auf 450-Euro-Basis, in so 'ner Unternehmerfamilie in der Nachbarstadt, obwohl sie eigentlich Hauswirtschaftsmeisterin war.«

»So wie unsere Eva«, murmelte ich. »Aber Eva arbeitet in Vollzeit.« Ich merkte jedoch sofort, dass dieses Reingrätschen in Tylers Geschichte ziemlich überflüssig gewesen war. Sie sah mich spöttisch an.

»Etwa 'n schlechtes Gewissen? Weil ihr auch eine Haushälterin habt?«

»Wegen Eva Seebald? Nein. Sie ist eigentlich eher so was wie unsere Ersatzmutter. Bis heute.«

»Na ja. Ist ja auch egal«, sagte Tyler, aber ihre Stimme verriet mir, dass es ihr alles andere als egal war. Vor allem, als sie mir dann die grauenhafte Geschichte des Unfalls ihrer Mutter erzählte. »Und mein Vater verbot dann den Ärzten, meiner Mutter Blutkonserven zukommen zu lassen«, erzählte Tyler, »ganz im Sinne seines Glaubens. Dieser scheiß Interpretation der Bibel, verstehst du? Aber irgendwann reicht Blutplasma eben nicht mehr aus. Ein paar Stunden später starb meine Mutter. Das nennt man im Normalfall unterlassene Hilfeleistung«.

»Oh, Gott, das tut mir leid!«

»Ich hab dich gewarnt. Es passiert genug Scheiße, wozu die noch verteilen?«

»Nein, so war's nicht gemeint. Bitte erzähl weiter.«

»Wen interessiert's?«

»Mich. Mich interessiert's!« Ich legte Tyler die Hände auf die Schultern und hielt sie fest.

»Lass den Quatsch. Komm, ich zeig dir lieber, wie man unterirdisch vom Königsplatz bis zum Deutschen Museum kommt.«

Sie befreite sich aus meinem Griff und glitt von der Fensterbank, auf der sie gesessen hatte.

»Ich hab meinen Bruder da unten eingesperrt, auf der Party. Ich bin schuld, dass er nicht rausgekommen ist. Und ich kann das niemandem erzählen.«

Ich kämpfte mit den Tränen. Sie schob mich sanft zum Lager zurück, und wir kuschelten uns unter ihrem Schlafsack zusammen.

Tyler seufzte.

»Weißt du, Nellie, ich hab jede Nacht davon geträumt, wie ich meine Familie bestrafen könnte für das, was mit meiner Mutter passiert ist. Ich wollte ihnen das nehmen, was ihnen am meisten wert ist.«

Sie schwieg einen Moment.

»Wie willst du ihnen ihren Glauben nehmen?«

»Quatsch. Ihren Status. Ihr Haus. Ich wollte es anzünden.«

»Echt?«

»Also bin ich eines Nachts da hin, ich hatte alles dabei. Und dann steh ich vor dem Haus und krieg plötzlich solche Angst. Damit aber nicht alles umsonst war, hab ich die Gartenlaube angezündet.«

Sie lachte, aber aus dem Lachen wurde plötzlich ein Schluchzen. »Ich hab mich so jämmerlich gefühlt.«

»Scheiße«, sagte ich. »Und dann? Wo bist du dann hin?«

»Unter die Brücke. Schon der erste Winter hätte mir fast den Rest gegeben. Wenn man einmal aus der Gemeinschaft der Zeugen raus ist, ist man geächtet. Das gilt auch für die eigene Familie. Na ja, und aus den Schlafstellen bin ich eine nach der anderen rausgeflogen. Wegen Drogen. Drei Jahre hab ich irgendwie durchgehalten. Bis mich Lilijana aufgelesen hat, die ja selbst am Arsch war. Aber sie war eine Kämpferin. Lilijana hat keine Fragen gestellt und sich einfach um mich gekümmert. Nur deswegen hab ich den Entzug geschafft. Zuerst dachte ich, ich sterbe vor Schmerzen. Tagelang nur Hölle. Aber sie war da, hat mich alle paar Stunden gewaschen, hat mich gefüttert, hat meine Kotze weggewischt. Ohne sie wäre ich jetzt – keine Ahnung. Vermutlich tot. Sie hat mir das Leben gerettet, verstehst du? Und jetzt bin ich dran.«

Ich legte meine Hand auf Tylers Rücken und zog sie zu mir heran. Sie weinte.

»Rutsch näher, es ist kalt.«

Dann lagen wir ganz dicht aneinander. Unsere Nasenspitzen berührten sich. Ich nahm ihr Gesicht in meine Hände.

»Ich weiß nicht –«

»Ich doch auch nicht«, flüsterte Tyler und gab mir einen Hauch von einem Kuss auf die Lippen.

Dann tat ich dasselbe. Es fühlte sich gut an.

Als ich aufwachte, saß Elion neben mir. Draußen graute der Morgen. Es war kurz nach acht. Aus dem Bad hörte ich die Dusche plätschern.

»Guten Morgen, Elion«, sagte ich und griff automatisch nach meinem Handy. Meine letzte Nachricht an Max war noch immer nicht gelesen worden. Sofort stiegen mir wieder Tränen in die Augen.

»Warum weinst du?«, fragte Elion.

»Weil ich meinen Bruder vermisse.«

Ich öffnete das Bildarchiv in meinem Telefon und suchte unsere alten Kinderfotos. Ich zeigte Elion ein Bild, auf dem Max und ich uns die Unterhosen über den Kopf gezogen hatten.

»Schau, das waren wir früher. Und so groß ist er jetzt.« Elion tippte auf das Foto von Max, es war gerade mal eine knappe Woche alt. Dann langte er nach seiner Plastiktüte.

»Ich habe ein Tuch von meiner Mama, da kann ich sie riechen.«

»Das ist schön«, sagte ich traurig.

Er zog ein Baseballcap aus der Tüte.

»Wenn du willst, schenke ich es dir!«

Ich erkannte das Cap sofort.

»Woher hast du das?«, stieß ich hervor, riss ihm Max' Kappe aus der Hand und roch daran.

»Die hat er vergessen.«

»Wer? Wer hat die vergessen?«

Elion zeigte auf mein Handy. »Der vom Foto. Den Tyler zu uns mitgebracht hat aus dem Rauch.«

»Elion!« Tyler stand im Zimmer, in ein Badelaken gewickelt. Der Kleine verstummte augenblicklich.

Ich ignorierte sie und wandte mich wieder an Elion. »Alles gut, du kannst es mir erzählen. Tyler hat ihn mitgebracht?«

»Elion, halt den Mund. Du verwechselst da was. Nellie, er verwechselt –«

Ich schälte mich aus dem Schlafsack und ging vor Elion auf die Knie.

»Elion, das ist ganz wichtig. Sag mir bitte, was du gesehen hast!«

»Ich wollte es dir schon lange erzählen!«, rief Tyler dazwischen.

»Was wolltest du mir erzählen?« Ich erhob mich und ging langsam auf sie zu.

»Dein Bruder – wir haben ihm nichts getan! Wir haben ihn nur –«, stieß sie verzweifelt hervor.

»Was habt ihr? Wo ist er? Wo. Ist. Er?«

»Ich weiß es nicht, Nellie. Wirklich! Ich will ihn auch finden, glaub mir bitte.«

»'nen Scheiß glaube ich dir. Warum auch? Wahrscheinlich ist er längst tot, so wie Maja und Wenzel.«

Ich versuchte mit aller Macht, nicht zu heulen.

Tyler wollte mich in die Arme nehmen, doch ich stieß sie weg.

»Fass mich nicht an. Lass mich bloß in Ruhe!«, schrie ich und lief an ihr vorbei ins Badezimmer. Ich übergab mich in die Kloschüssel.

4. TEIL

»Alles in der Welt endet durch
Zufall und Ermüdung.«

Heinrich Heine

54.
NELLIE

Ich wurde aus meiner Mutter überhaupt nicht mehr schlau. Nach außen hin wirkte sie zutiefst betroffen, ihr Sohn noch immer vermisst, vermutlich entführt, und gab mit sorgenvoller Stimme ein Fernsehinterview nach dem anderen; vergaß dabei jedoch nie, auf den sozialen Unfrieden hinzuweisen, den das Unity-Tower-Projekt der Stadt bisher beschert hatte. Wenn ich mich richtig erinnerte, hatte sie bis vor wenigen Wochen noch zu den Befürwortern dieses vermeintlich revolutionären sozialen Bauprojekts gezählt. Doch auch bei uns daheim, wo es keine Kameras gab, wirkte sie straight und aufgeräumt wie immer, fast heiter, während ich ob der quälenden Ungewissheit immer tiefer in Traurigkeit versank.

Woher nahm sie nur ihren unerschütterlichen Glauben daran, dass es Max gut ging? Dass er noch am Leben war.

»Nellie, bist du so weit?«, rief sie von unten aus der Eingangshalle. »Wenn wir jetzt nicht losfahren, komme ich zu spät zu den Wernecks.«

Nein, ich war nicht so weit. Nicht die Spur. Ich lag auf dem Bett, checkte Nachrichten und fühlte mich wie ein Fass, gefüllt mit Lethargie und Antriebslosigkeit. Trotzdem rappelte ich mich hoch. Meine Mutter lief unten ungeduldig wie immer hin und her. Als sie mich im Schlafanzug sah, blieb sie stehen. Ein Kondolenzbesuch war das Letzte, was ich jetzt brauchte.

»Mir geht's nicht gut«, sagte ich.

»Nun reiß dich mal ein bisschen zusammen«, war ihre Antwort.

Als ich schwieg, hob sie in einer theatralischen Geste die Arme.

»Mir scheint nichts anderes übrig zu bleiben. Dabei hätte ich ein wenig moralische Unterstützung nun wirklich gebrauchen können. Mein Gott, und dann auch der Sohn meiner Chefin!«

»Du schaffst das schon, Mama!«, sagte ich.

»Ach, meine Große!«, flötete sie und warf mir eine Kusshand zu. Für falsche Töne hatte meine Mutter einfach kein Gespür.

Ich atmete auf, als die Tür hinter ihr zufiel. Ich zog meinen flauschigen Bademantel an, ging mit dem Laptop ins Wohnzimmer und schaltete den Fernseher ein. Dann machte ich es mir auf der Couch gemütlich. Unsere Haushälterin servierte mir zwei Buttercroissants mit ihrer formidablen selbst gemachten Erdbeermarmelade. Als ich aufgegessen hatte, wurde ich schläfrig. Die Nacht war verdammt kurz gewesen und mein Schlaf immer wieder von den wildesten Träumen unterbrochen worden, in denen alle Beteiligten starben. Mir kam es vor, als würden meine Seele und mein Herz sich bereits auf das Unausweichliche vorbereiten. Auf das Unaussprechliche.

Irgendwann musste ich weggedöst sein. Ich schreckte hoch, als es an die Fensterscheibe klopfte, und sah Tyler in unserem Garten stehen.

What the hell?

Wie war sie auf unser Grundstück gelangt, ohne dass die Alarmanlage ausgelöst wurde?

Ich sprang auf und riss die Terrassentür auf.

»Hast du sie noch alle? Hau ab!«, rief ich. »Oder ich hole den Sicherheitsdienst, nein, besser gleich die Polizei.«

»Nellie, bitte –«

»Kein Interesse! Hau ab! Verschwinde aus meinem Leben!«

»Willst du Max nun finden oder nicht?«

Ich lachte höhnisch auf.

»Auf den Trick falle ich nicht noch mal rein! Ich bin doch nicht bescheuert! Und jetzt rufe ich die Polizei!«

»Von mir aus, ruf die Bullen! Aber hör mir vorher kurz zu.«

»Schieß schon los«, seufzte ich und ließ mein Handy sinken.

»Spider ist wieder aufgetaucht. Seine Freundin ist auch verschwunden.«

»Spider hat Wenzel auf dem Gewissen! Wen dieser Arsch vermisst, ist mir scheißegal.«

»Nein, hat er nicht. Er hat mir geschworen, dass Max zuerst freigelassen wurde, aber nicht von ihm. Und auch, dass er Wenzel nicht angerührt hat.«

»So? Und wer hat das Lösegeld für meinen Bruder bezahlt? Ich war es jedenfalls nicht.«

»Das weiß ich doch auch nicht. Ich weiß nicht mal, ob überhaupt was gezahlt wurde. Aber Spider hat gesagt, Wenzel war bereits aus dem Reifenlager verschwunden, als sie später dorthin zurück sind. Und ich glaube ihm. Aber was das Wichtigste ist, sie haben jemanden rumschleichen sehen.«

»Wen? Den Weihnachtsmann vielleicht?«

Tyler ließ sich nicht provozieren. Sie zog eine Visitenkarte aus der Hosentasche und reichte sie mir.

»Kaltbrunner? Das ist doch –«

»Die Polizistin, genau. Sie war wohl hinter einer Dealerin her, die hatte auch irgendwas mit deinem Bruder zu tun. Jedenfalls hat diese Kaltbrunner mir nach der Brandnacht ein Foto von Max und dem Mädchen gezeigt. Und das Mädchen ist Spiders Freundin!«

Ich war mir schon einmal sicher gewesen, dass ich Tyler trauen konnte. Und auch wenn sie mich enttäuscht hatte, ich glaubte noch immer nicht, dass sie mir etwas Böses wollte. Vielleicht war ich einfach so naiv.

»Okay. Komm rein. Willst du einen Tee?«

55.
DOMINIK

Magdalena telefonierte, als ich in ihrer Dienststelle auftauchte. Ich hatte beinahe vierundzwanzig Stunden Zeit gehabt, mich auf diesen Moment vorzubereiten. Wohl fühlte ich mich noch immer nicht. Wie auch, wenn man einem Menschen sagen muss, dass er all seine Hoffnungen begraben kann – im wahrsten Sinne des Wortes. Aber ich wollte Magdalena die furchtbare Nachricht selbst überbringen. Wem sonst hätte ich das zumuten können. Oder anvertrauen. Schließlich hatte sie auf ihrem Amoklauf Indizien für mindestens fünf Disziplinarverfahren zusammengetragen, und ich wollte unbedingt verhindern, dass sie noch etwas Unüberlegtes tat.

Das war ich ihr schuldig.

Ich wartete vor der Glastür des Großraumbüros, bis sie aufschaute und mich sah. Dann bedeutete ich ihr unauffällig, zu mir zu kommen.

Vielleicht lag es an meinem Gesichtsausdruck, aber Magdalena erhob sich augenblicklich, verfolgt von den Blicken ihrer Kolleginnen und Kollegen.

Sie öffnete die Tür, sah mich an und wusste sofort Bescheid.

»Nein.«

Ich nickte. Presste die Lippen zusammen.

»Nein!«

»Es tut mir so unendlich leid, Magdalena. Alina liegt in der Rechtsmedizin.«

»Nein!«, schrie Magdalena.

Ihre Beine gaben nach, und ich musste sie auffangen. Ich nahm sie in die Arme. Sie ließ es zu. Vergrub ihr Gesicht an meinem Hals. Ich spürte ihre Tränen.

»Manchmal habe ich mir gewünscht – ich habe gedacht, es wäre so viel leichter, wenn sie einfach verschwinden würde!«, flüsterte sie. Dann schluchzte sie laut auf. Es war furchtbar, zuzusehen, wie sie sich quälte.

»Bitte glaub mir, ich wusste nicht, dass deine Tochter eine der beiden Toten war.«

»Wie ist sie gestorben, Dominik?«

»Das wird gerade noch geklärt, aber mit großer Sicherheit war es ein Unfall. Es gab eine Anweisung von oben, zuerst die Mühlberg obduzieren zu lassen. Davon wusste ich jedoch nichts.« Was allerdings gelogen war, denn ich hatte vor ein paar Tagen in der Rechtsmedizin nicht sorgfältig genug hingesehen. Dafür schämte ich mich, doch ich war der Ansicht, es hätte wenig Sinn, Magdalena jetzt noch eine Enttäuschung zuzumuten.

Sie löste sich aus der Umarmung und sah mich mit großen Augen an.

»Ich hatte geglaubt, Alina und ich könnten es wieder hinkriegen. Ich hatte gedacht, sie retten zu können. Ich wollte sie nur wieder nach Hause holen und mich bei ihr entschuldigen. Weißt du, wie oft ich mir gewünscht habe, meine Mutter würde sich nur ein einziges Mal bei mir entschuldigen? Wieso ist das jetzt so eine *Scheiße?*«

Das letzte Wort hatte sie geschrien. Sie stieß mich weg und rannte taumelnd aus der Dienststelle hinaus. Ich sah ihr hilflos hinterher.

»Was ist denn jetzt schon wieder los?« Christiane Sommer war unbemerkt neben mich getreten.

»Frau Sommer, es verhält sich vollkommen anders, als Sie denken.«

»Mir reicht es mit Frau Kaltbrunners Eskapaden. Es ist inzwischen genug für ein Disziplinarverfahren zusammengekommen. Ich kann nicht länger wegschauen.«

Mir blieb nichts anderes übrig. »Es geht um Frau Kaltbrunners Tochter.«

»Bitte? Ich wusste gar nicht, dass sie überhaupt eine Tochter hat.«

»Hatte, Frau Sommer. Sie ist tot. Vermutlich ein Unglücksfall in den Katakomben, während der Brandnacht. Vielleicht lässt das Frau Kaltbrunners besonderes Engagement in diesem Fall in einem anderen Licht erscheinen.«

»Mein Gott!«, sagte Christiane Sommer. »Das ist ja furchtbar.«

»Ich werde ihr besser hinterhergehen, bevor –«

»Bevor was?«

»Ach, nichts. Sie wird in dieser Situation sicher Unterstützung brauchen.«

»Natürlich, natürlich …«

»Dürfte ich Sie trotzdem noch um einen Gefallen bitten? Ich brauche eine Auskunft aus dem polizeilichen Melderegister. Den Wohnort von *Helga* Kaltbrunner, das ist ihre Mutter.«

56.
TYLER

Da ist sie«, sagte ich zu Nellie. »Aber sag mal, ist die besoffen, oder was?«

Magdalena Kaltbrunner taumelte mehr, als dass sie lief. Immer wieder blieb sie stehen, als müsse sie alle Kräfte zusammennehmen.

»Die will doch in dem Zustand nicht etwa fahren?«, sagte Nellie.

»Sie hat aber ihren Schlüssel in der Hand, und der Volvo da hinten blinkt.«

»Und was jetzt?«

»Wir müssen hinterher. Hast du Geld fürn Taxi?«

Wir rannten über den Bahnhofsvorplatz zum Taxistand. Magdalena Kaltbrunner stieg ein, als wir den ersten Fahrer erreichten. Sie fuhr los, als wir Platz nahmen.

»Sehen Sie den Volvo da? Folgen Sie bitte dem Wagen!«, rief ich.

Der Taxifahrer drehte sich zu uns um. »Wollt ihr mich verarschen?«

Nellie hielt ihm einen Fünfziger entgegen.

»Sieht das vielleicht nach Verarsche aus?«

Eigentlich machte ich mir ja nichts aus Geld. Aber das war eine Situation, in der ich Nellie darum beneidete.

Wir hatten Glück mit unserem Fahrer, der sich nach der anfänglichen Irritation als genau der richtige entpuppte. Ein Rotlichtverweigerer.

»Könnte nämlich sein, dass bei Grün ein Kollege von rechts kommt«, feixte er. Ich starb jedenfalls tausend Tode, doch trotz der Raserei verloren wir den Volvo – komischerweise in einer ruhigen Nebenstraße.

»Und jetzt?«, fragte der Taxifahrer.

»Keine Ahnung«, sagte ich.

»Sie muss hier noch irgendwo sein. Es gibt keine Querstraße, und die Straße ist zu lang, wir müssten sie also sehen«, sagte Nellie.

»Fahren Sie bitte langsam einmal die Straße rauf und wieder runter«, sagte ich. »Nellie, du guckst links und ich rechts. Vielleicht parkt sie in einem der Innenhöfe.«

»Da steht ihr Volvo!«, rief Nellie nur ein paar Augenblicke später. »Und dort läuft sie!«

Das Taxi hielt ruckartig an. Ich sprang raus, Nellie bezahlte den Fahrer. Dann rannten wir in den Innenhof eines großen Gebäudekomplexes. Magdalena Kaltbrunner war nicht zu sehen.

»Verdammt, hier gibt es mindestens ein Dutzend Hauseingänge!«, rief ich. »Du nimmst die linke Seite, ich nehm die rechte. Und wenn du sie findest, pfeifst du! Kannst du überhaupt pfeifen?«

Nellie lächelte mich an.

»Aber so was von! Ich hab doch einen Bruder!«

57.
MAX

Ich hatte verbissen versucht, mich aus dem verfickten Sessel zu befreien. In Filmen sah das immer so einfach aus: Da saß der Held auf seinem Stuhl, hatte bereits eine Spezialbehandlung mit Elektroschocks, Fingernägelziehen und Waterboarding hinter sich, bevor der Oberschurke den Folterkeller betrat, und dann warf der Held sich plötzlich mitsamt dem Stuhl nach hinten, das Holz zersplitterte, seine Fesseln lösten sich wie durch Zauberei, und dann konnte er dem selbstverständlich total überraschten Bösewicht und den anwesenden Bodyguards richtig einschenken.

Doch mit einem Polstersessel aus der Gründerzeit funktionierte das leider nicht. Auch das Gaffa-Tape war weit davon entfernt, sich einfach auflösen zu wollen. Und dann hatte die Verrückte mir mit ihren Polizeihandschellen auch noch die Hände gefesselt.

Inzwischen hatte ich resigniert. Feines Wort. Ich hatte versucht, meine Lage zunächst nüchtern, dann ironisch und dann zynisch zu betrachten. Doch ich kam immer zum selben Ergebnis: Ich war voll am Arsch, wenn nicht ein Wunder geschähe. Vielleicht würde ich ja auch am betörenden Duft der Zimmerpflanzen ersticken, von denen ich umgeben war. Andererseits soll so viel Grün beruhigend wirken. Und was hätte es schon groß geändert, wenn ich weiterhin rumzappelte. Anscheinend stimmte dieser ganze Karma-Mist doch irgendwie. Denn natürlich hatte ich Scheiße gebaut. Nicht, weil ich den genialsten Rave ever organisiert hatte. Darauf war ich noch immer stolz. Aber das mit Alina war mal richtig schiefgegangen. Ich hatte voll versagt. Und Maja? Ich checkte bis heute nicht, was eigentlich passiert war, wie ich sie dort unten hatte verlieren können. Klar, da waren Chaos, Rauch, Panik und alles. Aber trotzdem fühlte ich mich jetzt als Versager. Denn da war ja auch noch Wenzel. Ich hätte mehr Druck machen müssen, als mich die hustende Frau aus dem Reifenlager befreite. Gar nicht geil, wenn man sich für drei Menschen verantwortlich fühlt und dann hier gefesselt in einem Sessel hockte.

Ich hörte den Schlüssel in der Wohnungstür, und dann stand die Verrückte auch schon vor mir. Doch irgendetwas musste passiert sein, sie sah völlig durch den Wind aus, und ihre Augen waren rot, als hätte sie geheult.

Sie öffnete die Handschellen und fing wie zu sich selbst an zu reden.

»Da geht man zur Polizei, damit man mit seiner Arbeit was ändern kann. Damit man was Gutes machen, was gut machen kann, die Welt retten. Aber es ist überall das Gleiche.«

Sie zückte ein Cuttermesser und schnitt das Gaffa durch. Dann endlich sah sie mich an und sagte die drei magischen Wörter: »Du kannst gehen.«

Im ersten Moment glaubte ich an eine Falle. Aber sie trat zur Seite und wies mir mit einer leichten Verbeugung den Weg. Vorsichtig stand ich auf.

»Los, hau schon ab!«, sagte sie tonlos. »Planänderung.«

Ich ging unsicher und ganz langsam zur offenen Wohnzimmertür. So richtig traute ich dem Frieden noch nicht. In der frischen Luft, die durch die geöffnete Wohnungstür in den Flur strömte, nahm ich meinen Geruch wahr. Mir wurde schlecht. Trotzdem drehte ich mich auf der Türschwelle noch mal zu ihr um und fragte: »Haben Sie das wirklich gedacht? Dass Sie die Welt retten könnten?«

»Ich hab dir doch gesagt, du sollst abhauen!«, fauchte sie.

»Alles klar. Es kann sich sowieso jeder nur selbst retten.«

Sie ließ die Schultern hängen und kämpfte ganz offensichtlich mit den Tränen.

Ich holte tief Luft.

»Es tut mir alles so leid! Ich wollte das nicht. Ich wollte ihr wirklich noch helfen, aber sie war schon –«

Die Verrückte sah mich plötzlich durchdringend an.

»Was?«, rief sie. Ihre Augen verengten sich.

»Wie, was? Nichts!« Aber ich wusste sofort, dass ich einen Fehler gemacht hatte. Warum hatte ich nicht einfach meinen Mund gehalten?

Sie kam langsam auf mich zu. Ich starrte sie an.

»Was hast du gerade gesagt? Sie war was?«, rief sie.

Fuck, dachte ich, fuck, fuck, fuck! Flucht war sinnlos. Mir tat alles weh. Ich konnte kaum laufen. Sie war immer schneller geworden und riss mich mit dem letzten Schritt zu Boden, stellte sich breitbeinig über mich, zog ihre Pistole und zielte mit dem Ding in beiden Händen auf mein Gesicht.

»He, hören Sie auf damit!« Ich war panisch, doch sie rührte sich keinen Millimeter weg, sah mich nur schweigend weiter an mit diesem irren Blick.

»Ich konnte nichts machen, wirklich. Sie war, sie war nicht da. Sie war weg, verstehen Sie? Ohnmächtig. Ja, genau, sie war ohnmächtig.«

»Sie lag also ohnmächtig vor dir irgendwo in diesen dreckigen Katakomben, und du hast sie einfach liegen lassen? Ja?« Sie lud die Pistole durch und legte den rechten Zeigefinger auf den Abzug.

»Ich *wollte* ihr doch helfen!«, brüllte ich.

Aber die Verrückte schüttelte nur den Kopf.

58.

TYLER

Nellie konnte tatsächlich pfeifen. Ich rannte über den Innenhof zu ihr hinüber. Sie zeigte auf das Klingelschild. Eine H. Kaltbrunner wohnte im zweiten Stock. Ich konnte gerade noch ihre Hand wegschlagen, bevor sie klingelte.

»Ich mach das diesmal«, sagte ich und knackte das Schloss innerhalb weniger Sekunden.

Dann stürmten wir gemeinsam die Treppen hoch. In der zweiten Etage blieben wir atemlos stehen. Sechs Wohnungstüren.

»Sei leise!«, sagte ich.

Nellie nickte. »Hier!«, wisperte sie. Tür Nummer zwei stand offen.

Ich linste durch den Türspalt, dann schob ich die Wohnungstür langsam auf, und wir schlichen hinein. Die Zimmertüren hatten große Einsätze aus Milchglas.

»Ich *wollte* ihr doch helfen!« Der laute Schrei ließ uns zusammenfahren. In der Stimme, die vermutlich aus dem Wohnzimmer kam, lag Todesangst.

»Das ist Max! Er lebt!«, flüsterte Nellie. Sie presste ihre Hände auf die Lippen, um nicht zu schreien.

»Hast du aber nicht. Du hast sie einfach liegen lassen!« Auch diese Stimme erkannten wir. Sie gehörte Magdalena Kaltbrunner.

»Du hast Alina sterben lassen. Du hast meine Tochter da unten einfach verrecken lassen. Sag mir: Mit welchem Recht willst du jetzt noch weiterleben?«

59.
NELLIE

Tyler straffte sich und ging lässig ins Wohnzimmer hinein. »Worum geht es hier eigentlich?«, hörte ich sie fragen.

Ich stolperte ihr hinterher, mit dem festen Vorsatz, diesem Irrsinn endlich ein Ende zu machen. Max lag auf dem Boden. Magdalena Kaltbrunner hatte einen Fuß auf die Brust meines Bruders gesetzt und zielte mit ihrer Pistole auf Tyler.

Ich erstarrte vor Schreck.

»Keinen Schritt näher!«, sagte Magdalena Kaltbrunner zu Tyler.

»Nellie?«, sagte Max. Er sah schlimm aus. Ich begann zu zittern.

Tyler blieb stehen. »Nimm die Kanone runter, Magdalena«, sagte sie, »das bringt doch nichts.«

Mein Gott, war sie cool. Doch die Hauptkommissarin zielte jetzt auf mich.

»Hör auf mit dem Scheiß. Und du, Nellie, reißt dich jetzt zusammen! Alles wird gut. Alles wird gut. Es wird –«

»Gar nichts wird hier mehr gut.« Magdalena Kaltbrunner zielte wieder auf Max. »Seinetwegen ist meine Tochter auf dieser scheiß Party gestorben!«

Tyler machte zwei Schritte nach vorn und stellte sich nur ein paar Zentimeter vor die Polizistin. Sie sah ihr ohne jede Angst ins Gesicht.

»Dann musst du uns beide umlegen. Denn ich hab das Feuer gelegt. «

»Wir hatten doch alle Panik, Tyler … Frau Kaltbrunner«, stammelte ich.

Ich sah, dass der Arm der Kommissarin zitterte. Niemand von uns rührte sich.

Tyler redete weiter auf sie ein. »Es war ein Zufall. Es ist furchtbar, aber es war ein Zufall.«

Magdalena Kaltbrunners Zeigefinger am Abzug zuckte.

»Magdalena«, sagte irgendjemand, »Magdalena, ich bin jetzt da.«

60.
DOMINIK

Ich hatte jedes Wort gehört. »Magdalena«, sagte ich leise, »gib mir bitte deine Waffe!«

Sie sah mich an. Ich ging langsam auf sie zu. Einen, zwei, drei Schritte. Dann stand ich neben ihr und streckte meine Hand nach der SIG Sauer aus. In ihr arbeitete es. Doch als erfahrene Polizistin wusste sie vermutlich längst, dass die Situation ausweglos war.

Es wurden die längsten zehn Sekunden meines Lebens. Magdalena ließ schließlich ihre rechte Hand sinken und hielt mir dann die Pistole hin. Ich nahm sie und entlud sie. Die drei jungen Menschen waren wie erstarrt. Der Junge auf dem Boden zitterte am ganzen Körper. Das musste Max Mahler sein, auch wenn er weit entfernt von dem coolen Yuppie war, den ich in den Medien gesehen hatte. Bei den beiden Frauen konnte ich nur raten, vermutete aber, dass eine von ihnen Max' Schwester Nellie war und die andere Tyler, die ich allerdings nicht auf dem Schirm hatte.

»Setz dich«, sagte ich zu Magdalena, »komm erst einmal wieder zu dir.«

Sie wusste, dass sie verloren hatte. Und zwar alles. Eher fiel sie zu Boden, als dass sie sich setzte. Ich ließ mich neben ihr nieder, während Max Mahler sich mühsam aufrappelte.

»Ich weiß, warum du dich in diese Situation gebracht hast.«

»Ich wollte ihn umbringen«, sagte Magdalena Kaltbrunner tonlos.

»Nein. Du bist eine Heldin. Man wird dich feiern. Denn du hast den letzten Vermissten gefunden.«

»Was?« Max Mahler fiel aus allen Wolken. »Diese Irre hat mich entführt und wollte mich gerade umbringen!« Er deutete auf Tyler. »Und diese Bitch da hat Wenzel und mich gefangen gehalten wie Tiere.«

»Das hab ich eben nicht gehört«, fügte die junge Frau hinzu, die ich schon ihrer Kleidung wegen für seine Schwester hielt.

Es war riskant, aber anders würden Magdalena und ich da nicht rauskommen.

»Fällt euch eine bessere Lösung ein? Also … folgender Vorschlag. Ich fang mal an, wie sich die Sache für mich darstellt.« Ich fühlte mich zwar wesentlich weniger selbstsicher, als ich tat, aber niemand widersprach mir, und so redete ich weiter.

»Ihr alle habt eben einen bunten Strauß diverser Straftatbestände zugegeben. Absolut verwertbare Geständnisse, in der Gegenwart eines Zeugen.«

»Ach ja?«, sagte die andere junge Frau.

»Und Sie sind?«

»Das geht Sie nichts an.«

»Nun, das wird sich schnell feststellen lassen, wenn man Ihnen auf dem Revier die Personalien abnimmt. Dann fangen wir doch gleich bei Ihnen an, mal sehen … Einbruch, Entführung, Brandstiftung, Freiheitsberaubung, Körperverletzung, Nötigung – vielleicht sogar Totschlag oder Mord.«

»Das ist –«

»Sie sind Nellie Mahler, habe ich recht? Da könnte man auf unterlassene Hilfeleistung mit Todesfolge sowie Verdeckung einer Straftat erkennen, bei Ihrem Bruder Max –«, ich sah kurz zu ihm rüber, er hatte sich inzwischen aufgerappelt und in einen Sessel gesetzt, »bei ihm hätten wir ebenfalls unterlassene Hilfeleistung und zusätzlich noch Verstoß gegen das Betäubungsmittelgesetz, fortgesetzter Drogenhandel, illegaler Alkoholausschank, Hausfriedensbruch – ich bin sicher, mir würde noch mehr einfallen, wenn ich ein bisschen nachdenke.«

Vier Augenpaare starrten mich ungläubig an. Nur weiter, dachte ich und deutete auf Magdalena.

»Bei Hauptkommissarin Kaltbrunner hätten wir es mit Bedrohung, Freiheitsberaubung, Körperverletzung, Nötigung sowie Amtsmissbrauch zu tun. Letzteres gilt vermutlich allerdings auch für mich –«

»Täuschen und tricksen. Das könnt ihr Bullen wirklich am besten«, sagte die unbekannte junge Frau. Sie schien von meinem Monolog noch am wenigsten beeindruckt.

»Und wer von uns ist Ihrer Meinung nach für Wenzels Tod verantwortlich? Wollen Sie uns das auch noch in die Schuhe schieben? Ich hab ihn jedenfalls nicht umgebracht.«

Max Mahler stürzte sich auf sie. Auf diese Weise vom Tod seines Freundes zu erfahren, musste hart sein.

»Was? Er ist tot?«, brüllte mein Bruder los. »Tyler, du blöde Fotze. Und dir soll ich glauben, dass du mit Wenzels Tod nichts zu tun hast?«

Zum Glück musste ich nicht eingreifen, denn seine Schwester ging sofort dazwischen.

»Max, hör auf! Lass Tyler in Ruhe!«

»Aber sie hat uns mit ihren Leuten da unten eingesperrt!« Max Mahler versuchte, sie zu schlagen, aber sie pendelte ihn aus, und seine Faust verfehlte das Ziel.

Nellie Mahler hielt ihren Bruder mit aller Kraft fest. Geschwächt, wie er war, gab er rasch auf.

»Ja, ich weiß, Max!«, keuchte sie. »Aber Tyler hat uns auch geholfen, dich zu finden. Sie ist jetzt auf unserer Seite.«

Sie legte einen Arm um Max' Schulter. »Komm, beruhig dich! Wir müssen jetzt zusammenhalten, dann ist dieser Albtraum bald vorbei.«

Max Mahler begann zu weinen. Seine Schwester führte ihn behutsam aus dem Wohnzimmer hinaus.

61.
NELLIE

Kein Wort zu den Medien. Keine Storys und Postings. Keine vertraulichen Gespräche unter Freunden, sondern Stillschweigen. Im Gegenzug dafür würde sich Dominik Liebknecht in der nächsten Stunde um alle notwendigen Schritte kümmern.

Einfach schön unter dem Radar bleiben, Leute, in ein paar Tagen ist Weihnachten, da zählen dann andere Dinge, und die Menschen vergessen zum Glück schnell, hatte uns der Staatsanwalt zum Abschied gesagt. Ein komischer Typ, aber offensichtlich in Ordnung.

Ich kannte einen türkischen Imbiss in der Nymphenburger Straße. Dort gingen wir hin, denn Max bestand darauf, sofort etwas zu essen. Ich merkte, dass er mit aller Macht versuchte, das Trauma, das er erlitten hatte, zu verdrängen. Aus dem Imbiss rief ich dann meine Mutter an.

Tyler und mir war klar, dass wir mit dem heutigen Tag Teil einer Verschwörung geworden waren, die wir bisher nur aus Filmen kannten. Und aus dem Netz natürlich, wo permanent die krudesten Theorien auftauchten.

Ob Max das auch wusste? Ob er es begreifen würde? Ich war so froh, dass er lebte, dass ich ihn wiederhatte, aber mir graute schon jetzt davor, wenn er erst einmal die ganze Tragweite der Ereignisse erfassen würde. Von uns dreien war er mit Abstand derjenige, der am meisten hatte aushalten müssen. Körperlich und seelisch. Seitdem er gerade – quasi nebenbei – vom Schicksal seines Freundes Wenzel erfahren hatte, hatte er praktisch kein Wort mehr gesagt und stattdessen mit affenartiger Geschwindigkeit Döner in sich hineingestopft, den zweiten schon.

Plötzlich hielt er inne.

»Was ist mit Maja?« Verdammt. Ich hatte gehofft, Max vorher nach Hause bringen zu können, wo er erst mal runterkäme, sich ausruhen würde. Tyler und ich wussten nicht, wo wir hinschauen sollten.

»Was ist denn?«

Tyler zuckte die Schultern. Mein Bruder tat mir unendlich leid.

Ausnahmsweise war es unsere Mutter, die mich vor der Wahrheit rettete. Was für ein Timing!

»Max!«, rief sie mit filmreifer Theatralik und umarmte ihn fest. »Gott sei Dank, du lebst. Geht es dir gut? Sollen wir dich in ein Krankenhaus bringen? Ach, mein kleiner Max! ... Aber, wie du riechst, Kind!«

»Mama!«, sagte ich.

»Mir geht's ganz gut.« Er warf einen Blick auf den halben Döner und unterdrückte ein Aufstoßen. »Ich will bloß nach Hause und duschen!«

Tyler beobachtete uns schweigend, mit ausdrucksloser Miene.

»Ich bin fast gestorben vor Angst um dich. Du musst mir alles erzählen!«, sagte meine Mutter und entließ meinen Bruder aus ihrem Klammergriff.

»Als mich diese Frau losgebunden hat da unten –«

»Welche Frau?«, fragte ich.

»Na, die mit dem Akzent, die so fertig war –«

Tyler sah mich verstohlen an und verschloss mit dem Zeigefinger unauffällig ihre Lippen. Kein Wort über Lilijana!

Meine Mutter fiel Max im selben Moment ins Wort. »Das ist doch jetzt alles nicht so wichtig. Hauptsache ist, du bist endlich wieder da!«

»Ich will jetzt wissen, was mit Maja ist! Ist sie okay? Ist sie zu Hause?«

Meine Mutter schüttelte stumm den Kopf. Max schaute mich an. Ich wich seinem Blick aus.

»Als mich diese Frau losgebunden hat, da hat Wenzel noch gelebt. Ich weiß, dass man ihn inzwischen gefunden hat, tot!«, rief Max aufgebracht. Seine Stimme brach. Aber ich wusste, was er sagen wollte. Ich konnte nicht anders und brach in Tränen aus.

»Nein«, flüsterte mein Bruder, »bitte nicht!«

Sogar meine Mutter kämpfte jetzt mit den Tränen. Und dann heulten wir alle – bis auf Tyler.

»Fährst du mich bitte nach Hause«, sagte Max zu meiner Mutter.

»Natürlich. Kommst du, Nellie?« Sie unterdrückte ein Schluchzen.

Ich sah Tyler an. »Und du?«

»Ich muss zu Elion. Und vorher noch zu Lilijana ins Krankenhaus.«

»Fahrt schon mal vor, Max und du«, sagte ich entschlossen zu meiner Mutter. Aber meine Gedanken rasten.

62.

TYLER

Lilijana war wach, als Nellie und ich am späten Nachmittag ins Krankenhaus kamen. Über ihrem Gesicht lag eine Sauerstoffmaske aus durchsichtigem Kunststoff, die ihr das Atmen erleichtern sollte. Am Kopfende ihres Bettes standen gleich mehrere Überwachungsmonitore, und außerdem hing sie am Tropf.

Höchstens zehn Minuten, hatte die Schwester gesagt, *die Patientin ist sehr schwach. Eigentlich darf sie überhaupt keinen Besuch empfangen.*

Ich setzte mich zu ihr auf die Bettkante. Nellie blieb an der Tür stehen. Lilijana erkannte mich und tastete nach meiner Hand.

»Wie geht's dir?« Lilijana zuckte die Schultern und lächelte mühsam.

»Ich darf nicht lange bleiben, hat die Schwester gesagt. Aber ich weiß, dass du die beiden – ich weiß, dass du sie rausgeholt hast. Aus dem Reifenlager.«

Sie vermied es, mich anzusehen. Ich sah, dass ihre Augen feucht wurden.

»Einer der beiden, Max, ist wieder aufgetaucht. Er ist in Sicherheit.« Lilijana drückte meine Hand.

»Aber was ist dann passiert?«

Ich strich ihr die verklebten Haare aus der Stirn. Sie wollte etwas sagen, aber die Sauerstoffmaske hinderte sie daran, und ich half ihr dabei, sie abzunehmen.

Ihr Atem ging rasselnd. Sie hustete, was ihr offensichtlich große Schmerzen bereitete.

»Ich Max gesagt, Augenbinde erst abnehmen, wenn bei Raum mit Fenster.« Ihre Stimme war nur ein Flüstern.

»Und du?«

»Zurück ins Reifenlager wegen andere Junge, Wenzel. Dort war Spider, fragen: Wo ist andere? Voll Zorn, verstehst du? Vielleicht hat mich beobachtet.«

»Was hast du denn getan, Lilijana?«

Sie winkte schwach ab.

»Ich Spider gesagt, wir können teilen das Geld. Soll ich mich raushalten, er sich kümmert um Wenzel. Das ist alles.«

Nellie räusperte sich. Lilijana richtete sich ein kleines Stück auf. Der Druck ihrer Hand wurde noch fester.

»Ich kann nicht mehr, Tyler, weißt du. Ich bin fertig. Aber Elion muss nicht weiter mehr in Dreck schlafen. Ist für ihn gesorgt. Und Zukunft möglich.«

»Lilijana, mit wem hast du gesprochen?«, fragte ich. »Wer hat euch in diese Wohnung gebracht? Mit wem hast du einen Deal gemacht?«

Ihr Kopf sank zurück aufs Kissen. Sie wandte den Blick ab und schaute aus dem Fenster.

»Rede mit mir«, sagte ich leise, »bitte!«

Ihre Miene veränderte sich im Bruchteil einer Sekunde. Ihre Gesichtszüge wurden hart.

»Ich bin nichts schuldig. Ich habe mich gekümmert um dich. Okay? Aber jetzt muss ich um meine Familie kümmern.«

»Aber ich bin doch auch deine Familie!«

»Ty, Liebe, was du hast gedacht? Unten, wir können in Gängen nicht ewig leben. Das ist keine Lösung.«

Ein weiterer Hustenanfall schüttelte Lilijana. Als er vorbei war, fuhr sie fort: »Das alles geht nicht für immer. Und du musst dein Leben ab jetzt selber schaffen.«

Lilijana begann zu keuchen. Ich half ihr, die Maske wieder aufzusetzen.

»Ich kümmere mich um Elion!«, sagte ich. Doch Lilijana ließ

meine Hand los und schloss die Augen. Wir verließen leise das Zimmer. Draußen auf dem Flur flüsterte Nellie: »Tyler! Das ist die Frau, die Max gemeint hat. Wir müssen zu diesem Staatsanwalt!«

»Spinnst du? Auf gar keinen Fall!«

»Scheiße, Tyler, aber sie weiß, dass Spider Wenzel ermordet hat –«

»Nein, das weiß sie nicht«, sagte ich, vermutlich eine Spur zu laut, denn eine Krankenschwester, die gerade auf dem Flur damit beschäftigt war, einen Verbandswagen zu bestücken, warf mir einen zornigen Blick zu.

»Aber du hast es doch gerade gehört. Wer soll es denn sonst gewesen sein? Lilijana schiebt es jetzt auf Spider, denn du selbst hast gesagt, Spider sei gar nicht da gewesen! Bleibt doch nur noch sie!«

»Lilijana würde niemals einen Mord begehen.«

Ich senkte meine Stimme. »Ist Tatsache, klar?«

Wir betraten das Treppenhaus und gingen schweigend die zwei Stockwerke hinunter. Ich spürte, dass Nellie ganz verstört war. Verstört und unsicher. Und dass sie mir nicht glaubte. Ich hätte sie nicht so anraunzen sollen. Aber langsam gingen auch mir die Nerven durch.

Als wir vor dem Haupteingang des Krankenhauses standen, fing es sachte an zu schneien.

»Hör mal«, sagte ich in versöhnlichem Ton, »Lilijana muss da in irgendwas reingeraten sein, ich versteh selbst nicht, in was, was da unten passiert ist, aber sie hat auf eigene Faust gehandelt. Willst du wirklich diesen Staatsanwalt informieren und eine Frau des Mordes verdächtigen, die im Sterben liegt? Elion würde ins Heim kommen.«

Ich sah den Zweifel in Nellies Gesicht.

»Viel wichtiger ist doch, dass wir rausfinden, was es mit dieser scheiß Wohnung auf sich hat. Wem gehört die? Wer hat Lilijana und Elion dahin gebracht? Und wer hat für Max bezahlt?« Denn irgendjemand musste ein Lösegeld bezahlt haben, so viel war klar. Aber warum dann nicht auch für Wenzel?

»Keine Ahnung«, sagte Nellie schwach.

Weder sie noch ich machten Anstalten, weiterzureden.

»Na dann«, sagte ich. Ich drehte mich um und ging. Ich sah mich nicht ein einziges Mal nach Nellie um, aber ich spürte ihren Blick noch lange im Rücken.

63.
JANOSCH

Die Reaktionen auf meine Verwandlungsstory waren zahlenmäßig einfach nur sensationell. Allerdings beschränkten sich die Kommentare auf Emojis, es gab nur erstaunlich wenige User, die sich Zeit für einen längeren Kommentar genommen hatten. Einen davon fand ich bemerkenswert.

IM LEBEN GEHÖRT IMMER ALLES ALS GANZES ZUSAMMEN. WENN SICH ETWAS VERÄNDERT, GEHÖRT DIE VERGANGENHEIT DAZU. SIE IST NICHT PLÖTZLICH WENIGER WERT.

Ich bedankte mich mit einer kurzen PN:

DANKE. SO VIEL VERSTÄNDNIS ZU ERHALTEN, TUT ECHT GUT.

Postwendend kam die Antwort.

WIR KÖNNEN AUCH PERSÖNLICH MITEINANDER SPRECHEN. ICH WARTE VOR DER TÜR.

Nellie? Ich verließ mein Zimmer und erblickte einen Moment später meinen Vater, eingepackt in Schal, Mütze und Wintermantel.

»Zieh dir was an, Janosch. Ist kalt draußen«, sagte er.

Der Wind pfiff uns unangenehm um die Ohren. Aber er pustete meinen Kopf durch. Ich spürte kleine Schneekristalle im Gesicht. Wir gingen die Strecke entlang, auf der ich normalerweise joggte. Sohn und Vater. Vater und Sohn. Was das Netz betraf, war mein Vater ein Voll-DAU, DÜMMSTER ANZUNEHMENDER USER. Umso mehr beeindruckte es mich, dass er sich auf meinen YouTube-Kanal vorgetastet hatte, doch noch besser war, dass er mich jetzt nicht volltextete.

Plötzlich musste ich stehen bleiben.

»Was is?«, fragte er. »Kannst nimmer?«

In gewisser Weise konnte ich tatsächlich nicht mehr.

»Es tut mir leid. Es tut mir alles schrecklich leid. Ich hab euch –«

»Du musst dich für nichts entschuldigen, Janosch. Für gar nichts. Schau, da ist eine Bank. Setz ma uns hin?«

Es war arschkalt. Die Lichter des ehemaligen Olympischen Dorfes spiegelten sich in dem künstlichen See, auf dem noch immer ein paar Kinder Eishockey spielten. Ich zündete mir eine Zigarette an.

»Ich habe mich mein Leben lang unvollständig gefühlt. Als wäre ich nicht ganz bei mir. Mir hat immer was gefehlt, Papa.«

Ich inhalierte so tief, bis ich husten musste.

»Ihr habt mir mal erzählt, dass ich als Baby häufig weinend aufgewacht bin.«

»Nicht nur als Baby. Das ging, bis du im Kindergartenalter warst, und noch ein bisserl darüber hinaus. Schreiend und weinend«, erzählte mein Vater. »Deine Mutter und ich haben dann stundenlang neben dir gesessen und versucht, dich zu beruhigen.«

»Später, ich weiß es noch ganz genau, hatte ich diese Träume, dass mir Arme oder Beine oder der halbe Körper fehlen.«

Mein Vater schwieg, und ich war dankbar, wie aufmerksam er mir zuhörte. »Diese Unvollständigkeit hat mich bis jetzt begleitet. Erst dachte ich, es liegt an euch, aber ihr seid top gute Eltern. Dann konnte es ja nur an mir liegen. Jetzt ergibt plötzlich alles Sinn.«

Mein Vater nahm mich fest in die Arme.

»Weißt du, Janosch, solange ich leb, werd ich alles dafür tun, dass du dieses Gefühl nie wieder haben musst. Versprochen. Indianerehrenwort.«

Ich lächelte. »Aber du kannst noch was für mich tun. Bitte hör endlich auf, dir Sorgen um mich zu machen wegen eurer Trennung. Schau lieber, dass du den Absprung endlich hinkriegst.«

Er schaute mich betreten an. »Merkt man das so?«

Jetzt umarmte ich meinen Vater. Es fühlte sich gut an.

64.
LISA

Ich wachte am frühen Morgen auf, als es draußen noch stockdunkel war. Schlagartig, als wenn mich ein Blitz getroffen hätte. Außer Teds regelmäßigem Atem herrschte totale Stille. Ich warf mir meine Decke über die Schultern und stieg leise aus dem Bett. Irgendetwas trieb mich, aber ich wusste nicht, was. Die Spuren des vergangenen Abends waren über das gesamte Loft verteilt. Vom Sushi waren noch ein paar California Rolls übrig, und ich bemerkte ein Fleckchen Sojasauce auf dem Esstisch.

In der Ecke neben dem Kamin stand das Flipchart. Drum herum lagen lauter zusammengeknüllte Papierkugeln. Auf dem Chart Skizzen, Bullet Points und Post-its. O ja, wir hatten ordentlich rumgesponnen. Projektentwicklung im Champagnerrausch. Besonders kreativ. Oder eben auch nicht. Ich setzte mich auf die breite Lehne seines Sofas und beobachtete Ted. Je länger ich ihn anstarrte, desto mehr verschwamm vor meinen Augen alles zu einer grauen, undefinierbaren Masse. Plötzlich sah ich mich zu meinem Erstaunen in Teds Bett liegen, wie ich selig in seinen Armen schlief. Und dann wachte diese schlafende Lisa auf, und unsere Blicke kreuzten sich für einen winzigen Augenblick. Es gab nun zwei Lisas. Mich, die selbstbestimmte Lisa, und Ted Greenbaums Lisa, die er für sich vereinnahmen wollte. Denn ganz egal, was wir bis weit nach Mitternacht auch für Ideen hatten: Jede kam früher oder später an den Punkt, an dem Ted fand, dass wir unbedingt gemeinsam abhauen sollten. Ein paarmal hatte er auch *müssen* gesagt.

Er gab die Richtung vor.

Dieser seltsame Wachtraum war ein Wink meines Unterbewusstseins. Es würde mir meine Entscheidung zwar nicht abnehmen, aber immerhin leichter machen. Ich blinzelte die schlafende Lisa weg.

Ich war wieder solo. Und es fühlte sich richtig an. Passend zu diesem Gefühl explodierte der Himmel in den schönsten Bonbonfarben. Ich begann, meine Klamotten aufzusammeln und mich leise anzuziehen.

Als ich mich gerade aus dem Loft schleichen wollte, murmelte Ted etwas Unverständliches, drehte sich um und schlief weiter.

»Tut mir leid. Tut mir wirklich leid, Ted«, flüsterte ich.

65.
NELLIE

Janosch oder ich. Einer von uns beiden musste den Anfang machen, und im Prinzip war es scheißegal, wer sich diese Blöße geben würde, die wahrscheinlich gar keine war. Also, ich.

»Ja? Wer ist da?«, kam es aus der Gegensprechanlage.

»Ich bin's, Nellie.«

Keine Antwort. Stille, bis auf das leise Rauschen der Technik.

»Janosch? Kann ich hochkommen?«

Immer noch keine Antwort. Fünf Sekunden, zehn Sekunden. Dann summte der Türöffner.

Janosch empfing mich am Fahrstuhl. Er trug eine warme Jacke und Winterstiefel. Offenbar wollte er mich nicht in die Wohnung lassen. Wir sahen uns schweigend an. Schließlich sagte ich: »Max ist wieder da.«

»Ich weiß. Hab's aus den Nachrichten.«

»Und das mit Wenzel –«

Janosch nickte betreten.

»Aber wenigstens Max. Gott sei Dank«, sagte er nach einer Weile.

Ich deutete auf die Wohnungstür der Seilers.

»Wollen wir nicht einfach reingehen? Damit wir reden können?«

»Du hast mich Fake genannt, du Bitch.« Er versuchte, ein Grinsen zu unterdrücken.

»Und du hast meine Nummer gelöscht, du Spast!« Auch ich musste mich anstrengen, ihm nicht gleich um den Hals zu fallen.

»Sollen wir vielleicht irgendwohin gehen? Ich hab krassen Hunger. Irgendwohin in die Stadt, was essen?«

Ich schubste ihn vorsichtig zurück. Einen Schritt nach dem anderen, in Richtung Wohnungstür.

»Hier ist es genau richtig. Und wenn du so großen Hunger hast, kann ich dir ’nen Topf Spaghetti machen.«

Spaghetti waren nicht da. Aber Toastbrot, Schinken und Käse. Ich schmierte Janosch zwei dick belegte Sandwiches. Dann setzten wir uns in sein Zimmer. In sein Home Studio.

»Warum hängen wir eigentlich nie hier ab?«

»Machst du dich jetzt lustig, oder was?«

»Nein«, sagte ich und richtete mich auf.

»Vielleicht solltest du zu Hause mal ausziehen?«

»Vielleicht.«

Er stopfte sich die letzte Toastecke in den Mund, stellte den Teller beiseite und kam kauend zu mir aufs Bett.

»Janosch, lass uns ab jetzt einfach ehrlich zueinander sein. Wir können kein Team sein, wenn wir uns gegenseitig die Taschen volllügen.«

»Keinen Bullshit mehr«, sagte Janosch.

Ich schüttelte den Kopf. »Keinen Bullshit mehr.«

Wir umarmten uns. »Ich hab dich vermisst.«

»Ich dich nicht«, sagte er und lachte. Plötzlich wurde er wieder ernst. »Ich muss dir was zeigen.« Er griff nach seinem Handy. »Sieh mal!« Er hielt mir ein Foto vor die Nase.

Ich hatte Janosch noch nie in solchen Klamotten gesehen.

»Echt ’n weirder Style. Aber, hey, dir steht alles.«

Janosch schüttelte den Kopf. »Nee, das bin nicht ich. Das ist Meral.«

»Wer ist Meral?«

»Meral ist … mein Bruder. Mein Zwillingsbruder.«

»Dein was?«

»Mein Bruder, Nellie. Ist aber eine sehr lange Geschichte.«

Ich spürte, dass Janosch keinen Unsinn quatschte, um sich wichtig zu machen. Er legte sich neben mich und stierte an die Zimmerdecke.

»Na dann, shoot, Baby. Außer dir hab ich kein Leben und alle Zeit der Welt«, sagte ich.

Janosch holte tief Luft und begann zu erzählen. Von Anfang an. Wie er während des Raves zum ersten Mal den alten Mann getroffen hatte. Wie er kurz darauf mit Tyler aneinandergeraten war. Wie es in ihm drin »klick« gemacht hatte, nicht nur einmal, sondern immer wieder. Wie ihm der alte Mann noch einmal und noch einmal begegnet war, der ihn dann schließlich in die Kammer der Erinnerungen geführt hatte. Und wie er dann seine Eltern dazu gebracht hatte, die Wahrheit zu erzählen.

Ich hatte Janosch nicht ein einziges Mal unterbrochen, sondern ihn reden lassen. Als er seine unglaubliche Geschichte beendet hatte, war die Sonne bereits untergegangen, und wir lagen im Dunkeln auf seinem Bett. Ich aktivierte sein Handy und schaute mir noch einmal das Foto seines Zwillingsbruders Meral an.

»Willst du nach ihm suchen?«, fragte ich.

Janosch schwieg einen Moment, dann sagte er: »Weißt du, ich mach mir schon Gedanken über meine Zukunft. Und ich glaub, dafür ist es wichtig, mit der – also mit seiner eigenen Vergangenheit okay zu sein. Wer man war und wer man ist. Damit es okay ist, wer man wird.«

Hermann Seiler klopfte an die Zimmertür. Der Aufschub war mir mehr als recht, denn ich war längst noch nicht so weit wie Janosch. Sein Vater öffnete sachte die Tür und steckte den Kopf ins Zimmer.

»Ich hab Essen gemacht!« Er wandte sich an mich. »Magst bleiben, Nellie? Mir ham heut sehr viel da!«

»Das ist sehr lieb, Herr Seiler, aber meine Mutter hat angekündigt, heute für die Familie zu kochen. Und Weltwunder sollte man gebührend würdigen.«

»Das versteh ich«, sagte Janoschs Vater lächelnd.

Mein neuer alter Freund Janosch brachte mich bis zum Fahrstuhl. Kein großer Abschied, keine Tränen, keine Versprechungen. Es war fürs Erste alles gesagt.

Als ich den Fahrstuhl trat und die Schiebetüren zuglitten, dachte ich an Tyler. Mir war nach ihrer Nähe. Ich vermisste sie und wünschte mir nichts sehnlicher, als dass sie bei mir wäre. Kaum war ich auf der Straße, nahm ich ihr eine Sprachnachricht auf.

»Hi, Tyler, vielleicht findest du das voll komisch oder hast keine Lust aber – ich würde mich freuen, wenn du heute Abend zu uns zum Essen kommst. Mit Elion natürlich. Meine Mum ist in Kochlaune, was überaus selten vorkommt. Überleg's dir, mach's gut.«

66.

TYLER

Um die ganze Sache mal realistisch zu betrachten: Die beschissenste Rolle in diesem Spiel hatte doch Elion. Ich war am Vormittag noch einmal zu seiner Mutter ins Krankenhaus gegangen. Aber Lilijana war tot. Seit ein paar Wochen hatte ich täglich damit gerechnet, dennoch fühlte ich mich jetzt schutzlos und allein.

Doch Lilijana war nicht einfach so gestorben. Als ich auf ihrer Station aufkreuzte, herrschte dort Alarm. Der Flur vor ihrem Zimmer war mit rot-weißem Flatterband abgesperrt, zwei uniformierte Bullen ließen niemanden passieren, und als ich mich ganz nach vorne zur Absperrung mogelte, sah ich drei Männer in weißen Schutzanzügen um Lilijanas Bett herumstehen und etwas in kleine Plastiktütchen verpacken. Auf den Rücken ihrer Anzüge stand in großen Lettern KTU.

»Wieso kann ich nicht zu meiner Tante? Zimmer sechs?«, fragte ich einen der beiden uniformierten Bullen.

»Weil es sich hier um einen Tatort handelt«, sagte der Bulle und musterte mich misstrauisch.

»Was ist denn passiert? Wo sind die anderen Patienten?«

»Die sind wohl alle verlegt worden, auf Station vier«, sagte er. »Alles Weitere müssten Sie bitte eine der Schwestern fragen …« Plötzlich änderte er seine Tonlage in den freundlichen Mood. Er lächelte sogar ein wenig. »Aber, ich bin mir sicher, Ihrer Tante geht es gut … Also, bitte, fragen Sie bei den Schwestern nach, ja?«

Ich hatte nur Leere gefühlt. Keine Trauer. Gut eine Stunde lungerte ich noch auf der Inneren herum und schnappte dabei Bröckchen aus der Gerüchteküche der entsetzten Patienten und des Pflegepersonals auf. Das Bild, das sich daraus ergab, war eindeutig: Lilijana, illegal und unsichtbar, war in der Nacht von einer maskierten und ganz in Schwarz gekleideten Person umgebracht worden.

Im Krankenhauskiosk kaufte ich eine Literflasche Cola für Elion. Lilijana hatte ihm ein Glas pro Tag erlaubt. Als ich zurück in unsere Bleibe kam, erwischte ich ihn bei einer waghalsigen Klettertour in der Küche, wie er versuchte, die Cola vom Vortag aus dem Oberschrank zu stibitzen. Er wehrte sich mit Händen und Füßen.

»Ich darf Cola! Ein Mal am Tag, und gestern hab ich nicht, also darf ich heute zwei Gläser!«

»Na gut, Elion«, sagte ich matt, »du hast gewonnen.«

Ich nahm die Cola und ein Glas. Dann gingen wir ins Wohnzimmer zu unserem provisorischen Lager.

»Setz dich mal hin, Kleiner. Ich muss dich was fragen. Es ist sehr wichtig, ja?«

Er sah mich skeptisch an.

»Wer hat euch in diese Wohnung gebracht?«

Ich öffnete die Cola, schenkte ihm das Glas voll, doch Elion schaute absichtlich weg. »Wem gehört diese Wohnung, Elion? Weißt du das? Mit wem hat Mama gesprochen?«

Er antwortete nicht, sondern blieb trotzig.

»Ich brauch deine Hilfe, Elion. Du musst es mir sagen!«

»Ich darf nicht. Sonst passiert der Mama was«, sagte er kleinlaut.

Ich packte sein Ärmchen, denn langsam wurde ich wütend.

»Wenn du mir jetzt nicht sofort sagst, was du weißt, dann …« Mir fiel nichts ein, womit ich ihm drohen sollte, denn ich verabscheute so ein Verhalten. Für Elion aber war es schon genug.

»Aber ich hab's ihr doch versprochen.« Er brach in Tränen aus. »Mama hat gesagt –«

Voller Frust über diese sinnlose Unterhaltung schlug ich mit der flachen Hand auf den Boden. Elion erschrak und warf die Colaflasche um. Jetzt weinte er richtig und wollte die klebrige Limonade mit seinem Ärmel aufwischen, aber ich hielt ihn zurück.

»Versuch's damit«, sagte ich und zog eine alte Zeitung aus meinem Rucksack.

Elion erstarrte.

»Was ist?«

Der Kleine schaute wie hypnotisiert auf die Titelseite. Dort prangte ein Foto der Stadtbaurätin Anna Mahler. Der Mutter von Nellie und Max.

Meine Gedanken fingen an zu rasen.

»Elion, sieh mich an! Kennst du diese Frau?«

Er reagierte nicht.

»Du kennst diese Frau? *Sie* hat euch in diese Wohnung gebracht? Fuck!«

Ich kramte hastig meine Sachen zusammen.

»Hör zu, Elion, ich muss noch mal kurz weg. Du wartest hier und gehst nirgendwohin, klar? Und du darfst Cola trinken, so viel du willst.«

Ich brauchte eine knappe halbe Stunde bis nach Bogenhausen zur Villa der Mahlers. Dieses Mal nahm ich jedoch den Vordereingang. Ich läutete und lächelte dabei in die kleine Überwachungskamera, die neben der Haustür in die Wand eingelassen war. Dann hörte ich Schritte. Anna Mahler öffnete selbst. Sie trug eine weiße Kochschürze und hatte quietschgrüne Crogs an. Sie sah aus wie ihre eigene Haushälterin.

»Oh, hallo! Tyler, nicht wahr? Kann ich dir helfen?« Sie wusste noch, wer ich war, ihre Stimme klang freundlich.

»Ich würde gern zu Nellie.«

»Das tut mir jetzt leid, aber Nellie ist noch bei ihrem Freund. Willst du warten? Oder kann ich was ausrichten?«

»Nö. Passt schon.«

Sie musterte mich abwartend. Ich erwiderte ihren Blick. Total gleichmütig, bis sie ein wenig unsicher wurde. »Tja, dann wohl auf Wiedersehen ...«, meinte sie.

Leise sagte ich: »Ich weiß, dass Sie es waren.«

»Wie bitte?«

»Die Wohnung? Und *Sie* haben Wenzel auf dem Gewissen. Liljana vermutlich auch.«

»Wovon redest du?«

Sie war sehr cool. Zeigte keine Regung. So, als ob meine heftigen Beschuldigungen einfach nur gaga wären. Aber ich konnte spüren, dass sie unter ihrem Panzer bebte.

»Das wissen Sie ganz genau. Und ich werde dafür sorgen, dass Sie nicht davonkommen.«

»Da bin ich aber gespannt!«

Ihre herablassende Art stachelte mich an.

»Ich hab es satt, dass am Ende immer die Reichen gewinnen. Weil ihr denkt, dass alles euch gehört. Dass ihr alles kaufen könnt. Sogar das, worauf ihr null Recht habt. Wie die Würde der Menschen, die sich für euch täglich den Arsch aufreißen, damit ihr euch in eurer Luxusblase immer schön wohlfühlen könnt. Glauben Sie mir, damit kenne ich mich verdammt gut aus. Sie haben Liljanas Verzweiflung ausgenutzt und sie zu einer Auftragsmörderin gemacht! Sie hat den besten Freund Ihres Sohnes umgebracht! Und dann haben Sie eiskalt dafür gesorgt, dass sie in den letzten Tagen ihres Lebens nicht doch vielleicht noch was verraten könnte. Vermutlich sogar persönlich. Wie krank sind Sie eigentlich?«

Nellies Mutter hatte mir mit unbewegtem Gesicht zugehört. Dann sagte sie: »Ich weiß wirklich nicht, wer von uns beiden hier krank ist? Und warum ich mir diesen haltlosen Unsinn überhaupt anhören muss. Von jemandem wie dir ... Ich glaube, es wäre besser für dich, wenn du dich in Zukunft von unserer Familie fernhältst.«

»Sehen Sie: *Das* meine ich. Diese Arroganz! Diese Selbstgefälligkeit! Aber Lilijana war *meine* Familie. Und Sie haben sie nicht nur benutzt, sondern Sie haben sie getötet, nachdem sie für Sie nutzlos geworden war.«

Ich holte tief Luft, dann schrie ich: »Sie werden sich stellen. Sonst mach ich Ihnen das Leben zur Hölle, das schwör ich.«

Anna Mahler sagte kein Wort, sondern schüttelte nur empört den Kopf und zog sich dann beherrscht in ihr Haus zurück. Ganz leise und sachte schloss sie die Haustür.

Auf dem Rückweg zu Elion kam eine Sprachnachricht von Nellie. Sie lud mich zum Abendessen bei sich zu Hause ein. Zu spät. Ich hatte gerade persönlich abgesagt. Einen Moment lang überlegte ich, Nellie eine WhatsApp zu schicken, aber dann entschied ich mich dagegen. Ich fand, sie hatte es verdient, selbst herauszufinden, dass sie offenbar mit einem Monster unter einem Dach lebte, um dann die richtige Entscheidung zu treffen.

67.
MAX

Aufatmen im Fall Maximilian Mahler. Wie ein Sprecher der Münchner Staatsanwaltschaft bekannt gab, wurde der 21-jährige Sohn der Münchner Stadtbaurätin am heutigen Nachmittag von einer Beamtin der Bundespolizei unversehrt in einem Versteck aufgefunden. Dem vorausgegangen war offenbar ein anonymer Hinweis über den Aufenthaltsort des jungen Mannes, der seit einer illegalen Party in den Katakomben unweit des Hauptbahnhofs vermisst wurde. Über ein Lösegeld ist nichts bekannt; Festnahmen gab es bisher keine. Die Katakomben waren zuletzt immer wieder in die Schlagzeilen geraten, denn sie gelten als einer der kriminellen Brennpunkte der bayerischen Landeshauptstadt und mutmaßliche Zentrale des Untergrundnetzwerks Schwarzer Engel, dem mehrere Kapitalverbrechen in der jüngsten Vergangenheit zugeschrieben werden; unter anderem der Mord am 22-jährigen Wenzel Graf von Werneck sowie schwere Brandstiftung in mehreren Fällen. Eine Sonderkommission ermittelt. Nähere Informationen wolle man derzeit aus ermittlungstaktischen Gründen nicht geben.«

»He, Kleiner«, hörte ich Nellies Stimme an meinem Ohr, »he, aufwachen! In einer halben Stunde gibt's Essen.«

Meine Schwester beugte sich über mich und klappte den Laptop zu, mit dem ich praktisch rund um die Uhr die Nachrichten verfolgte. Unser Hausarzt hatte mich inzwischen untersucht und keine gravierenden äußerlichen Verletzungen festgestellt. Körperlich würde ich in ein paar Tagen wieder auf dem Damm sein. Und dann würde meine Mutter mich zu einem Psycho-Doc schicken, klar.

Warum auch nicht, denn obwohl ich frei war, obwohl ich weiterleben durfte, spielte ich jede Situation, an die ich mich erinnern konnte, immer wieder durch. Doch ganz gleich, wie ich es auch drehte oder wendete, am Ende waren alle tot, und ich musste heulen.

So, wie jetzt.

Nellie legte sich zu mir aufs Bett.

»Während du weg warst, hab ich viel Zeit in deinem stinkenden Zimmer verbracht. Und weißt du, was mir Hoffnung gegeben hat?«

»Keine Ahnung«, schluchzte ich.

»Dass dich doch keiner behalten will. Du musst irgendwann zurückkommen.«

Heulen und gleichzeitig lachen zu müssen ist beknackt. Ich versuchte Letzteres, und nach ein paar Minuten klappte das auch.

Nellie langte auf den Boden neben meinem Bett und zeigte mir einen Ordner.

»Weißt du noch, wie wir damals gemeint haben, wir seien alt genug, um auszuziehen und allein zu wohnen?«

Natürlich konnte ich mich daran erinnern. »Ist es wieder so weit?«

»Was mich betrifft, wird es echt langsam Zeit«, sagte sie. »Und ich würde mich sogar bereit erklären, dich aufzunehmen. Probeweise.«

»Wie nett von dir.«

»Den Ordner hab ich in Mamas Arbeitszimmer gefunden. Muss schon älter sein. Ich wusste gar nicht, wie viele Wohnungen Papa und Mama inzwischen besitzen.«

Wir setzten uns auf und begannen zu blättern.

»Wohin willst du? Maxvorstadt, Schwabing oder lieber Glockenbach?«

»Ich hab gehört, das Westend sei schwer im Kommen«, sagte ich. »Los, schlag mal auf.«

Wir vertieften uns in die Exposés von gut einem Dutzend Wohnungen. Nur einmal wählte meine Schwester zwischendurch Tylers Handynummer.

»Ich hatte sie per WhatsApp zum Essen eingeladen, weil Mama kocht. Aber sie ist nicht erreichbar.«

»Bist du sicher, dass man zu diesem Ereignis fremde Leute ins Haus holen sollte?«

Nellie lachte, wurde aber gleich wieder ernst.

»Tyler hat bisher nicht geantwortet. Und jetzt krieg ich plötzlich die Ansage, dass die Nummer nicht vergeben sei. Merkwürdig.«

Ich blätterte um. Eine Wohnung in der Landshuter Allee. »Viel zu laut«, sagte ich und schlug die Seite um.

»Stopp!«, rief Nellie. »Blätter zurück, los!«

»Was ist denn?«

Meine Schwester hatte plötzlich das große P im Gesicht. Sie starrte entsetzt auf das Deckblatt des Exposés. Ich konnte daran nichts Besonderes finden. Das Foto zeigte den Eingang eines biederen, grau verputzten Mietshauses, der von zwei braunen Säulen gesäumt war. Nellie schloss die Augen und flüsterte: »Das glaube ich jetzt nicht.«

»Kommt ihr bitte essen!«, rief meine Mutter von unten.

»Das ist epic, Mama!«, sagte ich, als ich unser Esszimmer betrat.

Meine Mutter wirkte entspannt, was wahrscheinlich an den ein, zwei Gläsern Wein lag, die sie in der Küche getrunken hatte.

»Ihr wolltet euch ja nicht entscheiden. Also gibt es alles, was ihr gern esst. Die Quiche ist mir leider ein bisschen angebrannt. Aber dafür schmeckt sie umso selbstgemachter!«

Nellie nahm Platz. Sie schaute meine Mutter an, aber sie wirkte wie in Trance.

»Nellie!«, sagte meine Mutter. »Was ist mit dir?«

»Ich würde gern noch auf Tyler warten. Ich hab sie zu uns eingeladen«, sagte meine Schwester, und ich bemerkte verständnislos, wie das Gesicht meiner Mutter einfror.

68.

NELLIE

Sie heißen Nellie Mahler?«

»Nellie Maria Agnes Mahler. Ja.« Ich war schwer genervt.

»Geboren am 18. Juni 1997? In München?«

»Steht doch auf meinem Ausweis, Herr Oberkommissar Werner.«

»Wohnhaft in der –«

»Die Adresse steht auch drauf.« O Mann.

»Und Sie sind Studentin?«

»Kunstgeschichte und Literaturwissenschaften. Im fünften Semester an der LMU.«

»Ludwig-Maximilians-Universität«, nickte der Bulle.

»Ist das denn jetzt so wichtig?«

»Es muss alles seine Ordnung haben!« Mit diesen Worten reichte er mir meinen Personalausweis zurück. Er vergewisserte sich, dass die Videokamera auf dem Stativ neben ihm eingeschaltet war, und beugte sich vor.

»Fangen wir also an, Frau Mahler!«

»Bitte.« Ein spätes Frühstück wäre mir jetzt lieber gewesen.

»Ich hätte zunächst eine Verständnisfrage, auch wenn es im Grunde eher zweitrangig ist. Sie studieren, aber Sie wohnen noch zu Hause?«

»Mit meinem Bruder und meiner Mutter, ja.«

»Gibt es dafür einen speziellen Grund?«

»Speziell? Wie meinen Sie das?«

»Na ja, es ist doch ungewöhnlich, dass eine junge Erwachsene mit Anfang zwanzig noch nicht ausgezogen ist. Gerade in Ihrer überaus komfortablen finanziellen Situation.«

Hörte ich da etwa Sozialneid?

»Ich weiß zwar nicht, auf was Sie hinauswollen, aber wenn es einen speziellen Grund dafür gibt, dass mein Bruder Max und ich nicht in einer Studenten-WG rumhängen müssen, dann vermutlich den, dass wir beide keinen Bock darauf und es überdies nicht nötig haben.«

Er sah mich verständnislos an. So verständnislos, dass ich mich genötigt fühlte, seinem kleinen Beamtenhirn Frischluft zuzufächeln.

»Wissen Sie, Oberkommissar Werner, auf knapp sechshundert Quadratmetern Wohnfläche in einem Park müssen meine Mutter, mein Vater, der sich sowieso die meiste Zeit des Jahres geschäftlich in Fernost aufhält, mein Bruder und ich uns nicht besonders anstrengen, um uns aus dem Weg zu gehen. Außerdem finde ich das Leben mit Hausangestellten äußerst bequem, und im Übrigen, das ist jetzt die soziale Komponente, Herr Werner, nehmen wir auf diese Weise nicht zwei anderen jungen Leuten Wohnraum weg, der gerade hier in München ziemlich knapp bemessen sein soll, wie man hört.«

Ich gebe zu, das war ziemlich arrogant. Tut mir leid. Ehrlich. Mein Bruder Max und ich sind zwar tatsächlich privilegiert, aber ich würde normalerweise nie damit hausieren gehen, dass meine Eltern eben mehr Geld besitzen als die meisten Eltern. Auf dem kurzen Hals des Kommissars breiteten sich rote Flecken aus.

Dr. Ploog mischte sich ein: »Halten Sie Ihre Frage nach den stabilen sozialen Verhältnissen der Familie Mahler für fallrelevant?«

»Es geht mir ums Gesamtbild, Herr Rechtsanwalt.«

»Das Gesamtbild. Ah ja. Es wäre trotzdem in unser aller Interesse, wenn Sie zur Sache kommen würden, Herr Oberkommissar.«

»Natürlich.« Der Bulle wandte sich wieder an mich. »Können Sie mir denn sagen, was gestern Nacht passiert ist, Frau Mahler?«

Ich zeigte mit dem Zeigefinger auf mich und tat erstaunt.

»Was passiert ist? In unserer Villa hat es gebrannt. Das ist passiert.«

»Haben Sie die Feuerwehr alarmiert?«

Achtung, Fangfrage!

»Wieso denn ich? Ich wusste doch gar nicht, dass es brennt. Unsere Haushälterin Eva hat den Notruf gewählt. Eva Seewald.«

Halt. Stopp. Ich sollte besser erwähnen, dass ich in diesem Moment in einem kahlen Raum in der zweiten Etage des Münchner Polizeipräsidiums in der Ettstraße einem Oberkommissar gegenübersaß. Einem echten Vollpfosten. Er hieß Wolfgang Werner und müffelte nach Schweiß.

So einen Raum kannte ich bisher nur aus Filmen. Ein stabiler rechteckiger Tisch aus Edelstahl, in den ein massiver Metallbügel für die Handfesseln geschweißt war. Insgesamt vier Stühle, Betonboden, alles abwaschbar – und dann natürlich die große schwarze Glasscheibe, die in die Stirnwand eingelassen war. In Wahrheit ein Einwegspiegel, hinter dem andere Ermittler beobachten konnten, was passierte. In Krimis läuft das jedenfalls so. Aber das hier war kein Film. Das hier war real, und es roch nicht nur nach den Ausdünstungen von Oberkommissar Werner, sondern auch ein bisschen nach Kotze. Immerhin war ich nicht gefesselt, denn ich war freiwillig hier. Sagen wir es mal so: gezwungenermaßen freiwillig.

Ich hatte keine Ahnung, ob jemand hinter der dunklen Scheibe stand. Dafür lief eine kleine Videokamera. Oben an der Decke, in der Ecke neben der Eingangstür war eine weitere Kamera montiert. Für die Totale. Darunter stand noch ein Bulle. Er war uniformiert, steif wie ein Kaktus und tat vollkommen unbeteiligt. Und neben mir saß schließlich Dr. Ploog. Dr. Ferdinand Ploog. Mein Anwalt. Oder, um genauer zu sein, der Anwalt unserer Familie. Seit Jahrzehnten schon, glaube ich. Obwohl wir schon lange keine richtige Familie mehr waren.

»Wo waren Sie, als das Feuer in Ihrer Villa ausgebrochen ist, Frau Mahler?«

Mein Anwalt erhob mahnend die Hand und wollte sich einmischen.

»Kein Problem, Dr. Ploog«, sagte ich, »der gestrige Abend ist kein Geheimnis.«

Ich schenkte ihm mein zauberhaftestes Lächeln, und ich lächelte auch dann noch, als ich mich wieder dem Oberkommissar widmete.

»Ich weiß ja gar nicht, wann das Feuer ausgebrochen ist. Ich war mit Janosch unterwegs, Herr Werner. Wir waren was trinken. Als ich dann gegen kurz nach zwei nach Hause kam, war die Feuerwehr schon da.«

»Ich nehme an, Sie meinen Herrn Seiler?«

»Ja, einen gewissen Janosch Seiler meine ich.« Mein Gott, was redete der Typ bloß geschwollen daher!

»Den ganzen Abend?«

Ich nickte.

»Ganz sicher?«

»Natürlich.«

»Und das würde Herr Seiler bestätigen?«

»Bestimmt könnte er das.« Hoffentlich. Denn hundertprozentig sicher war ich mir nicht.

»Wo waren Sie etwas trinken? Möglichst präzise, Frau Mahler.«

O fuck. Dieser Bulle war der lebende Captain Obvious. Ich switchte zu Prinzessin Hilflos und wandte mich an Dr. Ploog. Mein gefakter Verzweiflungsfaktor betrug fünfzig Prozent. Das musste reichen.

Wie gewünscht lief mein Rechtsanwalt von null auf hundert zu Höchstform auf.

»Es hört sich für mich ganz danach an, als wollten Sie meine Mandantin als Brandstifterin verdächtigen. Dabei würde ich Sie dringend bitten, sich zu entscheiden, Oberkommissar Werner.

Wollen Sie Frau Mahler als Verdächtige anhören oder möchten Sie sie als Zeugin vernehmen, die etwas zur Aufklärung des Falls beitragen könnte.«

Es waren meine Eltern, die in seltener Einmütigkeit darauf bestanden hatten, dass Dr. Ploog mich ins Präsidium begleitete.

»Nur für alle Fälle, wirklich nur eine reine Vorsichtsmaßnahme, mein Schatz«, hatte mir Papa vorhin noch am Telefon gesagt, »denn bei unserer Polizei weiß man ja nie.«

Weder mein Vater noch Dr. Ploog konnten oder wollten sich wahrscheinlich vorstellen, welche Rolle ich tatsächlich in dieser ganzen Katakomben-Geschichte spielte. Wie sollten sie auch.

Meine Mutter hingegen stand auf einem ganz anderen Blatt. Mir würde zwar mit Sicherheit kein Epic Fail passieren, aber einen der bekanntesten Strafverteidiger Münchens als Back-up zu haben, war prinzipiell eine gute Idee.

»Wundert Sie das, Herr Rechtsanwalt?« Der Oberkommissar warf einen Blick in den dünnen Aktenordner, der aufgeschlagen vor ihm auf dem Tisch lag. »Ihre Mandantin ist ja in letzter Zeit ziemlich oft vor Ort gewesen, wenn es gebrannt hat.«

»Genau mein Humor, Oberkommissar Werner.« Ruhig bleiben, Nellie. Eine Zigarette wäre jetzt genau das Richtige gewesen.

»Es handelt sich lediglich um eine Feststellung, Frau Mahler. Oder waren Sie etwa nicht vor gut drei Wochen ebenfalls auf dieser desaströsen Untergrundparty in den sogenannten Katakomben anwesend?«

»Oberkommissar Werner, Sie steuern geradewegs auf eine prächtige Dienstaufsichtsbeschwerde zu.« Die Stimme meines Anwalts war leise, aber scharf wie ein Sushi-Messer. »Diese Tragödie am Hauptbahnhof tut hier absolut nichts zur Sache!«

»Sehen Sie, Herr Rechtsanwalt, genau das bezweifeln wir. Wir vermuten da einen Zusammenhang. Nein, ich muss mich korrigieren, wir vermuten mehrere Zusammenhänge.«

»Aber mit Vermutungen kommen wir bekanntlich nicht weiter. Wo sind die Fakten, Oberkommissar Werner? Wo sind die Indizien, die Beweise, die Sie vorlegen können? Außerdem ist meine Mandantin in jener Angelegenheit bereits mehrmals als Zeugin vernommen worden.«

»Lassen Sie nur, Dr. Ploog. Oberkommissar Werner tut ja nur seine Pflicht! Das sagt man doch so, nicht wahr?« Ich legte meine linke Hand auf Ploogs Unterarm. »Janosch und ich waren gestern Abend auf der Alten Utting. Er hatte, glaube ich, drei oder vier Helle und ich zwei Gin Tonic. Mit Gurke. War das jetzt präzise genug für Sie, Oberkommissar?«

»Sie meinen das Winterzauberschiff auf der Brücke, im Sendling.«

»Nett, nicht wahr?« Pass bloß auf, du Honk. Ich kann auch anders, wenn ich dazu gezwungen werde. Dann mutiere ich zur Bitch. Das habe ich nicht verlernt.

Oberkommissar Werner räusperte sich. »Das Schiff schließt um Mitternacht. Der Notruf ging um ein Uhr vierzehn bei der Feuerwehr ein.«

»Wenn Sie das sagen! Aber genau deshalb sind Janosch und ich noch auf einen Absacker in die Gruam.«

»Das ist die Eckkneipe gegenüber?«

»Ja, das ist die Eckkneipe gegenüber. Sie kennen sich aber bestens in der Szene aus, Herr Oberkommissar! Dann sollten Sie einfach bei Charlie nachfragen. Der hatte gestern Schicht hinterm Tresen. Außerdem habe ich um Viertel nach eins unseren Chauffeur angerufen, Herrn Seewald. Marcus Seewald.«

»Aus welchem Grund?«

»Weswegen beschäftigt man einen Chauffeur? Um von A nach B zu kommen. In diesem Fall nach Hause.«

»Da brannte es bereits, Frau Mahler.«

»Schon möglich, aber Herr Seewald wartete zu diesem Zeitpunkt vor dem Vierjahreszeiten auf meine Mutter. Sie hatte dort einen Termin, aber der dauerte länger.«

»Tatsächlich?«

»Fragen Sie bitte meine Mutter, wenn Sie mir nicht glauben. Ich gebe Ihnen gerne ihre private Handynummer.«

»Die Termine der Stadtbaurätin Anna Mahler tun hier ebenfalls nichts zur Sache, Oberkommissar Werner!«, warf Dr. Ploog ein.

»Entschuldigen Sie, Herr Rechtsanwalt, aber Sie müssen mir wenigstens die Chance geben, alle Umstände zu verstehen.«

»Welche Umstände denn? Und was gibt es für Sie daran nicht zu verstehen?«

Der Oberkommissar räusperte sich. »Es geht um die zeitlichen Abläufe der vergangenen Nacht. Und warum der Chauffeur der Familie Mahler stundenlang vor dem Hotel Vierjahreszeiten auf die Stadtbaurätin Anna Mahler wartet und die Tochter der Stadtbaurätin, Frau Nellie Mahler, ihn gleichzeitig nach Sendling beordern kann.«

»Weil es sein Job ist. Das machen meine Mutter und ich immer so, wenn es sich zeitlich vereinbaren lässt. Aber letztlich mussten Janosch und ich doch ein Taxi nehmen.«

»Moment! Jetzt doch ein Taxi?«

»Weil wir noch einen Schlenker über Milbertshofen machen wollten. Janosch wohnt dort.« Was ich dem Vollpfosten auf jeden Fall verschweigen musste, war, dass wir grundsätzlich mit Taxi-Toni fuhren, auch wenn es manchmal länger dauerte, bis der kam. Denn Toni fuhr nur nachts und nahm auch nur Touren von Stammkundinnen an. Telefonisch. In den meisten Fällen Prostituierte. Ich gehörte zu seinen wenigen weiblichen Fahrgästen mit solidem Hintergrund.

Dr. Ploog schüttelte seinen Kopf. »Was bezwecken Sie eigentlich mit dieser Zeugenvernehmung, Oberkommissar Werner? Können Sie zur Abwechslung mal etwas Sinnvolles fragen? Bitte?«

»Dann also ganz direkt, wenn Sie wollen.«

»Das wäre doch ein Fortschritt.«

Captain Obvious ging in Lauerstellung. Wie ein Tiger, kurz vor dem Sprung. Trommelwirbel. »Es liegt nämlich eine Zeugenaussage vor!« Tusch, Trompeten und Triumphmarsch.

»Ach ja?« Cool bleiben, Nellie.

»Demnach wurde kurz vor ein Uhr morgens eine Person gesehen, die, ich zitiere, aus der Villa gekommen sei und sich rasch vom Grundstück entfernt habe.«

»Eine Person!« Dr. Ploog seufzte theatralisch auf.

»Die Beschreibung dieser Person durch den Zeugen passt haargenau auf Ihre Mandantin, Herr Rechtsanwalt.«

»Ich darf mal kurz dazwischengrätschen, ja?« Dr. Ploog erteilte mir die Erlaubnis. »Was hatte ich denn an?«

Der Oberkommissar blickte konzentriert in den Aktenordner. Sein Zeigefinger suchte den entsprechenden Textabschnitt. »Einen schwarzen Wintermantel, eine schwarze Mütze, Stiefel –«

»Welche Farbe hat mein Mantel? Dieser hier!« Ich hielt den Ärmel meines Webpelzes hoch.

»Hellgrau, würde ich sagen. Aber –«

»Nichts aber. Ich habe nämlich diesen Mantel gestern getragen. Sie können es sogar riechen. Er stinkt noch nach Rauch, weil ich im Qualm unseres brennenden Hauses gestanden habe. Außerdem besitze ich keine schwarze Mütze, denn ich hasse Mützen.«

Dr. Ploog beugte sich vor. »Sie werfen jetzt schon seit geraumer Zeit eine Nebelkerze nach der anderen, Oberkommissar Werner. Aber das führt zu nichts weiter, als dass Sie die Kooperationsbereitschaft meiner Mandantin sabotieren.« Mein Rechtsanwalt richtete sich auf und verschränkt die Arme vor der Brust. »Frau Mahler hat für den fraglichen Zeitraum – also für den von Ihnen vermuteten Zeitpunkt des Ausbruchs des Feuers im Erdgeschoss ihres Elternhauses sowie für die Zeit des Notrufs – ein hieb- und stichfestes Alibi. Wir würden daher –«

Werner nahm keine Notiz von ihm. Er fragte ungerührt weiter. Er wurde langsam frech.

»Herr Seiler ist Ihr Freund, Frau Mahler?«

»Janosch Seiler ist ein Freund. Nicht mein Freund, aber er ist mein bester Freund.«

»Ich verstehe. Sie wissen, dass Herr Seiler polizeibekannt ist?«

»Es reicht jetzt, Herr Werner. Wir brechen an dieser Stelle ab. Das müssen Sie sich nicht bieten lassen.« Dr. Ploog machte Anstalten, sich zu erheben. »Kommen Sie, Nellie!«

»Ich kann Ihre Ungeduld sehr gut nachvollziehen. Aber lassen Sie uns doch rasch einmal das Alibi Ihrer Mandantin überprüfen.« Captain Obvious fummelte an seinem fleischigen linken Ohrläppchen herum und blickte dabei erneut auf den aufgeschlagenen Aktenordner hinunter. Blätterte darin herum, als ob er irgendetwas darin zu finden hoffte, das ihm weiterhelfen würde. Auf seinem Telefon kam eine Nachricht an. Das Display leuchtet auf.

»Na so was! Das ging ja schneller als erhofft!« Der Oberkommissar wirkte erleichtert und deutete mit wichtigem Gesicht auf sein Handy. »Herr Seiler ist soeben eingetroffen.«

Ups. Janosch, auch hier? Im Präsidium? Ach du Kacke. Mein Herz machte auf einmal wilde Sprünge.

»Wir bieten unseren Klienten bei Bedarf ebenfalls einen zuverlässigen Limousinenservice an, wissen Sie, Frau Mahler? Sogar kostenlos!« Werners Lachen war oberfies. »Kleiner Scherz.«

Ich konnte mich gerade noch zusammenreißen, um ihn weiterhin gleichgültig anzusehen. »Wo ist Janosch? Kann ich zu ihm?«

»Natürlich nicht«, flötete der Oberkommissar.

»Das ist doch lächerlich.« Dr. Ploog beugte sich wieder vor. »Nennen Sie mir jetzt bitte ein plausibles Motiv, warum Sie annehmen, dass meine Mandantin ihr Elternhaus angezündet haben könnte!«

»Wir stehen noch ganz am Anfang der Ermittlungen, Herr

Rechtsanwalt. Dafür ist es viel zu früh! Aber, wie gesagt, es gibt einen Tatzeugen.«

»Nein, nein, es gibt lediglich einen vermeintlichen Zeugen. Denn Sie wissen ja nicht einmal, wodurch das Feuer entstanden ist.«

»Die Kollegen sind noch vor Ort. Ich rechne gegen Nachmittag mit ersten brauchbaren Resultaten.«

»Und so lange wollen Sie meine Mandantin hier festhalten? Dafür haben Sie weder eine Handhabe noch das Recht. Und das wissen Sie genau! Frau Mahler ist aus freien Stücken hier im Präsidium erschienen, mit der hehren Absicht, eventuell zweckdienliche Angaben machen zu können.«

»Entschuldigen Sie, Herr Rechtsanwalt: Wenn ich die vergangenen Wochen Revue passieren lasse, dann steckt Ihre Mandantin mit hoher Wahrscheinlichkeit ziemlich tief in –«

»In was soll ich stecken?« Es wurde Zeit, sich dieser Wurst gegenüber gerade zu machen.

»Sie müssen nichts sagen, Frau Mahler!«

Supergirl holte tief Luft. »Ihre Leute haben es damals nach der Katastrophe trotz eines Riesenaufgebots in den Katakomben nicht geschafft, meinen Bruder und seinen Freund Wenzel zu finden. Die Polizei ist vielleicht sogar mitschuldig am Tod dieses Jungen. Aber ich habe meinen Bruder gefunden, beziehungsweise wir, meine Freundin Tyler, zusammen mit dieser Bundespolizistin, wie heißt sie noch gleich –«

»Magdalena Kaltbrunner«, sagte der Oberkommissar tonlos. Er schaute an mir vorbei in den Einwegspiegel.

»Genau, Magdalena Kaltbrunner. Ansonsten hat die Polizei komplett versagt. Darf ich Sie daran erinnern, dass eine ganze Hundertschaft durch die Katakomben getobt ist und dabei mehrmals an einer deutlich erkennbaren Luke vorbeigelaufen ist, hinter der Max und Wenzel vermutlich zum selben Zeitpunkt gefangen gehalten wurden? Und dass Sie bis heute nicht mal ansatzweise alle Ein- und Ausgänge kennen, die in dieses Labyrinth rein- und rausführen? Ich übrigens auch nicht.«

»Da hören Sie es.« Dr. Ploog breitete entschuldigend die Hände aus.

Ich war aber noch längst nicht fertig und sprach jetzt direkt in die Videokamera. »Fürs Protokoll. Ich, Nellie Mahler, habe mit einer Freundin und einer Polizeibeamtin meinem Bruder Maximilian das Leben gerettet. Das habe ich aber nur deswegen getan, um noch ein letztes Mal mit ihm gemeinsam Weihnachten zu feiern und ihn dann zwischen den Jahren bei lebendigem Leib verbrennen zu lassen, meine Mutter gleich mit und unsere Hausangestellte Eva auch. Hat aber nicht geklappt.«

»Beruhigen Sie sich bitte, Nellie!«

»Sorry, Dr. Ploog. Das musste jetzt mal raus.« Ich ließ mich in den Stuhl zurückfallen und atmete betont schwer.

Der Oberkommissar guckte betreten.

»Die letzte Aussage meiner Mandantin ist irrelevant. Nur, dass wir uns diesbezüglich einig sind.«

Oberkommissar Werner nickte. »Ironie findet selten Eingang ins Protokoll.«

Na bitte. Geht doch, dachte ich. Andererseits hoffte ich, dass ich mir jetzt keine Sorgen wegen Janosch machen musste. Aber Janosch war kein Klopskind. Er wusste bestimmt, was er sagen musste. Er würde sich an heute Nacht erinnern. Und nicht nur an heute Nacht, wenn es hart auf hart kommen würde.

»Wollten Sie noch was hinzufügen, Komissar Werner?«

»Wo Ihr Bruder sich derzeit aufhält, wissen Sie nicht?«

»Natürlich weiß ich das. Er ist nach unserem gemeinsamen Abendessen zu einer befreundeten Familie nach Obertauern gefahren. Zum Skilaufen. Er will dort versuchen, den ganzen Mist hinter sich zu lassen und sich zu erholen.«

Die Tür öffnete sich. Ein dritter Bulle betrat den Raum. Dr. Ploog fragte mit einem Blick auf seine Piaget, ob wir endlich fertig wären.

»Moment noch, bitte.« Werner hob kurz die rechte Hand. Der andere Bulle beugte sich zu ihm hinunter und flüsterte ihm ins Ohr. Schon nach den ersten Silben verdüsterte sich die Miene des Oberkommissars. Als geübte Lippenleserin konnte ich ein paar Wortfetzen erahnen. Sie lauteten Bier. Gin. Alte. Utting. Vater. Bestätigt. Seiler. Taxi. Kurz vor zwei Uhr. Überprüft. Den Fahrer. Haben wir.

»Danke, Martin.« Der dritte Bulle warf mir einen kurzen abschätzigen Blick zu, bevor er den Raum wieder verließ, in dem ich nun schon seit einer halben Ewigkeit herumsaß und saudumme Fragen beantworten musste. Alles ohne Kaffee und ohne Zigaretten. Und mein Magen knurrte.

»Gut«, sagt der Oberkommissar, »dann dürfen Sie jetzt gehen, Frau Mahler.« Er sagte nicht können. »Ende der Vernehmung Nellie Mahler um zwölf Uhr fünfzig.« Er klappte die Akte zu, schaltete die Videokamera aus und sah mich streng an.

»Herr Seiler hat Ihre Angaben gerade vollumfänglich bestätigt. Aber Sie halten sich bitte weiterhin zu unserer Verfügung.« Er erhob sich, schritt zur Tür und nickte dem Uniformierten zu.

»Danke, wir sind hier fertig!« Der Kaktus verließ mit ausdruckslosem Gesicht den Raum. Ich musste sagen, der Mann hatte einen echten Traumjob.

»Und Sie, Herr Oberkommissar, sehen zu, dass Sie den Irren kriegen, der unser Haus angezündet hat.« Dr. Ploog half mir formvollendet in meinen stinkenden Mantel.

»Wo finde ich Janosch?«

»Vier Zimmer weiter. Links, den Flur hinunter. Da können Sie sich gerne absprechen – fürs nächste Mal.«

Der Oberkommissar konnte es einfach nicht lassen. Ich ließ jedoch meinen Rechtsbeistand antworten.

»Seien Sie gewiss, Oberkommissar Werner, ein nächstes Mal wird es nicht geben. Jedenfalls nicht mit Ihnen und meiner Mandantin.«

»Zur Polizeiarbeit gehört nun mal, dass man in alle Richtungen ergebnisoffen ermittelt. Das sollten Sie als Strafverteidiger eigentlich wissen.«

Eins musste man diesem Werner zugestehen: Einschüchtern ließ er sich offenbar nicht so leicht. Es bereitete ihm eher eine diebische Freude, einen der bekanntesten Strafverteidiger Münchens am Nasenring durch die Manege zu ziehen.

Dr. Ploog reagierte gelassen. »Sie sagen es doch gerade selbst, Herr Werner! Ergebnisoffen! Aber als Jurist verstehe ich darunter auch vorurteilsfrei, und außerdem gibt es immer noch die Unschuldsvermutung.«

Mir war dies alles zu viel. Ich war fertig. Ich wollte nur noch raus aus diesem elenden Loch. Aber als Diva. Also mobilisierte ich all meine Reserven und drängelte mich zwischen den beiden Alphatieren hindurch. Im Vorbeirauschen spendierte ich dem Oberkommissar zum Abschied meinen gefürchteten Nellie-Blick. Nein, du Honk, von mir kriegst du kein Sorry, auch wenn es dir wehtut. Kein Wort mehr. Stattdessen pure Arroganz und blanke Verachtung. Dann stand ich endlich draußen auf dem Flur. Luft. Durchatmen. Ich wandte mich nach links und trabte in Richtung Janosch, der lässig an der Wand lehnte und auf Smombie machte. Als er mich bemerkte, grinste er und zwinkerte mir zu. Dann hielt er auch schon sein iPhone hoch. Am liebsten würde er jetzt gleich eine Story posten.

»Nicht mit mir, Janosch«, winkte ich ab. »Keine Story! Nicht heute. Und das meine ich verdammt ernst. Hörst du?«

»Okay, okay, okay – Prinzessin!« Er steckte das Telefon zurück in seine Gesäßtasche. »Was wollten denn die Bullen von dir? Und vor allem, was wollten die von mir und meinem Vater? Du riechst übrigens wie ein Lagerfeuer.«

»Lass uns draußen weiterreden, Janosch.« Ich riskierte einen kurzen Schulterblick. Mein Anwalt diskutierte noch immer mit dem Kommissar. »Hast du Zigaretten?«

Janosch nickte. »Du bist mit einem Anwalt hier? Wieso das denn?«

Erst in diesem Moment fiel mir auf, dass Janosch sein Septum aus der Nase entfernt hatte und eine fette Lederjacke trug. Mit Lammfellkragen. Dazu eine khakifarbene Chino und hellbraune Timberlands zum Schnüren, knöchelhoch.

Andererseits war seine äußerliche Verwandlung im Moment nicht so wichtig. Wichtig war, dass er tatsächlich keine Ahnung hatte, worum es hier ging. Warum man ihn ins Polizeipräsidium gebracht hatte. Die Bullen hatten ihm anscheinend nicht erzählt, dass unsere Villa gebrannt hatte.

»Was? Scheiße. O fuck! Bei euch hat es gebrannt? Was ist mit Max und deiner Mutter?«

»Alles gut, Janosch. Max war schon los nach Obertauern, und meine Mutter hatte einen Termin in der Stadt.«

»Und wo warst du?« Janosch flüsterte.

Mein Herz rutschte mir hinunter. Bis ins linke Knie. Nein, bis runter in die Ferse, und in meinen Schläfen pochte das Blut. Die Fahrstuhltür öffnete sich mit einem leisen Pling. Wir betraten die leere Kabine, Janosch drückte auf den E-Button. Die Tür schloss sich.

»Na, wo war ich wohl? Und mit wem?« Meine Stimme war belegt.

Janoschs Grinsen ist ebenso unverschämt wie unverwechselbar. Er tätschelte meine Schulter.

»Mach dir keinen Kopf, Nellie. Ich wollte dich nur verarschen. Die Bullen wissen nichts. Die wissen gar nichts! Als sie vorhin bei uns vor der Tür standen, hab ich sofort gepeilt, dass irgendwas im Busch ist, und mich an unseren Notfallplan erinnert.«

»Schwör es mir! Schwör mir beim Augenlicht deiner nicht geborenen Kinder, dass du dich nicht verquatscht hast!«

»Doppelschwör! Charlie und Taxi-Toni wissen auch schon Bescheid. Ich hab ihnen gerade gewhatsappt.«

»Und dein Papa?«

»Hermann ist so cool. Außerdem hatte er keine Ahnung, denn ich bin wirklich um zwei heimgekommen.«

»Wo warst du denn?«

»Bei André. Wo sonst? Wir haben uns inzwischen ausgesprochen. Aber ich hatte keine Lust, bei ihm zu übernachten. Manchmal nervt er. Aber, ein guter Zufall, was?«

Ich atmete erleichtert aus. Die Fahrstuhltüren öffneten sich. Janosch und ich gingen raus auf den Bürgersteig, wo wir uns gegenseitig zwei Zigaretten anzündeten. Marcus, unser Chauffeur, wartete im BMW auf der anderen Straßenseite, vor dem *Bayerischen Hof*. Er bedeutete mir mit einem knappen Handzeichen, dass er mich gesehen hatte.

Meine Eltern saßen drüben in der Lobby des Hotels und warteten auf mich. Schließlich brauchten wir jetzt erst einmal eine Bleibe. Wobei ich nun erst recht den Absprung schaffen wollte. In München gab es zwar so gut wie keine Wohnungen, aber mein Vater besaß ja mehrere Dutzend, und einige davon standen leer. Weil nur sehr wenige Leute die Mieten bezahlen konnten. Vielleicht würde ich wirklich mit Max zusammenziehen, unserem Familienprinzen. Eigentlich waren wir schon immer ein gutes Team gewesen. Seit der Katakomben-Sache sowieso.

Ein letzter Zug. »Ey, Hombre!« Ich fuhr meinen mahnenden rechten Zeigefinger aus, weil Janosch seine Kippe auf dem Bürgersteig austreten wollte. »Wir müssen doch die Welt retten! Erinnerst du dich? Da vorn, im Eingang des Präsidiums, sind Aschenbecher.« Ich schnippte die Glut von meiner Zigarette hinunter. Er streckte brav seine Hand aus, damit ich den stinkenden Filter loswerden konnte, ohne selbst laufen zu müssen.

»Willst du gar nicht wissen, was heute Nacht passiert ist?«, fragte ich ihn, als er von der Kippenentsorgungsmission zurückschlenderte.

»Nö. Besser nicht.« Janosch schüttelte den Kopf. »Du weißt schließlich, was du tust. Und je weniger ich weiß, desto weniger kann ich was dazu sagen.«

»Stimmt auch wieder. Trotzdem, danke!«

»Wofür denn, Nellie-Baby?«

»Zum Beispiel für deine Freundschaft?« Ich fiel ihm um den Hals und drückte ihn. Aber es fühlte sich anders an als beim letzten Mal bei ihm daheim. Irgendwie distanzierter.

Dr. Ploog erschien auf der Bildfläche, bevor ich in Tränen ausbrechen konnte. Ich stellte ihn meinem besten Freund vor. Und umgekehrt.

»Dieser Oberkommissar Werner ist ein äußerst unangenehmer Mensch. Typ frustrierter Wadenbeißer. Und das sind meistens Terrier«, meinte mein Anwalt.

»Das sehe ich auch so, Dr. Ploog.«

»Ich möchte Sie daher ausdrücklich vor irgendwelchen Alleingängen warnen, Frau Mahler. Hier ist meine Karte.«

Ich steckte sie ein. »Natürlich, Dr. Ploog, ich werde mich bedeckt halten. Ich bin nicht dumm.«

»Das sagt auch niemand. Aber Sie müssen wissen, dass Sie sich ab sofort im Fokus der Ermittler befinden. Warum auch immer.«

Ich hätte es ihm verraten können. Das tat ich aber nicht. Vielleicht irgendwann einmal, wenn ich dazu gezwungen werde. Spätestens vor Gericht. Aber so weit würde es nicht kommen.

Mein Blick wanderte an der Fassade des Polizeipräsidiums entlang bis hoch zur zweiten Etage.

Als sich mein Blick mit dem des Oberkommissars kreuzte, blieb der einfach stehen.

Dr. Ploog rang sich ein Lächeln ab. »Es traf sich ganz hervorragend, dass Sie so schnell erreichbar gewesen sind …«

»… und dass ich Nellies Angaben bestätigen konnte?«

»Darf ich Ihnen dennoch einen Rat geben?« Dr. Ploog war plötzlich schmallippig geworden.

Janosch schaute ihn verdutzt an. Ich wahrscheinlich auch. Dr. Ploog seufzte. Das konnte er gut. »Wenn man schwindelt, sollte man sich so dicht wie möglich an der Wahrheit entlanghangeln. Und nicht zu genau formulieren.«

»Wieso schwindeln? Ich habe –«

Dr. Ploog legte seine Hand auf Janoschs Schulter. »Nur für alle Fälle! Ein kleiner Tipp! Weniger facettenreich bringt mehr. Wir verstehen uns, ja?« Es räusperte sich erneut und wandte sich dann an mich. »Sie treffen jetzt wohl erst einmal Ihre Eltern, Nellie.« Er blickte auf seine Armbanduhr. »Ich muss noch raus nach Stadelheim. Dort wartet Mandantschaft. Grüßen Sie bitte Ihren Vater von mir!«

Im nächsten Moment trat er rasch an den Bordstein heran und hob seinen rechten Arm. Ein Taxi hielt, Dr. Ploog stieg ein und war schon Geschichte.

Ich wäre jetzt auch gern weg. Einfach mal runter von der Bildfläche. Verschwinden. Ruhe haben. Ausschlafen. Nachdenken. Ich musste das nicht mal laut aussprechen. Janosch wusste es auch so. In einigen Dingen reagierten wir offenbar immer noch wie siamesische Zwillinge.

»Dann hau doch ab, in die Sonne oder zum Skilaufen. Deine Mutter hätte bestimmt nichts dagegen.«

Natürlich hätte meine Mutter nichts dagegen gehabt. Ich hatte aufgehört, sie um Erlaubnis zu bitten, als ich sechzehn wurde.

»Nein, Janosch, das geht nicht. Wir müssen jetzt die Wohnungsfrage klären. Aber was ist mit dir? Willst du nach Hause? Marcus kann dich sicher fahren. Ich muss rüber ins Hotel – ein intimes Mittagessen mit Mom and Dad.«

Und das zum ersten Mal seit Jahren.

»Nee, ich hab André versprochen, die Nachmittagsschicht zu übernehmen. Und dann treffe ich jemanden.«

»Etwa 'n neuen Freund?«

»Quatsch.« Janosch atmete tief durch. »Nein, ich werde Meral treffen. Wenn er kommt. Aber der alte Mann hat gesagt, das wird er ganz bestimmt.«

»Ich bin so gespannt.«

»Telefonieren wir heute Abend?«

»Klar. Hast du Tyler inzwischen erreicht?«

»Nein. Sie ist verschollen. Als ob sie niemals existiert hätte. Und Elion auch.«

»Krass.«

Wir küssten uns zum Abschied auf beide Wangen. Nahmen uns fest in den Arm. Danach die Ghettofaust. Gegeneinander, aufeinander, gegeneinander, zum Schluss verhakelten wir unsere kleinen Finger.

Unser Ritual. Dann drehte Janosch sich um und stiefelte in seinen neuen Timberlands Richtung Marienplatz davon. Ich blickte ihm hinterher.

»Ey, Janosch!« Er blieb stehen und drehte sich zu mir um. Ich fasste mir an die Nase. »Siehst übrigens verdammt gut aus – so!«, rief ich. Er verbeugte sich wie ein Torero.

Ich glaube, ich hab es schon öfter gesagt: Ich liebe sein freches Grinsen.

69.
LISA

»Was machst du denn hier. So früh?«, fragte mein Vater.

»Ich muss mit dir reden«, sagte ich.

Vor ihm auf dem Couchtisch lag eine Papiertüte. »Möchtest du vielleicht ein Schokocroissant?«

»Danke«, sagte ich, doch ich meinte nein.

»Ist aber noch warm!« Er klaubte das Gebäck aus der Tüte und biss lustvoll hinein. Blätterteig bröselte auf den Tisch.

»Es tut mir leid, dass ich in letzter Zeit so emotional gewesen bin. Ich habe überreagiert.«

»Ach«, sagte mein Vater und biss erneut ein Stück vom Croissant ab.

»Papa, die Firma ist mir wichtig. Du bist mir wichtig. Gerade jetzt, wo wir den Tower an die Interconstruct verloren haben.«

Mein Vater klopfte sich ein paar Blätterteigbrösel vom Revers seines Anzugs. Ich hatte keine Ahnung, ob er mir zuhörte.

»Und genau deswegen will ich bleiben. Ich will mir Gustavs Ideen anhören. Und ich will mit ihm arbeiten. Ich habe viel zu sehr an mich gedacht. Aber es geht um die Projekte, um die Firma. Um die Familie.«

Endlich sah mein Vater mich an.

»Es ist jetzt wichtig, dass wieder Ruhe reinkommt, dass wieder Stabilität signalisiert wird. Gustav und ich werden neue Projekte anschieben.«

»Ach, Lisa«, sagte mein Vater. Er erhob sich, kam auf mich zu und umarmte mich. »Lisa, ich bin unglaublich stolz auf dich. Und jetzt geh schon, das Meeting mit Gustav läuft schon seit zwanzig Minuten.«

Er hatte keine Ahnung, dass mein Herz kalt wie Eis war.

Ich betrat den Konferenzraum, wo unsere Architekten und Bauzeichner sich versammelt hatten. Lennart von Marsch spielte den Zaungast und überließ das Reden unserem neuen Projektmanager Gustav Gross. Er machte kein Aufhebens um mein Erscheinen, sondern gab sich geschmeidig. Ich stellte mich einfach neben ihn, und er lächelte mich kurz an.

»Ich will, dass wir uns alle einig darüber sind. Der Unity Tower hat uns bisher außerordentlich viel Energie gekostet …«, sagte Gustav Gross.

»… aber es wird sich auszahlen. Wenn wir weitere Investoren mit an Bord bringen können …«, sagte ich.

»…und das wird uns, da sind Frau Limberger und ich uns einig, am besten gelingen, wenn wir die Idee des Towers völlig neu denken.«

»Und gerade durch die Expertise von Gustav Gross eröffnen sich der Limberger Living neue Möglichkeiten, neue Kontakte, Innovation und Pioniergeist.«

Ich machte eine Geste in Richtung Gustav Gross, der bescheiden abwinkte. Lennart von Marsch zog ein Gesicht, als ob er sich in einem falschen Film befand. Er hatte keine Ahnung, was ihm gleich blühen würde, und das war auch gut so.

»Kurzum, Gustav, du bist vermutlich ein verdammt großer Glücksfall für uns alle – für Limberger Living!«, sagte ich.

In diesem Moment hätte Lennart von Marsch eigentlich einen Eimer gebraucht. Die übrigen Anwesenden spendeten spontanen Applaus. Sie klopften auf den Konferenztisch. Ich schenkte Gustav Gross mein zauberhaftestes Lächeln, das er erwiderte. Dafür hatten wir nicht einmal üben müssen.

»Und selbst wenn wir das Gesamtprojekt Unity Tower nicht retten können – und danach sieht es ja leider aus –, wir werden diesen Sturm überstehen!«, sagte er und sah mich an.

»Wir haben viele gemeinsame Pläne für die Zukunft, für Limberger Living, für unsere Familie!«

Ich blickte kurz auf meine Armbanduhr. Es war genau zwölf Uhr. High Noon. Und da kamen sie, pünktlich auf die Sekunde. Etwa zwanzig Frauen und Männer, etwa die Hälfte von ihnen in den hellblauen Uniformen des Zolls, der Rest in Zivil. Ich sah, wie mein Vater aufsprang, als zwei Herren sein Büro betraten und ihm einen Durchsuchungsbeschluss präsentierten. Zwei uniformierte Beamte betraten den Konferenzraum und steuerten gezielt auf Lennart von Marsch zu. Es herrschte Totenstille.

»Lennart von Marsch? Darf ich Sie bitten, uns in Ihr Büro zu begleiten?«

»Was soll dieser Zirkus?«, fragte er.

»Wir haben einen Durchsuchungsbeschluss.« Der eine Beamte hielt ihm einen rosafarbenen Zettel vors Gesicht.

Von Marsch lief rot an, beherrschte sich aber und begleitete die Beamten hinaus.

»Sie bleiben bitte alle, wo Sie sind«, sagte der andere und schloss die Glastür.

Mein Vater versuchte zu diskutieren. Ich konnte zwar kein Wort hören, aber ich sah es an seinen Bewegungen. Irgendwann blickte er zu mir herüber und machte ein fragendes Gesicht. Ich zuckte jedoch nur mit den Schultern. Lisa, die Ahnungslose.

»Steuerfahndung?«, fragte Gustav Gross, was im Grunde eine höchst überflüssige Frage war.

Irgendjemand aus der Runde sagte: »Ach du Scheiße!«

»Ich fürchte, ja«, sagte ich. »Aber ich weiß wirklich nicht, wieso. Und warum ich nicht involviert bin.«

Ich konnte mir lebhaft vorstellen, dass sich mein Vater und Lennart von Marsch in diesem Moment genau die gleiche Frage stellten. Warum ihre Büros durchsucht wurden und nicht auch das Büro der Anteilseignerin und stellvertretenden Geschäftsführerin der Limberger Living, Lisa, die doch Prokura besaß. Und warum sie nach einer guten Stunde in Handschellen abgeführt wurden und die kleine Lisa eben nicht.

Diesen ungläubigen Blick meines Vaters würde ich allerdings so schnell nicht vergessen.

Ich selbst wusste natürlich genau, wieso mich an diesem denkwürdigen Vormittag die Steuerfahndung nicht behelligte. Und Gustav Gross wusste es ebenfalls: Weil ich nämlich keinen einzigen Aktenordner in meinem Büro aufbewahrte, der die vertraulichen Informationen über die Buchhaltung, die finanziellen Transaktionen und Kontobewegungen unserer Firma enthielt. Die hatte ich auf einer externen Festplatte und in der Cloud gespeichert. Und die Originale, die sich auf der Festplatte meines Laptops befanden? Nun, den Rechner hatte ich ein paar Tage zuvor in Begleitung meines Rechtsanwalts bei der Staatsanwaltschaft München hinterlegt. Inklusive einer steuerlichen Selbstanzeige und einer Strafanzeige wegen Veruntreuung von Firmengeldern in Millionenhöhe gegen Lennart von Marsch und gegen meinen eigenen Vater. Mit einem dezenten Hinweis auf Verdunkelungsgefahr.

Skrupellos? Schon möglich. Ich bin allerdings der Meinung, man sollte möglichst immer das Richtige tun.

Ende

Hinter diesem Lächeln lauert dein Tod

ALEXANDER SCHULLER

DER KUCKUCK

THRILLER NACH EINER WAHREN GESCHICHTE

Während der erfolgreiche Gastronom Stephan Engler mit seiner Lebensgefährtin Susanne und Freunden Weihnachten feiert, lauert draußen vor dem Fenster ein Mann auf Vergeltung: Lukas Friedrich ist ein Soziopath und Manipulator, dem Stephan vor langer Zeit Arbeit und Unterkunft gegeben hat; nicht wissend, dass »Der Kuckuck« ein perverses Doppelleben führt. Als eines seiner weiblichen Opfer den Mut besitzt, Lukas wegen Vergewaltigung anzuzeigen, muss auch Stephan als Zeuge vor Gericht aussagen – Lukas wird verurteilt. Drei Jahre später stellt sich zudem heraus, dass Lukas achtzehn Jahre zuvor eine Frau erdrosselt hat. Nach seiner Entlassung aus dem Gefängnis sinnt Lukas auf Rache: Getreu dem Motto »Nimm ihnen, was sie am meisten lieben«, bringt er Susanne in seine Gewalt und zwingt Stephan zu einer schmerzhaften Reise in die gemeinsame Vergangenheit – bis zum Showdown in den tief verschneiten Berchtesgadener Alpen.
Der True-Crime-Thriller basiert auf dem wahren Fall eines narzisstischen Soziopathen und Frauen-Mörders

Dieser Titel erscheint am 01.09.2021